时空摆渡人

[英] 克莱儿·麦克福尔 著

华静文 译

THE DROWNING POOL
by Claire McFall

北京联合出版公司
Beijing United Publishing Co.,Ltd.

第一章　预言
The Prophecy

　　水。他死在了水里。

　　起先是急速地下降，空气把他推来搡去，让他的胃直翻腾，等他试图去抓住空气时，它又消失了——他胡乱地伸手去抓——只想赶紧止住这可怕的坠落。坠落的当儿，他能看见夜空，星星都被云层遮住了。他不知道自己身在何处，除了惊恐地意识到自己正在飞快地坠落，根本无法集中注意力。他有可能在任何地方。喊声和尖叫声在他的耳边回荡，狂风呼啸而过，把那话语撕扯得支离破碎，他什么也听不清。原先的愤怒——他不知道那股怒火从何而来——逐渐消失，取而代之的是恐惧。他惊慌失措，没了头脑，他的身子剧烈地扭动，徒劳地挣扎，直到——

　　他猛地砸向水面，巨大的冲击让他的肺无法呼吸。那强烈的震颤仿佛要把他身体里的每一根骨头都折断，当水的寒意袭来时，他仍然感到天旋地转，仿佛有一把尖刀扎进了他的肺里，仿佛有一千只愤怒的蚂蚁在一起咬他的皮肤，让他浑身刺痛。他的眼睛虽然睁着，但是已经看不见了。出于本能的反应，他深吸了一口气——只是，吸进去的没有空气，只有水。

　　水如同毒药一般，侵袭了他的全身，他剧烈地、痉挛似的咳嗽，想把水咳出来……可是，随之而来的只有更多的水。

他试图划水，可是不知道水面在何方。他试图呼吸，可是没有空气，只有痛苦。他试着拍水，可是只被水拍打得更厉害。他的肺在灼烧，他的头在抽痛，他的四肢勇敢地想要听从大脑的指挥，可是浑身都疼得厉害，仿佛被刺进了无数把尖刀。他一次又一次地寻找救命的空气，可是，怎么也找不到。

就在这时，他的大脑停滞了。

在最后的几秒钟里，他失去了知觉，压在他胸口的巨石仿佛被移开了。

他的眼前冒出了星星，可是随着他沉入更深的深渊，所有这些小小的星星都熄灭了，一颗接着一颗。

第二章 到了，到了
Roll up, Roll up

趁着夜色，他们到了，车队平稳缓慢地悄声驶来。货车拖着体积庞大、形状怪异的挂车和篷车，里面挤满了哼哼唧唧蹬蹄子跺脚的动物，它们和斯雷特一样，都迫切地想要快点抵达目的地。这一路开了很久很久，他在长凳上坐着，挤在杰克和老丹尼尔中间。过去的三个小时里，斯雷特眼前唯一的风景就是前面那辆货车脏兮兮的屁股，某个聪明的讨厌鬼在那泥印上写了几句粗话，斯雷特由于读了太多遍，以至于他断定自己今晚做梦都会梦到。当然，前提是他没再看见别的东西。

通常而言，丹尼尔是个不错的同伴，他喜欢回忆往昔，那些旧事通常都很粗俗，那时候，他的头发还健在，牙齿也一颗不少，偏爱追求那些被父亲小心翼翼捧在手心的漂亮姑娘。不过，他不喜欢杰克，而且由于杰克也在驾驶室里，老先生不得不闭上了嘴巴。

斯雷特并不怪他，他自己也不喜欢杰克。

不过，这就使得这段旅途变得尤为漫长，难熬。

当小镇的指示牌在卡车头灯的照耀下闪闪发光时，上面印着的字——"科克黑文欢迎您，毗邻巴利卡斯尔，请小心跳水"——让他的心里生出恐惧、无奈和决心的同时，还感到一阵轻松。

他们的车沿着商业街滑行，在小镇唯一的环岛处拐弯向山下开去。

他们驶上一座中世纪风格的桥，过河之后又穿过一片住宅区，就在路灯暗去、整个世界重新被黑暗包围之前，前面那辆卡车亮起了转向灯，向右一拐，开进了一座大公园里，这是当地议会同意给他们的地方——据斯雷特所悉，对方有些勉强——他们可以把嘉年华建在这里。等到明天，"巴伦·特雷维恩的天堂马戏团"的海报就会被分发到全镇的各个角落以及邻近的村庄，根据他一知半解的判断，那些村庄是小镇的菜篮子，也让他在商业街上看到的各种营生得以为继。

丹尼尔把车停在其他游乐设施的旁边，熄了火。今天晚上，这些设施都会被留在这儿，准备明天早上正式开工，到那时，他们要把一片草地（很快就会变成泥地）变成一个魔法动物园，要给人们带来惊喜和欢乐。更重要的是，他们要把游客们手里的辛苦钱挣过来。

这并不意味着他们今晚就无事可做，已经有人把斯雷特和杰克合住的那辆篷车拖到了宿营地，但是还得把它支起来，为了旅途安全而拆开的一切都得重新接上。杰克会忙着安顿他的动物——他负责那群矮墩墩、暴脾气的小马，游客可以骑着它们在游乐场的外围兜圈儿。这项工作很适合他，因为相比于人，他更擅长和动物打交道，而那些骑在马背上大呼小叫的孩子也不会介意牵马的人是不是凶巴巴地板着脸。不过，鉴于斯雷特的项目准备起来比其他人的要快一些，整理篷车内务的任务便落在了他的头上。

"今晚天儿不错。"舟车劳顿之后，丹尼尔对他说。这时，杰克的身影消失在混乱的人群里。

"是啊。"斯雷特回答。他抬头望去，只见星光闪闪，小镇很小，所以镇上人家的灯火并不足以影响夜空中的景致。空气也很怡人。四月即将结束，气温终于开始攀升，有了春日的暖意。其实，斯雷特没在意这些。

"老实说，"丹尼尔说，"我还以为今天早上一醒来，就会发现你已经连夜逃走了呢。当时我感到一阵痛苦，以为车里只会剩下我和杰克。"

"我不会这么对你的。"斯雷特微微一笑。他见丹尼尔一副不相信的表情，便加了一句："我想过了。"

"唉，也许你真的应该跑掉。"丹尼尔轻声回答。

"不会的，"斯雷特喃喃地说，"我跟你说过。该睡了。"

"好吧，假设今晚你一切安好的话，"丹尼尔说，"明天早上见。"

"晚安。"斯雷特一边说，一边飞快地挥挥手，接着便两手抄进衣袋，穿过密密麻麻如同迷宫一般的停车场。

他向场地后面停篷车的地方走去。路上，他从几个人旁边经过，其中有一两位跟他打招呼，但是大部分人只是咕哝一声，就算是表示看见他了。他并不觉得奇怪，也不生气。他已经在这个戏班待了差不多六个月——这一回——在这样的一个群体里，想要放下对陌生人应有的戒备，需要比这更长的时间。丹尼尔帮他拍过胸脯，这为他扫除了不少障碍，但是除非他能证明自己，否则就不可能真正受到欢迎。

不管怎样，斯雷特认为自己在这儿待不到那一天。

跟着这个嘉年华巡演的差不多有十五辆篷车。这些车被停成了一个松散的半圆形，夜色掩盖了它们严重失修的状况。有些车里住着一家人，其他的，例如斯雷特住的那一辆，则由单身的人合住，几乎清一色的都是男人。这片区域现在已经安静下来，大多数嘉年华工人还在忙着停车或是安顿牲口，或是加固围栏，防止有人从镇子里溜进来，偷他们的设备。只有两辆篷车里还亮着灯，斯雷特知道，这两辆车都住着有小孩子的家庭，不用说，妈妈们正忙着让孩子们上床睡觉。即使在黑暗里，也很容易就能认出斯雷特的那一辆——杰克在上面涂鸦，想为它"增添一抹亮色"，让它很显眼。斯雷特其实不必介意——它本来就又丑又笨，灰不溜秋——可是一眼望去，仿佛它是被拉进了学校的操场，有人给一群愤怒的少年递了喷墨颜料，叫他们尽全力搞破坏。

好在，杰克还没手痒到在篷车里面搞什么名堂。

昏暗的月光下，斯雷特麻利地把电缆接到发电机上，又把水管插进那只巨大的水箱，他颇费了点儿功夫，因为水箱所在的那辆卡车正好停在中间的几辆篷车后面，而杰克和斯雷特的那辆则在半圆形的最边上。除了要多花些力气，斯雷特并不介意。篷车围成的半圆在场地中央营造出了一个社交区域，其实应该挺好玩的，可他常常只想躲进自己的小天地里静一静。住在边上意味着他将有点儿闭塞，更孤单一些。

正合他意。

篷车里面乱成一片。长途跋涉下来，并非所有的物品都能幸存在指定的位置，斯雷特迅速把它们放回原位，然后四仰八叉地躺在那张伸缩沙发上。这张沙发既是篷车的中心，也是他的床。车里只有一间卧室，早在斯雷特加入之前很久，就被杰克占了。实际上，在巴伦·特雷维恩（大家也叫他布莱恩）让斯雷特和他的项目加入嘉年华之前，杰克一直独占这辆篷车。他毫不掩饰自己更喜欢那样的状态。

要是斯雷特有别的地方住，他倒也乐意让杰克独享这辆篷车，可是最近几个星期，嘉年华里来了好几个新人，没有多余的床位了。因此，斯雷特只好继续在这儿住着，尽管这小小的篷车装不下他和杰克，还有杰克骄傲的自我。斯雷特幽怨地叹了口气，四下打量着。他的沙发床贴着篷车的后缘。在他面前，进门的左手边是小厨房，里面破破烂烂，显出让人恶心的米黄色，不过他们从上一站出发之前，他都刷洗过了，所以还是挺干净的。厨房对面是一张用螺栓固定住的桌子，旁边是一张长椅，还有几张快要散架的板凳。除此之外，就是小得不能再小的卫生间，里面有一个马桶、一个洗手池，还有一个花洒——小得只能容一个人站进去——还有就是，杰克的房门。

有一次，杰克忘了上锁，斯雷特偷偷看过一回，知道里面有一张双人床，还有一个小小的衣柜。杰克永远拉着窗帘，因此里面光线昏暗，而又由于他从来不洗床单，空气里还弥漫着一股难闻的臭味。尽管如此，似乎还是有很多姑娘想要进去瞧瞧——杰克也乐于从命。

斯雷特知道这位总是板着脸的浪荡公子随时有可能驾到，便起身一把脱了T恤，和牛仔裤一起叠好，整齐地放在沙发尽头。他套上当睡裤穿的慢跑短裤，侧着身子进了卫生间的门。他仔仔细细地洗完脸，刷完牙，然后深吸一口气，抬起头来。

镜子里的那双灰眼睛凝视着自己。他的眼睛看上去比平时更黑些，八成是因为面色发灰，而且眼睛下方还有发紫的黑眼圈。他的下巴上冒出了一点儿胡茬，不过形成不了什么气候——他的胡子从来就没长长过。他所看见的大体是一张棱角分明的脸。他的鼻子又高又窄，如刀片一般耸立在微微凹陷的颧骨中间。他的颌骨线条分明，下巴很尖。

他见过自己脸色更难看的时候。虽然他没有杰克那样招蜂引蝶的本领，能吸引那些似乎蜂拥来到嘉年华的姑娘，但是他也知道，只要他想，找个伴儿不成问题，但是他憎恨自己的这张脸，恨到大多数时候都不去看它，每次洗完澡，他不等水蒸气散去，镜子上显出自己的真面目，就逃离了卫生间。实际上，在此时此刻之前，他都不记得自己上一次认认真真地看这张脸是什么时候。

这张脸上从来也没发生过一点儿变化，有什么看头呢？去年、前年、大前年……他一直是这副模样。

篷车的门砰的一声开了，将他从这番审视中拉回了现实。杰克懒得打招呼，但是斯雷特听出了他粗重的脚步声，里面带着怒气，接着，砰砰两声，这是他在踢掉靴子，他一向如此——靴子从他脚上被甩出来，撞在墙上，留下难看的泥印，斯雷特是死也不会去擦的。

斯雷特又一次鄙夷地瞪了自己一眼，然后从卫生间出来了。他宁愿跟杰克打交道，也不想面对自己，而这，别有一番深意。

第三章　一团乱麻
Troubled Waters

安娜坐在学校门前的台阶上，第四次看了看表。四点十六分——自从放学铃响到现在，已经过去了整整三十一分钟。

他不会来了。

她并不奇怪。实际上，这也在她的意料之中，不过，随着雨点开始从灰蒙蒙的天空中滴落，她很难忍住不让泪水滑下脸庞。他答应过她，说他会来。她可以自己走回家，这没什么大不了，可是他答应过的。

两扇大门突然开了，传来一阵男生的笑声。不知道是谁开始往台阶下面走，总之，安娜把脸别了过去。她不想让任何人看到自己很难过——否则明天早上就会传遍全校。有三个人穿着黑色的校鞋从她身旁小跑经过……然后，其中一个人停了下来。

"安娜？"是达伦，他是康纳最好的朋友。安娜低声骂了一句，然后仰起脸，冲他笑笑。"你还在这儿干吗呢？"他问。

她迅速瞄了一下另外两张脸，认出他们也和康纳同级，在六年级，比她高两届，不过她叫不出名字。

"我在等我哥哥。"

"哦。"达伦挪了两步，似乎有些不自在。

"你看见他了吗？"因为有可能康纳不得不在图书馆打点儿工，或者——可能性更大的是——他被留堂察看了。

"我——呃……没。"达伦伸手挠挠头，冲她苦笑了一下，"自从午休到现在，就没看见过他。"

"他上一节应该跟我们一起上数学课的，"另外两个男生当中的一个热心地大声说道，"但是他没上。"

"对。"达伦朝那个男生使了个眼色，仿佛在说"你别帮倒忙了"，不过，其实他的确帮了忙。他的话证实了安娜的担心——康纳又在中午时分消失，用他的话说，"工作"去了。他不但逃学，还抛弃了本该护送回家的妹妹。"呃，要不要我帮你给他打电话？"安娜看了达伦一眼，他羞涩地耸耸肩。"当然，你肯定给他打过电话了。好吧，"达伦看了看两位同伴，又说，"那我送你回家？"

他是好心，但她看得出来，他心里并不想这么做。而且，他的两个朋友还做起了鬼脸，好像他在邀她出去约会似的。

"没事。"她一边说，一边起身把书包往肩上一甩，"我自己能走。"

她是能走。他们住的那一片也没那么糟糕，不过，自从那次她被镇上另外那所中学的四个男生推推搡搡地堵到墙角，然后偷了她的手机，父母就要求康纳陪她一起回家。要是他没时间，爸爸或者妈妈通常就会安排好，亲自来接她。

要是早知道他会放她的鸽子，她就可以跟贾或者吉玛一起走回去。她的两个朋友不会介意绕一点儿路陪她，而且她们住的那个好很多的社区离她家也不算太远。

现在好了，她只能证明自己不害怕一个人走回家了。她确实也不害怕——基本上。

"我看未必。"达伦似乎有些为难。他不理睬正在哧哧偷笑的同伴，关切地看着她。他真好，安娜不理解他为什么会和自己的哥哥混在一起，不过她对此心存感激。康纳需要各种正面的影响，而且他似乎又不愿意听她的废话。

"我不会有事的，"她重申道，"如果你害怕今晚想到我的尸体漂在河里顺流而下的场景然后睡不着觉，我回头可以让康纳给你发信息，证明我还活着。"

如她所愿，达伦哈哈大笑。"好吧，"他回答说，"如果你确定的话。"

他冲她挥了挥手，便转身撒腿跑下楼梯，他的一个同伴笑着跟他说了一句什么，被他使劲儿推了一把，不过因为声音太小，安娜没听清。

"没关系，"安娜又在心里说，"我自己能走回家。"

至少现在不是冬天。那样的话，天太黑，她八成就会打电话向妈妈求助，妈妈就不得不提早下班。妈妈的老板是个讨厌鬼，会记她早退，扣她的工资。不过，今天天还很亮，甚至太阳都还没下山。当然，雨还在下着，不过安娜的外套有防风帽。

没问题。

她穿过学校外围的住宅区，然后朝山上的商业街走去。她拼命抵挡住诱惑，没有跳进等在合作社外面的某辆出租车，因为她兜里的钱得用来买明天的午饭，而且还要一直撑到周末——她可不想因为自己的胆小而浪费钱，否则，要是遇上什么有趣的玩意儿，就只能放弃了。

不过，她在心里想着，车钱其实应该由康纳来付。毕竟，他现在"挣钱"了。

到了商业街的尽头，安娜向左转弯，迈着沉重的步子踏上了老桥。雨下大了，她只好低着头，把风帽往前拉。一辆红色欧宝雅特汽车嗖的一声从她身旁飞驰而过，等到冰冷的水花溅湿了她的裤腿，她才意识到那辆车有意加速开过了路边的水坑——虽然她不知道司机是冲着她，还是冲着正在朝她走过来的一位老先生，从他的模样来看，他是这一事故的主要受害者。此刻，他正冲着那辆车咆哮，还挥起了拳头，可惜人家早已开远了。

"现在的年轻人啊！"老先生叹道，他看着她，眼神里带着一丝希望她能与他团结一心的期盼，明显并没有思考自己在说些什么。

"是啊。"安娜咕哝了一声，快步超过了他。

她对康纳一肚子气，咬牙切齿地小声诅咒着他，以至于一直到了公园门口才发现今天不能从里面绕道走安全的路线了。这座公园平时空荡荡的——可以说就是一大片草地，当地人会把狗带过来拉屎，然后也不把粪便清理掉——现在满满当当都是卡车和刚搭了一半的帐篷。安娜想，也许是个露天游乐场，她看看中央区域已经搭好的一顶更大，色彩也更鲜艳的帐篷，又想，或者是马戏团？

有人在公园门口那根粗粗的门柱上贴了一张传单，不过安娜并不想停下来去看一眼。有很多人在晃来晃去，搬东西、装东西，或者只是站在那儿闲聊，已经有两三个人向她这边看过来了。她往后退了几步，朝这个建了一半的嘉年华看了最后一眼，然后撒腿就跑。

谢天谢地，潜伏在她家这一带的不良分子被雨吓得没敢出来，因为在接下来的路途中，她一个人也没碰见，不一会儿，她已经迈着疲惫的步子走上了她家所在的那条街。学校离家挺远的——三千米都不止——虽然另外那所叫"学院"的中学离家更近，但名声差很多。父母已经为她和康纳都递交了高中的入学申请，这让安娜很高兴。她宁愿每天都冒着雨走回家，也不愿和偷她手机的那种蠢货坐在同一个课堂上。

走到家门口，她拿着钥匙，可是当她去抓门把手时，门轻松地开了。

她迅速瞄了一眼门前的车道，父母肯定都还没到家，这也就意味着——

"康纳？"她叫了一声，一边往门厅里走，一边扯下风帽，"康纳，你在家吗？"

"什么？"他那低沉的声音传来。他在楼上，于是她踢掉湿漉漉的鞋子，脱下外套——有意挂在他的外套上面，想让湿气渗进去一些，因为他今晚还要穿——然后跺着脚上了楼梯。上去之后第一个房间就是康纳的卧室。她没敲门，直接冲了进去。

"你居然在这儿！"她假装吃惊地叫道。

康纳瞪着她，满脸的莫名其妙和不耐烦。他个子很高，差不多有一米八二，而且很魁梧。厨房的一个柜子里装满了恶心的蛋白粉，大多数时候，他晚上去健身房之前都会虔诚地喝上一杯。他原本有一头和安娜一样的黑发，不过最近去剃了个精光，因此只剩下了光秃秃的脑壳。他和安娜一样，也有雀斑，可是由于这些小斑点，他明显试图打造的坏男孩形象并不成功。有一次，贾跟安娜说，她觉得康纳很可爱，然而在安娜眼里，他不过是个令人讨厌的哥哥。

"我还能在哪儿？"

真的吗？

"噢，我不知道啊。在学校？陪我走回家？"

"我跟你说了不行。我跟你说了我得去工作。"安娜毫不掩饰地哼了一声，康纳没有理会，继续说，"我以为妈妈会去接你。"

"我也跟你说了，她不能去接我，否则就要被扣掉一个小时的工资——再加上她那个老板是个讨厌鬼。他很可能很长一段时间都要拿这个做把柄。"

"哦。"康纳的眉头舒展了一些，安娜看得出来，他正在心里盘算着该如何接话茬。他总会记起来的，安娜刚想，他便想起来了。"好吧，怪我。"一副不思悔改的连环杀手的悔过口吻。

安娜气鼓鼓地大声回了一句："你得给达伦发个信息，告诉他我还活着。"

"什么？"康纳眯起眼睛，"我为什么要给达伦发信息？你怎么跟他聊起来了？"

安娜扬起眉毛，勉强压住肚里的怒火。

"好吧，说给你听听。他看见我坐在那儿等你，知道我不得不自己走回家。"她故意看了康纳一眼，他只是继续瞪着她，目光咄咄逼人，"他主动提出送我回家，但是我说我会让你给他发信息，告诉他我没事。"

这个解释完全合乎情理，可是康纳依然对她怒目而视。

"你有事没事干吗要他管？"

她的火终于压不住了。

"你没搞错吧？你答应要陪我回家，却抛下我，把我丢在学校。你才是那个应该管我有事没事的人，可你根本不在乎！达伦是个好人，他不放心，因为他朋友的妹妹被她那个没用的笨蛋哥哥抛弃了！"

"好人？！"康纳吼道。

安娜尖叫一声，抄起手边最近的东西——康纳装电脑游戏的一个盒子——朝他的头砸过去。没砸中，盒子啪的一声落在他的书桌上。

"我要告诉爸爸妈妈，你把我丢在学校。"她压低音量，威胁他说，"我还要告诉他们，那些大学的课程，你一个也没申请。"撒手锏来了。"我还要把你的新'工作'告诉他们——"安娜用手指在半空中比画出一个引号——"这份工作居然重要到让你逃学！还抛弃我！"

康纳嚷嚷起来，她不理他，摔上门便气鼓鼓地走了。

安娜一回到自己的房间，眼泪便夺眶而出。作为一个还算聪明的人——没她聪明——康纳可真够笨的。他怎么就是不明白她是在担心他？安娜躺在床上，盯着天花板，感到无助极了。

第四章 东风将至

An Easterly Wind Is Coming

他试图划水，可是他不知道水面在何方。他试图呼吸，可是没有空气，只有痛苦。他试图拍水，可是只被水拍打得更厉害。他的肺在灼烧，他的头在抽痛，他的四肢勇敢地想要听从大脑的指挥，可是浑身都疼得厉害，仿佛被刺进了无数把尖刀。他一次又一次地寻找救命的空气，可是，怎么也找不到。

恐慌，他慌得大脑一片空白。

接着……一片安静，压在他胸口的巨石仿佛被移开了。他的眼前冒出了星星，可是随着他沉入更深的深渊，所有这些小小的星星都熄灭了，一颗接着一颗。

斯雷特睁开眼睛。梦境逐渐变得模糊，但是由于后劲儿，他的身体仍在灼烧。他感到精疲力竭，仿佛被拧成了麻花。他浑身是汗，床单都贴在身上。他深吸了一口气，随着氧气慢慢进入血管，他才感到胳膊和腿上的刺痛逐渐消退。

立在厨房台面上的小钟显示现在是早上五点四十七分。还早，不过他是铁定睡不着了。斯雷特坐起身，把前额一绺一绺湿漉漉的头发往后拢了拢，苦笑了一下。幻觉给他带来的影响并没有随着时间的流逝而淡去。他向前耷拉着脑袋，头发重新滑落下来遮住了眼睛，他也不去理会，只把胳膊肘撑在膝盖上，专注地呼吸、专注地感受空气一点儿一点儿充满肺部。过去这……他已经记不清有多久，每天夜里都会梦到自己溺水，这种感受对他来说非同小可。

篷车里面很冷，皮肤上凉下来的汗水很快便让他瑟瑟发抖。斯雷特站起来，从乱糟糟的一堆衣服里抓起一件套头衫，从头顶套进去。他光着脚踏进卫生间——有意避开了镜子——接着便开始忙活早餐。他从橱柜里翻出来的麦片散发着一股子不新鲜的气味，但是煎蛋和培根的香味又会把杰克吸引过来，斯雷特可不想让他在旁边晃悠，暂时还不想。

也许丹尼尔是对的。斯雷特根本就不应该来，应该中途跑掉，去找一个别的嘉年华戏班。可是，干这一行的人越来越少了。游乐场啊，嘉年华啊，马戏团啊，都不再像以前那样让人们趋之若鹜，现实的情况是，如今根本也没那么多下家可选了。斯雷特在每一个戏班都尽可能待得久一点儿，然后在人们心生怀疑之前离开，可是，除非他想离开英国，再次踏上欧洲大陆——他并不想这样——他就只能被困在这里。重新加入吹牛大王巴伦的这支队伍，是他精心设计的冒险之举。已经过去这么多年头，他原以为认识他的人早就走光了，没想到丹尼尔还在。丹尼尔看见他，眼睛都直了，跟见了鬼似的。

不过，丹尼尔曾经是他的好朋友，现在也仍然是，当时以及后来，丹尼尔跟布莱恩和其他人都只字未提斯雷特的事。

现在，他们到这里了。这是他在幻觉中预见自己死亡的地方。他知道这个镇子在布莱恩的巡演路线上，这也是他来这儿的原因。过了这么久——跑了这么多年，停滞了这么多年——该直面它了。

这里是他看见自己死去的地方，现在，是时候看看他会不会真的丧命了。

斯雷特把碗扔进水池，把伸缩床收回去，把床单和被子卷起来放进沙发下面一个隐蔽的隔层里，这样车里就能腾出一点儿面积来，能有地方坐坐。他拣出牛仔裤和衬衫，迅速冲了个澡，穿戴整齐准备出门，这时，杰克出现了，一副睡眼蒙眬的样子，并且一如既往地暴脾气。

"没有早餐？"

"我看着像你的女佣吗？"

"你就像闯进我篷车的猪头。你起码可以早上给我做点儿煎饼。"

斯雷特咳出一声笑来，心里知道杰克很可能真是这么想的。

"我跟你说，咱们换换，我睡卧室，你睡沙发。这样每个该死的早晨我都给你做早餐。"

"滚。"

斯雷特哧哧笑着推开门，杰克只穿了一条发灰的平角内裤，被暴露在早晨的冷风和一束刺眼的阳光里。

"请你快滚！"

斯雷特把门关上时，听见里面有什么东西撞了上去，他不禁咧嘴一笑。杰克之后八成会报复他的，比如在他准备睡觉的时候半醉半醒地冲进来把灯全部打开，不过，眼下他暂时占了上风。

天气比他预想的还冷，他没走几步便后悔刚才出门的时候没有停下来把外套拿上，可他懒得再去面对一场跟杰克半说笑半认真的口角了，不管怎样，等他开始干活儿，很快就会暖和起来。他享受着营地里诡异的宁静——其他人暂时一个也没出来——斯雷特一边吹着口哨，一边往装着自己那套家伙什儿的卡车走去。

他没多少东西。他的项目不需要什么闪烁的灯光或庞大的机器。最麻烦的就是那顶很重的帆布帐篷。帐篷是深蓝色的，上面画着黄色的星星，看上去有点儿像中世纪的场景（因为斯雷特的玄机就源自那里）。帐篷中央的尖顶上有一弯用金属铸成的月牙，侧面被他钉了一片又一片层层叠叠的盖布，从而保证里面的光线足够昏暗。一切都是为了营造氛围。

帐篷里面，他尽量维持着老样子，后面是一张又高又窄的桌子，那里长年点着熏香，让空气里烟雾缭绕，中间摆着一张圆桌，上面铺着紫色、青绿色和蓝色的丝巾。桌子一侧是给顾客坐的两张椅子，另一侧是他自己的矮凳。

一个人把这顶帐篷支起来，简直是一场噩梦，不过他还是搞定了。接下来，他花了不到十五分钟把里面收拾停当，又把一个招牌插进外面正迅速变软的烂泥里：

让占卜大师埃米利安为你算一卦吧！
凝视你的眼睛，他就能预知你的前程！
5 币 / 人

和斯雷特一样，埃米利安也不是他的真名，不过听着像那么回事。相较于他所提供的服务而言，五个币基本相当于抢钱，但价格都是布莱恩定的，而且似乎总有数量惊人的顾客愿意买单。

要是斯雷特真能洞悉未来，那么就是付上十倍的价钱也不算多。可惜，那段岁月早已过去。相反，他现在只能靠耍花招了，看人们的面相，还有肢体语言，再问两个探究性的问题。很简单，真的，可是这让斯雷特感到恼火。他的烦恼并非源于欺骗顾客——进帐篷的人，对于自己究竟能得到什么答案，基本上都心知肚明——但是他原本不需要这么做的。

斯雷特把招牌往土里砸了最后一下——无意中把它弄歪了，形成了一个俏皮的角度。他盯着看了一会儿，心里想着要不要再捶两下让桩子回正，不过，接着他又握着木槌走开了，任由招牌像喝醉酒似的斜在那里。

他去找丹尼尔了。

丹尼尔年纪大了，只能干点儿监管的活儿，现在照看嘉年华仅有的几个游乐项目当中的一项。如今，大多数游乐场都更像是移动的游乐园——到处都是坐在上面嗖嗖转圈的玩意儿，再加上几个食品摊，还有一个卖啤酒的帐篷。布莱恩是个老古板，他好不容易才同意增加了给小孩子坐的旋转木马和迷你过山车，但是给成人坐的只有一个大项目：旋转怪兽。它有六条巨大的手臂，转得很慢，没什么可说的，但是每条手臂的末端还有三辆小车，小车以两倍的速度旋转，还反复变换方向。斯雷特坐过，就坐了一次。等他下来，连肠子都要吐出来了。

虽然这个项目设计的是便携式，但是把底盘的各边展开或折叠却是两个人的活儿——还不算丹尼尔的。斯雷特一到，便用胳膊肘把老先生支开，协助负责旋转木马的工人戴维，两人一起把底座轻轻放下。丹尼尔则在一旁操作液压机，满脸的不高兴。

"这活儿我完全能干，"他冲斯雷特发牢骚，"你这样会让人认为我已经不中用了。"

"不是不中用，"斯雷特快活地答道，"而是太宝贵了。你要是被这东西压到，布莱恩没准儿要让我来操作它了。你不会这样对我的，对吧？"

"我要是真那样，你也该！"丹尼尔嘟囔着。

斯雷特嘿嘿一笑，他知道丹尼尔的愤怒只是表象，更深层的原因是，逐渐老去的身体让其感到懊丧。岁月侵入了丹尼尔的骨髓，他的手因为风湿病已经成了钩子的形状，哪怕操作控台上简单的操纵杆和按钮都很吃力。斯雷特知道，丹尼尔害怕要不了多久，布莱恩就会过来跟他说，他太老了，戏班需要身强力壮的年轻人。那时候，丹尼尔就无处可去了。他的生命也就失去了意义。毕竟，从他打工的第一天起，他就没离开过这个戏班。

多年前跟他一同开始打工生涯的小伙子如今又一次和他站在一起，这样的场景恐怕并不能让他好受一点儿。斯雷特依然是少时的模样——年轻、健壮。他很想跟丹尼尔解释，说他宁愿自己满脸皱纹、弯腰驼背地站在朋友身旁，可他不知道怎么开口。这个善意的谎言在两人中间徘徊，但彼此都避而不谈。

此时此刻，他们仍然回避了这个话题。

丹尼尔只知道这个小镇对斯雷特而言，承载着糟糕的回忆，可究竟是为什么，他并不清楚。斯雷特对自己这位朋友的脾性足够了解，知道真相不会让他欢喜，尽管他很可能会相信。

"咱们今晚开业？"他想换个话题，消除两人之间突如其来的紧张气氛，便问丹尼尔。

令他惊讶的是，丹尼尔摇了摇头。今天是星期五——星期五晚上的收入一向很好。

"旋转木马的发电机出了点儿故障，需要一个零件，明天才能送到。咱们八成也能开工，但是布莱恩觉得少了点儿什么，而且海报也是今天早上才贴出去的，他觉得今晚有点儿太赶了，客人们说不定已经有安排了。而且，今天要下大雨。"丹尼尔睿智地点点头，又说，"我估摸着，星期六会是个好天气。"

"你有预感？"斯雷特半扬着嘴角，做了个鬼脸。斯雷特喜欢逗丹尼尔，说他能够通灵，这个笑话和丹尼尔对此气恼的程度都让斯雷特感到好笑——而且，丹尼尔不知道的是，真正能通灵的是斯雷特。

他用的是过去时。

他突然绷起脸，跟丹尼尔的表情一致。

"没有。"虽然仍旧满脸怒气，丹尼尔的眼睛却亮了起来，"只是想起了我第一次来到这儿的情景。当时很忙吧，如果我没记错的话？"

他用的是询问的语气，看着斯雷特，因为有戴维在，斯雷特耸了耸肩。

"我们都没你年纪大，"戴维快活地回答，"我是第一次来。"他转脸又问斯雷特："你呢？"

斯雷特壮着胆子迅速瞄了一眼丹尼尔，然后才回答说："是啊。从我目前看到的情况判断，感觉还挺好的。"

"你会有机会仔细看的，"戴维一边说，一边在斯雷特的肩膀上用力拍了一把，使他不得不上前一步才站稳，"布莱恩说要派你出去贴广告。"

斯雷特哈哈大笑，以为戴维在开玩笑，可是等他匆忙回到篷车停的区域，又帮两三个工人装好设备，然后暖暖身子喝了杯茶，嘉年华的主人便把他叫了过去。布莱恩的篷车比其他任何人的都要豪华得多，需要时，他车里的客厅就是会议室。显然，今天他觉得没必要在车里开会，因为他就站在门口跟斯雷特打了个招呼，圆滚滚的身子挡住了车里的热气。

"给。"他把一沓五颜六色 A3 大小的海报朝斯雷特面前一拍，斯雷特不得不慌忙接过来，免得一失手，让那堆纸掉进烂泥里，"把这些贴到镇上去。一定要贴得漂漂亮亮的，还要显眼。贴好了再回来。杰克会开车带你去周边的村子，在村子里也贴几张。"

布莱恩往边上挪了一步，于是斯雷特看见了杰克，他正暖暖和和、舒舒服服地在客厅里坐着，一只手端着马克杯，另一只手把一块糕饼往嘴里送。他甚至还有脸朝斯雷特眨巴眨巴眼睛，然后把一整块糕饼都塞了进去。

"好的，"斯雷特小心翼翼地让自己面不改色，"没问题。"

他一直这么回答：好的，当然，没问题。要是他对布莱恩多一点点尊重，也许还会再加"先生"两个字，可是，他有意让自己习惯了低调做人，埋头做事。要是被赶出去，他可就吃不了兜着走了。首先，也是最重要的一点，那就是他已经无处可去——而且，和丹尼尔一样，他也不知道自己在这个大千世界里还能做点儿什么，他从来就没干过别的——此外还有一个原因，那就是他想回来，回到这个小镇。他有一种敢死队般的渴望，想要来到风暴的中心，看看会发生什么。

天还没暖和起来，斯雷特知道自己的篷车里现在没人，就先七拐八拐地回去拿了外套，然后拿着那沓海报，大步流星地往场地的出口走。入口处的门柱上已经贴了一张广告，于是斯雷特继续向前，朝挨着公园的住宅区走去。

这地方一片凄凉的景象，大部分像是社会福利房，住在这里的人显然对园艺也不太感兴趣。春天到了，草又开始发芽，斯雷特从一块又一块杂草丛生的草坪旁边经过。图实惠的人家直接在门口铺上了水泥，或是摆上鹅卵石，制造出一个停车位。车比花花草草还多，明显也被照顾得更好。斯雷特懒得在开头的几条街上贴海报，不过，在目测是这片住宅区唯一的一栋公寓楼外面，他还真发现了一块公告栏。他把 A3 的大广告啪地贴在一张呼吁人们举报补助金诈骗犯的公共安全海报上面，还用胶布多粘了几道，确保不会被当地的小孩子轻易扯下来。

接着他便向小镇的中心走去。他在桥最高处的两侧各贴了一张广告，然后站在那儿，隔着齐腰高的石头围墙，凝望着脚下流淌的河水。河水看上去清澈温柔，而且很浅，连底下长出来的水草都能看见。不过，这条河仍然让他紧张起来。任何开阔的水域都会让他心生戒备，而此时此刻在这个镇子上，谁知道呢——这里有可能就是他溺水的地方。他有可能就是从这座桥上掉下去的。斯雷特不禁打了个寒战，然后继续向商业街走去。他看见一间用木板封起来的倒闭的店铺，便在整个门面上贴满了海报，因为布莱恩给他的广告数量多到愚蠢，要是不找点儿战略性的地段把它们赶紧贴完，他就得搭进去一整天。而且，商业街也是人们很可能会逛的地方，会来看橱窗里的东西。他退后两步看了看自己的杰作，心想布莱恩一定会满意的——绝对显眼。

谢天谢地，海报贴完了，斯雷特又冷又饿，于是便往回走。哪里也找不到布莱恩，更棒的是，杰克也不见了。斯雷特一边在心里盼着自己躲过一劫，一边狼吞虎咽地吃了一块三明治，然后便躲到了他认为他们不太可能找过来的地方：他自己的帐篷里。他路过门口时，朝招牌上踢了一脚，不但没把它踢正，反而歪得更厉害了，接着他便进了这个幽闭恐怖的空间。他坐在自己的板凳上，面对着两张折叠椅，要不了多久，椅子上就会出现充满期待的脸庞。他们会问他问题，而他会……撒谎。他会观察他们的面部表情，品味他们话里的弦外之音，然后想出一些老掉牙的废话来满足他们的期待。偶尔他也会扯上两句，纯粹是为了给客人们造成困惑，因为他也得给自己找点儿乐子。

他做不到的是预知未来。不论他曾经有过怎样的天赋，现在已经没有了，取而代之的是他无法摆脱、反复上演的一个噩梦。他终于决定，他得去面对它了。

第五章　1794 年，巴黎

Paris, 1794

一无所获，什么也没有。

斯雷特一下子火了，把那个大蚌壳猛地朝墙上砸过去。砰的一声，蚌壳碎成了十几块，他看着它迸溅然后散落一地，在某一瞬间，他感到一股突如其来的满足，可是很快，满足感便被空虚所取代。

没用。

已经将近一百年了，可是命运之神仍然抛弃了他。他还要忍受多久？

斯雷特吸了一下鼻子，忍住突然盈眶的泪水，他伸手想去擦鼻涕，可是手在半空中停住了，因为手背上流出的鲜血跃入了他的眼帘。他笨拙地从衣袋里摸出一块手帕，忍住隐隐的抽痛，把伤口缠住。他刚才划得太深，期待和忧虑使手中的刀也变得陌生。八成会留下疤痕，不过除此之外，对他来说没什么危险。哪怕伤口变黑、化脓，让他烧到神志昏迷，他也死不了。

他付出了惨重的代价，才认识到这一点。

外面的走廊里突然传来一阵笑声。这个旅店生意不错，老板看见和他一起的那群小丑似的江湖之人，便把价格涨了一倍。他们当中的大多数人都去通铺合住了，不过斯雷特还是想要一点儿私人空间。长久以来，他已经竭力中止了对命运之神的呼唤，希望时间和距离能弥补之前的问题，可是无济于事。相反，他白费了功夫，与此同时，由于他刚才过于紧张，点的肉汤也没吃下去，现在已经凝固了，灰不溜秋像烂泥似的，让人倒胃口，这就更浪费了。

斯雷特感到恶心，一屁股瘫坐在床上。床垫硬邦邦的，铺在上面的那条粗糙的羊毛毯臭气熏天。没关系，他怀疑自己今晚能不能睡得着。他深深地叹了口气，把手伸过去，摩挲着整整齐齐摆成一排的各种骨头和贝壳。它们一个也没有响应他，可是刚才用手指拨弄蚌壳时，他还以为，以为……

这不过是个残酷的把戏。命运之神正在嘲笑他。

斯雷特抓起一截骨头，又朝墙上扔了过去。骨头撞在门后的灰泥上，砸下一阵纷纷飘落的灰尘，然后毫发无损地咔嗒一声掉在地上。不过，如他所愿，之后被扔出去的那个螃蟹壳摔成了碎片，再后面的碎瓷片和贻贝壳也是。斯雷特把它们一个接着一个地朝墙上扔过去，粗糙的木头地板仿佛被铺上了一块由锯齿般的碎片织成的地毯。

当最后一根骨头从墙上的灰泥弹开时，门突然开了。事先没有敲门，一个男人站在门口。

让－巴普蒂斯特吹着口哨，看见了地板上的一片狼藉。他是跟随演出团巡演的几个摔跤手之一，一头黑发，肌肉发达。他的好奇心太重，斯雷特不喜欢。

"今晚心情不好？"他扬起眉毛问道，"我还以为你付一个单间的房钱是为了带一个姑娘来卿卿我我呢。没想到，看来你是想偷偷宣泄一把，嗯？"

"你想要什么？"斯雷特阴沉着脸问道。

"我？我什么也不想要。"让－巴普蒂斯特耸耸肩膀，走了进来。他慢悠悠地晃到窗户下面的桌子旁边，闻了闻斯雷特没动过的食物。"你不饿？"

"不太饿。"

让－巴普蒂斯特对斯雷特的回答很满意，他端起碗，抓起勺子，便开始把已经冷掉的肉汤往嘴里送。第一口下肚，他做了个鬼脸，但仍然继续吃着，直到勺子刮到金属的碗底才停下来。斯雷特从头到尾默不作声地看着他，看着让－巴普蒂斯特的目光在碎瓷残贝中来回游走。

"你知道，"这个法国佬终于咔嗒一声把碗放回桌子上，说，"你跟别人有点儿不一样。"

"是吗？"斯雷特问。他尽量让自己的嗓音不动声色，但是心里已经拉响了警报。他知道，让－巴普蒂斯特酝酿好久了，现在，他们要说说这事了，房间里的大象[1]。

让－巴普蒂斯特点点头："我跟你认识有些年头了吧。几年了？四年？五年？"

"快六年了。"

"快六年了。这么长时间，你一点儿都没老。"

"老了。"斯雷特不同意他的说法，"六年而已，又不至于让我老得头发都白了。"

"也许吧。"让－巴普蒂斯特接受这个说法，"可是，咱们的日子过得很艰难。六年过去，你这张脸还像小男孩一样青春稚气。你知道，我感觉从来没见你刮过胡子，也没见过你一点儿胡茬的影子。"

"我从来没见过你拉屎，"斯雷特反驳说，"但我知道你会拉。"

1　意指避而不谈的东西，或难言之隐。——译者注

让－巴普蒂斯特咯咯笑了，不过笑得并不好听。"你有点儿怪怪的，"他轻声说，"我要搞明白是怎么回事。"

"我没什么跟别人不一样的，"斯雷特否认道，"我跟大家一样，普普通通，没什么意思。"

"随你怎么说。晚安，恩尼斯，明天早上见。"

不，让－巴普蒂斯特把门带上时，斯雷特心想，明天早上你就见不到我了。

该走了，又该走了。回英国吗？他已经离开很久了，但是仍然有可能会被认出来。可能性虽然不大，但是斯雷特不想被吊起来烧死。到处都有人找巫师占卜。鉴于他死不了，他不确定要是自己真的被点上火会怎么样。他不想知道。

也许，去德国，或者意大利——其实都无所谓。关键是他一早就得离开这儿，在让－巴普蒂斯特开始对团里的其他人嘀咕他的怀疑之前。斯雷特叹了一口气，从床上爬起来，开始整理自己仅有的一点儿家当。时间不等人，他偷了一匹马。那牲口在凹凸不平的泥路上飞奔时，肌肉就在他的屁股下面绷得紧紧的，有节奏地抽动着。之前短暂的寒冷天气把路上的坑坑洼洼和马车轧过的车辙都冻得硬邦邦的，简直就像钉子。如果他在思考什么问题，那他应该担心马被绊倒，摔断了腿，还有他的脖子。

不过，他并没有想什么。由于恐慌，他的大脑已经不转了，在他脑海里不停盘旋的只有一个念头：跑，快跑。在未来追上他之前，跑得远远的。

虽然并不是他自己迈着两条腿在路上狂奔，但斯雷特还是感到上气不接下气，肌肉也直打哆嗦。飞驰而过的空气不断地把他皮肤上由于紧张而喷涌出来的汗水吹干，可他仍然感觉衣服都湿透了，像石膏一样糊在身上。

他感觉自己仿佛溺水了。

亲爱的上帝，这是怎么回事？

斯雷特看见过一些事，也无数次听见命运之神在他的耳边窃窃私语，但他从来没有产生过幻觉，直到他一边喘着粗气，一边干呕着惊醒之前，他甚至都不知道那是幻觉。不，前一秒钟，他还坐在那里吃晚饭，想着要回房间去，下一秒钟，他已经在向下坠落。他砰地砸进水里，水花拍打在他身上，然后将他整个吞噬。他被水流裹挟着翻来滚去，无法呼吸。斯雷特不禁打了个寒战，寻觅空气而不得的那种痛苦，他永远也忘不了。

只要他还活着，就永远也不想再经历一次。

在浓重的夜色里，斯雷特伏在马鞍上，催马跑得再快一点儿。

直到天边露出了鱼肚白，他才停下来。他在一块长满青草的土墩上仰面躺着，尽可能离水远远的，专心致志地感受着自己的呼吸，感受空气被吸进肺里，然后又被呼出来。神圣的空气，那是上帝的福泽。他慢慢回过神来，慢得让他痛苦万分。随着让他大脑一片空白的恐惧和慌张感逐渐消退，随着他的神志逐渐恢复，他开始意识到自己做了什么，丢下了什么。

丢下了谁。

第六章　游园之乐

The Fun of the Fair

"你看见海报了吗？"在泳池的更衣室里，贾朝安娜冲过来，激动得两眼放光。

安娜一边把包塞进储物柜，一边耸肩："没啊，什么海报？"

"这周末有一个嘉年华要开业！"

"哦，对，"安娜突然想起来了，"我昨晚看见好多车停在我家后面的那个公园里，看着好像还没搭建好。"

"对，明天开业。"贾附和道，可是她目光里的喜色微微黯淡了下去，"在你家附近的那个公园？"她立刻不安起来，安娜知道接下来会是什么，心里有些难为情。"该死，那我爸妈可能就不让我去了。你知道的，因为——"

"因为我家那一带不太安全。"安娜的声音难以掩藏心中的苦涩。她见过贾的父母很多次，也去过她家很多次，他们一直都很热情，但是她能感觉得到，也能从他们看她的眼神里看得出来怜悯，还有一丝戒备。他们一直不允许贾去安娜家，直到她们升入三年级才同意，而且完全是因为贾的苦苦哀求。

可是生贾的气并不公平，因为她这位最好的朋友，还有吉玛，从来没有因此而对她另眼相看。

"对不起，安娜。不过，这样吧，我就跟他们说我要去你家。欧耶，我知道了，咱们可以来一个过夜派对，他们永远也发现不了！"

"我得问问我妈，"安娜说，"不过她肯定会同意的。"

她会的。安娜交到这么好的朋友——来自他们这个社区以外的朋友——她的妈妈会很高兴。

"咱们可以给吉玛发信息，让她也来！"贾激动地尖着嗓子叫道，"哎呀，那就太好了！"她兴奋得几乎手舞足蹈。

"不太好的是，"安娜提醒她，"你得在全体队员面前做五十个俯卧撑，因为你没赶上热身。"

贾惊恐地尖叫一声，疯狂地朝最近的更衣间冲了过去。安娜忍不住咧嘴一笑，拿起泳帽和泳镜，啪地关上柜门，旋了一下钥匙。她一边朝泳池走，一边整理肩上的四根带子。她穿了两件泳衣，贴身穿了一件，外面又套了一件，因为两件都有点儿透，而她想把自己唯一那件好的留着比赛时再穿。这没什么——队里很多女生都这么穿——不过这只是其中一个原因。就拿今晚来说，等到训练结束，大家都回家时，她得留下来，在水上漂来漂去假装溺水，好让救生员练习救人。星期天上拯溺铜章课的时候，她还得过来。不是来学习，而是再在水里扮演一次落水者。她用这种方式给教练帮忙，算作她的培训费。

安娜不再自怜自艾，她一把把泳帽套到头上，开始把头发往里面塞。还是面对现实吧。

教练带着她们迅速做完常规的拉伸练习（贾勉强赶上了），接着便指挥她们下水完成热身训练。安娜戴上泳镜，跳进水里。

水很凉爽，如同丝缎一般拂过她的皮肤。她夹紧双臂，双腿向后伸直，向前滑行，让惯性带着身体缓缓升上水面，接着，她把脸侧向一边，迅速吸了一口气，然后便进入自由泳那套富有节奏性的动作，双手轮流抱水向后推，双臂轮流在空中划出一道弧线，然后再次切入水面。她让重心在左右两侧来回切换，双脚轻轻往后踢，将身子往前推。隔着荡漾的水波，泳池壁映入了安娜的视线，她轻巧地向前一翻，两只脚迅速找到支点，将身子弹起。接下来，她又重复这一套流程：滑行、抱水、踩水。

一开始，她感到肌肉在燃烧，仿佛在抗议这突如其来的动作，但是不一会儿，肌肉便放松下来，参与其中。安娜感觉自己全身都舒展开了，更加用力地向前游去，加速游。

她爱水。她永远也不可能赢得奥运会的奖牌，但是泳池是她的圣殿。在这里，她感到自由。要是没了水，她真不知道自己该怎么活下去。

第二天，刚过午饭时间，安娜便打开家门，让贾和吉玛进来。吉玛在玄关停了一下，探出身子跟她的哥哥挥手告别，是他开车送她们俩来的。她们俩住得并不远，走路也能过来，只是……

随便吧。

她们吃力地爬上楼梯，要把吉玛和贾的东西搁在安娜的房间里。安娜打量着她们俩的一身装扮，惊得瞪大了眼睛，眉毛都快抬到额头了。贾穿了一件牛仔外套，颜色比屁股上的牛仔超短裙稍浅一点儿，腿上穿了打底裤，脚上是一双高跟皮靴；吉玛则穿着黑色的紧身裤，上身是一件毛茸茸的青绿色套头衫，衣领滑向一边，露出诱人的半边肩膀。

"我错过哪条注意事项了吗？"

"什么？"吉玛没听明白，笑着问她。接着，她看了看安娜身上的衣服。"你打算就穿这个吗？"

"呃，我……"安娜也低头看看自己。牛仔裤，一件舒适的套头衫，脚上是运动鞋。今天多云，虽然已经快到五月了，可是还没那么暖和，而且她打赌公园里人会很多，地上会很泥泞。

"安娜！"吉玛走到她的衣柜前面，一把把门拉开。"这件！"她抓起一件带纽扣的外套说，"穿这个。"安娜从来没穿过这件衣服，因为有垫肩，她一穿上就感觉自己像个棒球运动员。

安娜犹豫了一下，可是兴头上的吉玛谁都拦不住，于是她不情愿地把套头衫脱了，套上那件紧身得多的外套，心想，好歹还够暖和。

"鞋也要换，"吉玛一边说，一边弯腰朝衣柜底下看去，"你个子太矮，得穿得高一点儿！"

安娜身高一米五七，她并不觉得自己矮，而且她比贾还高一点儿，贾遗传了她韩裔奶奶的体形，又瘦又小。她低头一看，发现贾穿了一双厚底靴，主动给自己增高了几厘米。

"我没别的鞋了，"她抗议道，"只有凉鞋或者校靴，我可不想把它们弄得脏兮兮的。"

吉玛没说话，只把安娜的黑色校靴拎起来递到她面前。安娜双臂交叉抱在胸前，瞪着她。事情陷入了僵局。跟吉玛在一起，只有两种可能：要么她甘拜下风，要么她大发雷霆。幸好，今天安娜不用知道是哪种情况了，因为贾走到她们俩中间，抓起靴子一把扔回了衣柜里。

"好吧。"吉玛几乎毫不客气。她的注意力转移到了安娜的脸上。"至少告诉我你会化点儿妆吧！"

安娜说服吉玛同意自己只抹了一点儿带珠光的眼影，又涂了点儿裸色的唇彩。除了这些，她也没多少化妆品，虽然吉玛把全世界所有的面部产品都装在包里带来了，摩拳擦掌地想在一张素面朝天的脸上试一试，但是安娜可不想在嘉年华走来走去的时候被误认为是小丑。

姑娘们准备就绪，便从安娜的房间里出来了，她们在楼梯口遇上了康纳。

"你们好啊！"他主动打招呼，比平时客气多了，因为安娜虽然发了火，但是并没有在背后说他的坏话，"女士们要去哪儿？"

被称作女士，吉玛和贾忍不住咯咯笑起来，这是女孩子特有的笑声。

"嘉年华。"安娜回答。

"哦，是吗？"康纳在最上面的那级台阶站住，从屁股后面的口袋里扯出来一张折好的十英镑纸币。"给，"他说，"你们可以买冰激凌吃，或者棉花糖什么的。"

安娜将这个姿态理解为：道歉。事实也的确如此。可是这也证实了一点：康纳的确有了新工作，这就让道歉变了味。不管怎样，十英镑也是钱啊，于是她一把接过来塞进牛仔裤的口袋里。"谢谢。"她嘟囔了一句，接着又问，"你要去哪儿？"

"去有趣的地方，做点儿有趣的事。"他假装脱帽，向贾和吉玛行了个礼，两人又哧哧笑得像傻瓜一样。"女士们，告辞。"姑娘们的反应让康纳很得意，他一路小跑下了楼梯，径直出了门。

不一会儿，等安娜和朋友们也到了外面，康纳已经钻进一辆掀背车的后座——是一辆蓝色的小车，其中一扇门是绿色的——车上的消音器一阵轰鸣，车便沿着街道开走了。

"他要去哪儿？"贾问安娜。

安娜耸耸肩。她要是知道他去了哪儿，做了些什么，就不会一直问他了。她只知道每次问他，他都闪烁其词，他越来越频繁地逃学，放了学也不管她，而且被她看见跟他在一起、他称作是新朋友的人看上去绝对不像好人。

"应该叫他跟咱们一起去的！"贾叫道。安娜惊恐地看了她一眼。

"我可不想跟我哥一起待上一下午，非常感谢。"虽然她是愿意的，如果这样能让他远离麻烦的话。

"我愿意。"吉玛回答。安娜觉得她的语气只能用"想入非非"来形容。

"那我带你回楼上去，"安娜主动提议，"你朝他的房间里闻一下，看看还想不想跟他待在一起。"

安娜家离嘉年华不远。走过去的路上，还没看见嘉年华的时候，就已经能清晰地感受到热闹的气氛。汽车在街上停成长龙，每一块路缘都得到了充分利用，还有很多人步行过来，大多是十几岁的青少年或是父母拉着更小的孩子，那些小不点儿几乎是在人行道上蹦着走。到了公园门口，迎接她们的是巨大的噪声和五颜六色又是飞又是转的各种设施，扑鼻而来的食物香气让人口水直流。

入场不需要买门票，这让安娜松了一口气，不过，售票亭旁边的大指示牌上写着，所有的游乐项目都需要用币来支付——除了食品摊位，其余项目都不接受现金。

"要不咱们干脆买全日通票？"贾一边问，一边从包里摸出钱包，"这样咱们想玩几次就能玩几次，就不用操心买币了。"

安娜瞄了一眼价格，倒吸了一口气。全日通票要接近二十英镑，幸好康纳刚才慷慨解囊，她身上的钱……刚刚够。她原本还想买点儿吃的，而且，说老实话，她还盘算着回家的时候口袋里能剩下一点儿钱。

等她回过头来，正好看见吉玛意味深长地看了贾一眼。

"你们知道吗？"吉玛的声音有点儿大，"因为我这次法语考得好，我爸多给了我一点儿钱，所以，要不我来帮你们买吧？我请客！"

贾立刻表示赞同，以至于安娜怀疑自己刚才转身的片刻里，是不是贾偷偷给吉玛塞了一张钞票，而她正好没有看到。安娜尴尬极了，有点儿犹豫。她恨自己总是钱不够的那一个。

"行了，安娜，"吉玛催她，这回声音轻柔了很多，"反正又不是我的钱。我爸说，是奖励我法语考得好，但其实是因为他要和他的新女朋友去意大利待两个星期，所以不能来看我。这是忏悔钱，帮我把它花在有趣的地方吧。"

安娜立刻感到有些难过，也许刚才是她误会了——据她所知，吉玛的爸爸糟糕透顶。

"好吧。"她答道。吉玛立刻喜笑颜开。"不过，待会儿我请大家吃东西，"安娜拍拍裤子口袋，"康纳的忏悔钱！"

打破了僵局，姑娘们便排进售票亭前面的队伍，吉玛掏出三张一模一样挺括的二十英镑大钞，买了通票的手环。

"好了，"她们把鲜艳的橙色手环套在手腕上，贾说，"先去玩哪个？"

"那个！"吉玛指着一片华丽丽的闪光灯和摇臂，隔着各种帐篷和餐车的顶盖就能看见。

"那个看着就像通往呕吐的不归路。"贾对她说。

"好吧，"安娜终于兴奋起来，冲朋友们一笑，"我看咱们应该先坐那个，再吃冰激凌。"

虽然她们一眼就能看见那个大家伙，但是不知道走过去的路线，于是在迷宫似的嘉年华里先绕了一会儿，途中被各种小演出和用很多可爱的小玩具作为奖品的摊位吸引住了。她们有通票的手环，所以什么都能玩，一堆维尼熊玩偶吸引了贾的注意力——她看中了一个巨型的屹耳[1]。

---

1 维尼熊系列中的角色，小毛驴屹耳。——译者注

"你要是把那个带回家，你爸妈就知道你来过这儿了。"贾从管那个摊位的男人手里接过三个沙包，安娜提醒她。

"没事。"吉玛一边说，一边看着贾排进靶子前面的队伍。靶子是一块木板，上面有几个圆形的洞，每个洞的上方都写着能得几分。最上面一排的洞要小得多，当然得分也会多得多。"我见过她玩无网篮球，没戏。"

让吉玛惊讶的是，也让贾欣喜的是，贾第一个就投中了，不过后面两个都没中，从板子上滑了下来。

"我赢到什么了吗？"贾满怀期待地问。安娜觉得应该没有，但是管摊位的男人想了一下，便够到架子的底层拿了一个小得多的屁耳。

"周末的开局礼物，"他冲她眨眨眼睛，"这样也许你们还会再来，对吧？"

贾立刻笑逐颜开，安娜看到吉玛的表情有点儿不大高兴，便提议先去找主要项目——那个旋转的大家伙。

她们还没看见，就先听见了。很多传统小摊位的店主播放的老掉牙的风琴乐声慢慢被重低音的节拍淹没了。她们绕过一个圆圆的小池塘，池塘边上围满了低龄的小孩子，他们正试着用短短的鱼竿去钩一条小船。这时，安娜听出了歌词，感觉是碧昂丝的一首金曲。她们终于找到了目标，还有排在前面的长队。

"咱们还得等好久。"贾抱怨道。

"那也值。"吉玛向她保证。

她们排了差不多十五分钟，终于一点儿一点儿地挪到了队伍的最前面，不过，安娜虽然觉得有点儿冷，但即便只是站在那儿，也觉得挺好玩的。嘉年华里负责这个项目的工人循环播放着一系列金曲，而且上面坐着的那些人脸上的表情也让人捧腹。有人尖叫，有人龇牙咧嘴，还有人干脆闭上眼睛，抓紧扶手，仿佛在祈求老天保佑。有几个人下来之后跌跌爬爬地走了，安娜断定他们要找一个隐秘的地方，把之前吃下去的各种垃圾食品都吐出来。

终于要轮到她们了。负责这个项目的男人拉上她们面前的安全锁链，于是她们可以清清楚楚地看着人们爬进车里，拉下保险杆。开始的时候非常平缓，六只机械臂一边旋转起来，一边轻柔地上下起伏。接着，每一辆小车开始非常缓慢地与机械臂反向旋转，速度逐渐加快，小车也来回变换方向，直到车里的人都变成模糊的一片。

安娜没想到的是，当设备慢慢停下，当人们开始忍着恶心把安全带解开时，她的心狂跳起来，手都冒汗了。

"你俩确定要坐？"安全锁链开了，她们可以登上平台了，安娜问吉玛。

"确定！"吉玛一边说，一边拉着她的手就拖上台阶。

小车的设计是每辆只能坐两个人，于是吉玛和安娜坐了一辆，贾一个人坐了一辆。安娜和贾对视了一下——她似乎和安娜的感觉一样——可是吉玛把保险杆拉到大腿的位置，然后嘎达一声，后悔也来不及了。

"出发！"小车开动了，吉玛一边叫，一边把两只手举到空中，尽管目前还是龟速前进。安娜紧紧地握住把手。

她们刚一开始行进，音乐就变了，是一首动感舞曲，安娜没听出来是哪首。她刚张开嘴巴想问吉玛是哪首曲子，小车便旋转起来。坐在车里比从下面看的感觉要快得多。安娜立刻发现自己被挤到了吉玛那边，而且待会儿速度还要更快！她壮着胆子瞄了一眼贾，心想一个人坐一辆车应该好很多，可是小车每次变换方向，贾便从座椅一头滑到另一头，她的脸已经绿了。

"贾会被甩出去的！"安娜在震耳欲聋的音乐声里冲吉玛大喊。吉玛只是哈哈大笑，头朝后仰着，似乎快活至极。

速度越来越快，旋转的力量使得安娜一会儿被挤到吉玛身上，一会儿又撞在硬邦邦的塑料车身上。她试图去看周围的嘉年华场地，可是世界从她眼前飞驰而过，什么也看不清，而且，每次小车转到中央那根柱子旁边时，灯都闪得她头晕。

总而言之，当她感到力量逐渐变小，知道设备即将停下来时，她还是很高兴的。

设备猛地震了一下，停住了，这时吉玛说："太棒了！"安娜摸索来摸索去，似乎还是搞不清保险杆是怎么锁定的，于是吉玛帮她拉开，然后跳了出来，咯咯笑得像个疯子。"咱们再坐一次吧，现在就坐！"

"呃，要不过一会儿吧。"安娜回答。她差点儿从小车里摔出来，好在伸手抓住了贾，否则就要四脚朝天了。她感觉到贾用指甲朝她的胳膊上掐了一下，便明白了。"咱们……咱们先去坐下歇一会儿，好不好？"

她们在旋转木马附近找到一张长椅，正好两位看上去疲惫不堪的母亲跳起来追着两个横冲直撞的小家伙进了由各种游乐项目组成的迷宫，于是她们便坐了上去。一开始，安娜连看着旋转木马温柔地转圈都感觉头疼，不过眩晕感渐渐消退了，她开心地看着那些小不点儿坐在上面又是拍手又是哈哈大笑，马儿们画得非常威武，上下起伏，好像一道波浪。

"那个！"贾指着旋转木马说，"咱们下一个就坐它！"

安娜哈哈大笑，虽然她偷偷在心里表示赞同。

"缓过来了吗？能吃冰激凌了吗？"安娜看见旋转木马的另一侧有一个摊位，便问。

"还没好，"贾回答，接着又说，"也许吧。"

"那就是好了，"吉玛说，"我要带糖粒的。"

"没问题。"

冰激凌让安娜的胃平静下来，可是她们刚刚吃完站起来，吉玛就提议立刻回去再坐一次转车，安娜则建议先去周围走走，既是为她自己，也是为了贾。再说，这么大的地方，她们还有很多没看呢。

"呀，还能骑矮马呢！"贾惊呼道，她看见一个三岁的小孩子正在使劲儿拽一匹设得兰矮马的鬃毛。矮马的表情似乎长年受着苦，牵马的那个男人看上去也是满脸怨气。

"我估计那些矮马驮不动咱们三个！"吉玛说，"估计都是设得兰矮马。不过，我倒不介意——"她欣赏地看了一眼牵马的男人。安娜也看得出来，如果他不是一脸苦相，没准儿还挺英俊的。

"别说了！"安娜叫道。吉玛是出了名的思想肮脏，而且安娜知道她也就是图个嘴上快活。

"扫兴。"吉玛用胳膊肘推了她一把。

"你就会动动嘴皮子！"贾叫道，"要是我现在走到他跟前，把你想说的告诉他，你会怎么样？"

"我会报以微笑，暗送秋波。"吉玛信誓旦旦道。

"你会掉头就跑！"安娜脱口而出。

"我才不会！"吉玛瞪着忽闪忽闪的大眼睛，表示抗议。接着她又咧嘴一笑："对，好吧，我会跑的。"

三个人都笑起来。她们又在各种摊位前逛了一会儿，把各个项目都试了一遍，不过什么也没赢到。吉玛再中一次就能赢到一条用塑料袋装的小金鱼，可是最后一次没发挥好，她自称是故意的。

"我的意思是，我要金鱼干什么？"

"那边那个帐篷是干吗的？"贾问。

那顶帐篷比其他大部分项目的帐篷都要小，而且它跟别的帐篷不同，门口的盖布没有掀开，看不到里面。它是藏蓝色的，上面有金黄色的小星星，前面站着一位游乐场工人，正在拉客。安娜注意到，他长得挺好看的。也许没有牵矮马的那个人帅气，不过他有……一种气质。他似乎胸有成竹，泰然自若，而且很有魅力，他微笑着对一男一女说着什么，估计是在鼓励他们进去试试他的本领。

不管他说的是什么，总之他成功了，因为下一秒钟，他们三个人已经都进去了。他从视线里消失时，安娜发现自己有些失望。

"咱们过去吧，"安娜提议说，"去看看是什么。"

招牌是歪着砸进去的，不符合安娜的对称感和秩序感，上面写着此人是"占卜大师埃米利安"。

"天哪，他是算命的！"贾激动地说，"这个咱们必须玩。"

吉玛似乎不太感兴趣——"这些东西都是骗人的"——可是当贾把目光投向安娜，将决定性的一票交给她时，安娜发现自己还没反应过来，就已经点了头。

"好吧，"安娜说，"我同意。"

她又看了一眼关着的帐篷入口，意识到自己是想再看一眼那位嘉年华工人，她想知道，和刚才隔着场地看见的谄媚的笑脸相比，他近看是不是也有同样的魅力。

第七章　黑暗里的一道光

A Light in the Dark

斯雷特跟在那对男女后面，从帐篷里出来了。那两人爱得死去活来，他能做的只是不要为他们预言疾病、穷困，还有无休止的苦痛。客户要是不满意，他们的反馈有那么一丝微乎其微的可能性会传到布莱恩的耳朵里，所以他必须管好自己的嘴巴，不得不说点儿诸如"生活美满"之类的废话来打发他们。他们很高兴，手拉着手走了——四只手都拉着——那姿势有点儿别扭，似乎在表示"我离不开你"，步子都迈不开来。斯雷特盼着他俩摔上一跤，可是神灵们依然拒绝给他一点儿好脸色。

他深吸一口气，想把头脑里熏香的气味冲走，迎着微弱的阳光，他眯起眼睛。帐篷里的光线很昏暗，即便是午后阴沉沉的天色，他的眼睛也难以适应。

他仿佛知道她们会来，刚才隔着一段距离朝他看的那三个小姑娘现在在他的招牌旁边尴尬地晃来晃去。他奉上职业的微笑，整理了一下身上那件肥大的紫色衬衫的衣袖，俯身向她们深深地鞠了一躬。

"女士们，"他轻声招呼她们，"我可以鼓动你们进去吗？我看到你们戴了手环，所以不需要再付钱给我。"他眨巴眨巴眼睛，接着说，"我可以告诉你们，会不会遇上一个又高又黑的陌生人，会不会踏上一段漫长的旅途……还有，会不会得到权力，或者财富，或者名望！"

其中一个女孩对他的话嗤之以鼻，斯雷特便把注意力集中在她身上。她穿得很招摇，脸上化着精致的妆，她正翻着白眼，仿佛他说的话都是垃圾——的确如此。不过，他从她的目光里察觉到了一丝兴趣，他知道怎样能钓她上钩。

"当然，"他说，"要想让我真正看见你们的命运，还得一个一个面谈。"他的眼神仿佛在看选美比赛的冠军，"私下会见。"

这句话让她动了心。他看着她把自己上上下下打量了一番，然后扬起下巴，有点儿挑衅的样子。

"好，"她说，"我先来。"

"悉听尊便。"他冲她咧嘴一笑，露出比恰到好处稍微多那么一点儿的牙齿，他以为她可能会在最后一刻退缩，不过其中一个朋友对她耳语了两句，她便昂首阔步进去了，斯雷特麻溜地跟上。

"坐吧。"他示意她坐在其中一张折叠椅上，然后自己在凳子上坐下。他摊开两只胳膊放在桌面上，手心向上，等着她把手递过来，然而，她似乎突然犹豫起来。她很紧张，仿佛在后悔刚才太过莽撞。

"你叫什么名字？"他问道，感觉自己多了一点儿慈爱。

"吉玛。"她回答。

"握住我的手，吉玛，"他鼓励她，"告诉我你想知道什么。"

"我——"她似乎有些迟疑，不过还是握住了他的手。他感觉她的手指凉冰冰的。"我以后的人生会是什么样的？"

"你要勇敢，"他说，"不能缺少相信的勇气。"他又看了一眼她梳得溜光的头发和考究的衣着。"你不需要给别人留下深刻的印象，只需要给你自己。"他松开她的手，不再像父亲那样给她建议，而是说，"我预见你会很长寿、很幸福。你真正的目标在这个小镇外面，在某个更有活力、更繁华的地方。"

"是巴黎吗？"小姑娘吉玛惊得倒吸一口气，"我想去巴黎生活，去从事时尚工作，可是我妈妈说……"她的声音越来越轻。接着，她又挺起肩膀。"可是，我干吗要在乎她说了什么！"

"的确如此。"斯雷特喃喃地说。他站起身，向吉玛暗示他俩的这段小插曲已经结束了。

"没了？"她似乎有点儿失望。

"命运之神只给我看到这么多。"斯雷特压低音量，沙哑低沉的嗓子似乎能给人留下深刻的印象，好像某个神灵正借他的口在说话。

"谢谢啦！"吉玛喜笑颜开，问他，"我叫一个朋友进来？"

斯雷特点点头，想着自己又可以少自欺欺人五分钟。

门口闪过一道光，第二个女孩进来了，在那一瞬里，斯雷特的眼睛什么也看不清，便笑了笑。

"请坐。"他郑重其事地说。这一回，他没有主动要握她的手。他指指椅子，她坐下了，不过只坐了一点点边。

"我叫贾，"他还没来得及问，她就脱口而出，"我的未来是什么样的？"

他没有急着回答，仿佛正在宇宙中搜寻真相。

"你会很富有。"他告诉她。她这么直入主题，八成能发财。"你一旦看中了什么东西，就会一直追随，这一点会帮助你。"他突然冒出一个邪恶的念头，"小心一个红头发的女人，她想从你这儿拿走点儿东西。"

斯雷特感觉得到，这个小姑娘绞尽脑汁在想他说的这个人到底会是谁。好在她的两个朋友都不是红头发，所以他并没有在她们之间种下嫌隙。

"好吧，"她若有所思，慢吞吞地点点头，然后说，"我想我知道是谁了。"人们会无比热切地相信他对他们说的话，这一点总是让斯雷特震惊。他好奇自己是不是应该感到内疚，可实际上，他顶多也就制造了一点儿青春期的戏码，不会有什么更严重的后果。

也许是因为埋藏已久的良心突然发现，他感到一阵剧烈的头痛，等到疼痛消失，他起身笑笑，表示结束了。

"哦，好的。"她跳起来，"谢谢！"

接着她便走了，帐篷顶上的盖布一阵窸窣。

虽然万般不情愿，斯雷特还是转身走到帐篷后面，又点上几根会让自己头疼的熏香。瞬时烟雾缭绕，刺激着他的鼻腔。等他回来，想着要出去把三个姑娘当中的第三个叫进来。他还在想她会不会已经临阵脱逃了，但她已经进来了。她站在帐篷入口的地方，一言不发，一动不动，她看他的眼神仿佛无助的兔子在瞪着狡猾的狐狸。她是三人当中打扮最素净的一个，很可能也是由于这个，她看上去比另外两个年纪要小一些。在斯雷特看来，她也是最漂亮的一个。即便在帐篷里昏暗的光线下，黑色的长发仍然将她的脸衬得很白，她的眼睛特别大，正打量着这个狭小的空间。

斯雷特不想把她吓跑。他想让她留下来，他疯狂地想要听她说话，听听看她的嗓音是不是绵软温柔，抑或在她羞涩的外表下，是否隐藏着锋芒。他默不作声地走到桌子旁边，在凳子上坐下，满怀期待地伸出双手。

她并没有急着坐下，但是斯雷特发现自己愿意一直这么等下去，等她终于坐到椅子上，她却并没有把手伸给他，而是合在一起放在大腿上。斯雷特冲她眨眨眼睛，然后不再打扰她。她在重新考虑。小姑娘在观察帐篷里的一切，她的视线扫来扫去，想躲避他的目光。她局促不安地动了一下，然后又动了一下。

他沉默良久，让她有足够长的时间来休整或逃跑。终于，她问："好吧，应该怎么做？"

斯雷特把头凑上前，冲她微微一笑，说："你问我一个问题，然后，我向命运之神寻求答案。"

"哦，好吧，我——"她顿了顿，飞快地看了他一眼，然后再次移开了视线，牙齿斜咬着嘴唇。她稍稍皱起了眉头，斯雷特注意到她非常轻微地摇了摇头，应该是想出了自己想问的问题，但不论是什么，她又打消了这个念头。

他温柔地问："你叫什么名字？"

她似乎并不想告诉他，不过最终还是说了："安娜。我叫安娜。"

"把你想问的问题说出来吧，安娜。"

帐篷里静得只听得到心跳，一下，两下，三下，四下。

"有一份工作，"她突然开口了，"只是一份兼职，在一家面包房里。是周末的轮班，不过是早班，差不多早上五点吧。"她一直盯着桌子，直到这时才抬起眼睛。斯雷特冲她点点头，鼓励她继续说下去。

她紧张地握起拳头，虽然他怀疑她还有其他大事由于害怕而不敢问，但他意识到，这件事对她来说也很重要。

"还有呢？"他说。

"嗯，我父母不想让我去。他们是出于对我的保护，不想让我太辛苦。他们说，我要上学，又要参加游泳俱乐部的活动，再去做兼职就太累了，而且早班就意味着我会非常累，学习的时候就难以集中注意力。可是……我真的需要这笔钱。"

她垂下头，耸起肩膀，斯雷特看出她很尴尬。

"所以，你是想知道他们会不会允许你接受这份工作吗？"他猜道。

"不是，"安娜果断地摇摇头，第一次表现出内心的锋芒，她挺直肩膀，"不是，我是想知道我能不能得到这份工作。如果我压根儿就得不到，那就没必要为此跟父母吵一架了。所以，我想知道的是：如果我递交申请，会成功吗？"

斯雷特舔了舔下嘴唇，思忖着。放在从前，回答这样的问题对他来说是小菜一碟。他每一天每一秒都在为失去这份天赋而难过——不过，是出于自私。没了这份天赋，他感到仿佛失去了光明，感到软弱无力。可是后来，他不时会因为别的而怀念它。这让斯雷特感到惊讶，可是他真希望自己能够回答小姑娘的问题。

好吧，要是他不能帮她预知未来，至少可以为她提供点儿好的建议。毕竟，他活了这么多年，多少也有了点儿智慧。

"如果你真的想得到这份工作，并且为之努力，你就会得到它。你要自信，要对自己充满信心，那样别人也会相信你。"

她郑重地点点头。

"虽然不是很清楚，"因为不想让她失望，他又补充道，"但是，我看见你在面包房里。"他也的确看见了，在他的脑海里，可惜这只是他的想象。"你浑身都是面粉，"他告诉她，"而且刚刚手还被烤箱烫了一下。"

安娜被逗得吸了一下鼻子，他冲她笑笑。他注意到，如果她不是一脸惊恐的表情，好像汽车前灯照射下惊慌的小兔，还是很漂亮的。她让他感觉自己仿佛也成了外表下的那位少年，虽然只是短短的一瞬间。

"听起来棒极了。"她说。接着，她又轻声加了一句："谢谢你。"

斯雷特的胸中涌起一股强烈的情感，他没有理会。这个小姑娘的问题并不是他的问题。尽管如此，当她似乎准备起身时，他还是伸手想要拉住她，他还没有准备好让她离开。他这突如其来的举动令她呆住了，她扭过头来，警觉地盯着他。

"别走，"他说，"还没结束。"

说不清为什么，他的心提到了嗓子眼儿。斯雷特一直等着，直到她坐了回去，只坐了椅子的一点儿边。

"把你真正想问的问题告诉我。"他命令道。

有事，他确定，是对她来说很重要的事……对他也是。他不知道为什么，但是这种确定感席卷了他的全身。

"我……什么？"

他吓到她了。她瞪大眼睛盯着他，准备拔腿就跑。

"你还有别的问题想要问我。"他说。他把身子向前探了探，向她施加压力。"问吧。"

"没有。"她摇摇头，试图否认，斯雷特只是静静地等着。等她又咬起了嘴唇，他知道她已经被自己说服了。

"问吧。"他重复道。

"是我哥哥，"她终于开口了，"我想知道他会不会有事。他跟一些鬼鬼祟祟的人混在一起，我觉得——"

"你觉得什么？"她停住了，斯雷特鼓励她继续说下去。

可安娜只是摇摇头："我想知道他会不会有事。"

"好吧。"斯雷特伸出双臂摊在桌子上，掌心向上，"握住我的手，我来向命运之神寻求答案。"

他想触碰她，想让她表达出对他的些许信任。他并没有想要更多，只是觉得需要触碰到她的肌肤。

安娜低头看看他的手，又抬头看看他。他冲她微微一笑，继续耐心地等着，好像一位猎人，小心翼翼地怕把猎物吓跑。她极其缓慢地抬起放在大腿上的手，谨慎地用冰凉的手指握住他的手。斯雷特体味了一下她的肌肤触碰到自己的感觉，感受着她的手指轻柔地握住自己的手，这时，他的身体里涌起了一股久未谋面的冲动。

老天……现在别来！

幻觉——从第一次出现的那天起，每个夜晚都来折磨他的那个幻觉——抓住了他，让他无法控制自己的双手，使他不得不一直握住她的手，而且撬开了他的嘴巴，他想闭也闭不起来。

"水，"他发现自己在说话，"翻滚着，掉进水里。水很凉，像酸一样灼烧着皮肤。"

安娜惊得张大嘴巴瞪着他。她试图抽回手来，可即便斯雷特想松开她，也无能为力。她站起身，想借助杠杆的力量挣脱开来，可是斯雷特仍然抓住她不放。

"无法呼吸，也找不到水面。漆黑一片，空无一人。"

说话间，他看见了，他感受到了水中刺骨的寒冷，肺里的灼烧，还有由于确定自己会溺死而产生的彻彻底底的恐慌。他浑身直冒冷汗，他想停下来，逃出帐篷，可是幻觉死死抓住他不放。

"游啊游，找啊找，蹬啊蹬，无法呼吸，也找不到水面。"

斯雷特长长地吸了一口气，感受到肺里一种虚幻的沉重。他痛恨这个部分，在这里，他只好放弃了。不论多么主动积极，都无法改变幻觉里的结局，除非……

"一道光，明亮地照进来。黑暗中，伸过来一只手。"

斯雷特并没有渐渐消失在黑暗里，而是看见一个身影跳进了自己身旁的水里，掀起一阵水花，也带来了一束光亮。不知道是谁，那个身影在水中翻转，虽然水里漆黑一片，但是斯雷特能清楚地看见对方。那个身影背对着他，伸开双臂在水中搜寻，他想喊出来，想向那个身影游过去，可已经一点儿力气也没有了。他仍然绝望无助地被困在幻觉里。

"这儿！"他大喊，把那可怜的小姑娘吓了一跳。他知道，要不是他死死抓着她的手，她早就跑了。"这儿！"

幻觉里的那个身影好像听见了他的声音，转过身来。斯雷特还没来得及看清那人的脸，那人已经在水里把身体弯成一个"V"字，一个猛子扎了过来。那动作一气呵成，优美极了，斯雷特不禁大为惊叹，接着便感到欢欣鼓舞。那人向他游过来了。

那个身影在水中有力、自信地向他划过来，突然间已经来到斯雷特面前，然后抓住他的肩膀，拉着他向水面游去。

"向上，"斯雷特发现自己在说，"得救了。黑暗中的援手。"

他感到自己在被往上拉，不一会儿，他冲出水面，深深地吸了一口气，他气喘吁吁，一阵扑腾，接着又是一阵咳嗽，恶心。然而，虽然窒息已久的肺里重新吸进了氧气，他却并没有去感受那甜蜜的解脱，因为他惊呆了，惊得说不出话来。

因为，预言中的那个面孔和眼前的这个小姑娘一模一样。

第八章　凶兆
Dark Omens

幻觉渐渐退去，斯雷特感到自己对身体的控制力重新回来了。他调整了一下坐姿，放松了一下刚才由于强烈的愤怒而扭曲的表情，但是并没有松开安娜的双手。

她似乎感觉到刚才裹挟他的东西已经离去，便笨拙地一屁股坐回到椅子上。

"怎么回事？"她问。斯雷特没有回答，他也无法回答。他目瞪口呆，只能直直地盯着她。就是眼前的这个面孔，在他死去多年之后，将自己从可怕的深渊里救了出来。

安娜坐立不安，又紧张起来，当她轻轻地想把手抽回去时，斯雷特强迫自己松开了她。他不能把她吓着，那样可能会把她吓跑。他还得知道更多的信息，知道她是谁，知道她为什么能改变他长久以来想要躲避的未来。

"安娜——"

"怎么回事？没道理啊。是关于康纳的吗？你看见他溺水了？"

"我没看见你哥哥。"他告诉她。尽管，斯雷特知道，那些不明身份的喊声里也许有一个就来自康纳。

"哦，"安娜的眉毛拧成一团，一脸的惊慌失措，"那……不是关于康

051

纳？是……是一个隐喻吗？"她无助地看着他，"我不明白。"

斯雷特也不明白。

不过，他得控制住局面。等他终于不再头晕目眩，他便开始了行动。

"预知未来的能力有可能无法预测。"他对她说，"命运之神想跟你说话，我不过是一个传声筒。"

"那么，那的确是关于康纳的喽？"

"有可能。"斯雷特有意回避她的问题，"可以有很多种方法来解读。"

"对。好吧。"

他看出她已经彻底被他弄糊涂了，可由于他自己也是措手不及，于是吃力地想让对话继续下去："那……你想这么解读吗？"

怎样才能接近她呢？怎样才能跟她建立起联系，编造点儿什么事才能防止她一出帐篷就把他忘掉呢？

"预知未来的天赋今天离开我了，不过，也许，要是你明天再来的话……"

他卖了个关子，期盼着她对哥哥的担心能强烈到让她愿意再来一次。否则，他就只能想办法去到处找她了。

"哦。"安娜又说。接着，她苦笑了一下，斯雷特的心一沉。

她不会来的。他得像某个可怕的跟踪者那样跟着她，还得盼着自己不要被抓到。他得知道她住在哪儿，还有——

"只是……"她在椅子上扭了一下身子，右手摩挲着左手腕，上面戴着鲜艳的橘黄色手环，"这个手环只能今天用，而且挺贵的。"

"不要钱。"他立刻说，接着趁热打铁地说，"还有一些东西，我能感觉得到。你哥哥的命运今天有点儿模糊，但是如果我们明天再试一次，我确定我能看得更清楚些。"

他极尽谄媚地冲她笑笑，在桌子下方双手合十祈求好运。

"好吧。"她终于说，虽然很不情愿。也许他也可以跟着她，以防万一。"我会的。我会来的。"她向身后的帐篷入口望去，"我得走了。我朋友会担心的。"

她们不太可能担心她，不过斯雷特听懂了，这只是个借口，她想走了。

"明天见？"他追问道，想让她答应他。

"嗯，"她勉强笑笑，朝门口走去，想快点儿离开这儿，"明天见。"

"可能事关你哥哥的性命。"最后这句话让他感觉自己像个浑蛋，不过他还是说了出来。

"好吧。"安娜吞吞吐吐，脸上没了血色，"我会来的。我保证。"

斯雷特满意地笑笑，让她走了。接着，他重重地一屁股坐下，差点儿从那该死的板凳上摔下来。他把胳膊肘支在桌子上，双手抱头，想让自己平静下来。

他的头脑一片混乱。他想要跑出去，抓住那个女孩——安娜，他提醒自己，她叫安娜——然后把她用胶水牢牢地粘在自己身上，直到预言降临。这个念头太有诱惑力了。他知道，自己现在出去还能追得上她，可是在幻觉中，她为了救他，跳进了水里。他已经在水中越沉越深，就快溺死了。要是他绑架她，违背她的意愿扣留她，那她应该不会主动跳进冰冷黑暗的水里。

淡定，他对自己说。她答应会回来的。而且，还有关于她哥哥的问题，不管到底是什么，都是他悬在她头顶上方的诱饵。

可这仍然让他想起了幻觉本身。他不明白，幻觉本质上并没有改变，可似乎他之前漏掉了其中的一部分——拼图的最后一片。你以为故事结束了，其实后面还隐藏着一页，等着你去发掘。而且，如果没错的话，他没有死。

他仍然不明白幻觉到底发生在何时何地，也不知道它为什么会发生，可是有一点很清楚：他没有死。

以他现在的状态，已经没法再接待其他客人了——他满脑子都是问号，让他无法忍受，他知道自己没办法再集中足够的注意力，去从客人的语气、表情和肢体语言的微妙变化中帮助自己发现一些蛛丝马迹。可是他得跟布莱恩搞好关系，而在人潮涌动的星期六下午突然闭店可不是搞关系的好办法，尤其是他现在还无法给出真实的理由。

"呃，好吧，布莱恩，你看，"他喃喃自语，"我产生了这个命运攸关的幻觉，感觉必须得躺一会儿。"

他哼笑一声站了起来。他的腿有点儿发抖，不过还是稳住了。他一边揉着额头，一边把剩下的熏香吹灭，希望清爽一点儿的空气能帮自己打起精神。接着他朝帐篷门口走去，他抬起胳膊把盖布掀到一边，脸上堆起笑容。

"欢迎！"门口聚集了一小群人，他向他们叫道，"你们来，是想听听变幻无常的命运之手为你们准备了什么吗？"

人们被他这句过于夸张的开场白逗笑了，他让自己稍微顿了顿，四下看了一眼。那个小姑娘和她的朋友们已经走了。他忍住随即涌起的恐慌，重新面对眼前的潜在顾客。

"请进，请进。"他说，"让我凝视你的眼睛，看见你的未来！"

他站到边上，伸出手臂做出公开邀请的姿势，两个老妇人热切地走了进去。斯雷特戴上自己那副游戏的面具，跟在她们后面进了帐篷。

游乐场从下午一直营业到晚上。斯雷特把一块紫色的厚布挂在他的招牌上，有两位明显来之前刚在酒馆里喝过一轮的蠢蠢欲动、醉醺醺的狂欢者见状，便离开了。此时，斯雷特已经累坏了。

他向自己的篷车走去，一心只想着赶紧休息，整个场地里的灯也一盏盏熄灭了。在昏暗的夜色下，摊位上的各种装饰也有了别样的意味。他路过飞镖扑克的摊位时，一个比真人还要大的小丑斜眼瞧着他。投篮的摊位那儿，一条笑嘻嘻的狗似乎警觉地盯着他，仿佛在守卫空荡荡的篮筐。大帐篷里一整天都有节目上演，此时则像一个神秘的怪物，也在那里站岗放哨。远处传来一阵笑声，那是最后几位顾客在往家走，可那笑声只让斯雷特身旁的寂静更加深沉，负责看管商品的游乐场工人们也都沉默不语，把一切都关上锁好。没有了嘈杂的人群和五颜六色闪烁的灯光，游乐场呈现出了本来的面貌：剥落的油漆、褪色的油布，一整天过去，虽然充满希望的玩家花了不少币，可是奖品板上依旧满满当当。疲惫的工头们多少也受着点儿压迫，他们把所有东西都清理干净，只等着明天早上重新开张——心里盼望着最后清点收入的时候，能像样地赚上一笔。

斯雷特绕过临时搭建的马厩，来到半圆形的篷车区域，气氛立刻变了。如同日夜更替一般，空荡荡的游乐场阴森可怕，静得让人心生戒备，取而代之的是眼前戏班生活区的热闹场面。中间摆着一个油桶，火烧得正旺；很多人把折叠躺椅搬了出来，手里握着瓶子，也许是酒什么的。斯雷特可以加入他们——人群里有和他相好的人，至少有丹尼尔——可他感觉自己此刻的心境更适合黑乎乎、空荡荡的游乐设施。他绕过人群，隐约听出其中有几个人在唱一首老歌，他钻进和杰克共住的篷车，虽然灯亮着，但是里面没人，这让他松了一口气。

斯雷特衣服也没脱，便躺在沙发上，闭上眼睛，用胳膊挡在脸上，遮住灯光。他的思绪仍然很乱。已经过去了几个小时，他本应从幻觉造成的惊恐中恢复过来，可他其实并没有时间来消化这件事。

他是做好将死的准备来到这座小镇的。算命是一项罕见的天赋，但是，在他北爱尔兰的家族里，这项天赋有着很深的渊源。他的母亲、祖母，还有曾祖母都能预见未来，能探究各种征兆。不过，即便他的孪生妹妹也缺乏钻研所有迹象所需的自制力，因而她也就无法理解那些微妙之处，从而真正解读命运，至少斯雷特认识她的时候是这样。

家族中任何人所能追溯到的最遥远的祖先都达不到斯雷特的水平，一个也没有。他能产生幻觉——完整而又纯粹的幻觉——虽然他自嘲地认为自己的这个天赋明显不像原本想象的那么简单和万无一失。这么多年来，他所产生的幻觉始终都不是完整的，都缺了至关重要的一部分，这一直是他的心结。

他不会死。他摇摇头，仍然在努力领会这件事。他以为自己会感到轻松——毕竟，他并不想死——可是相反，他感觉到的只有将信将疑。幻觉为什么突然变了？那个女孩，一个完全陌生的人，为什么会被卷进来？显然，她救了他，可她又在那儿做什么呢？甚至于，他们到底在哪儿？

所有这些问题，他都无从作答，可是有一个问题，他可以找到答案。

斯雷特爬起来，蹑手蹑脚地走到篷车门口，插上锁。这么做并不能阻止杰克进来，可是至少可以让他在外面多待片刻，就不会让他毁掉斯雷特在关键时刻的专注了。接着，他便把小桌子上的东西清理干净，搬到伸缩沙发旁边。在这里，他每天早上和毛毯一起收在下面的还有一个硬纸盒，他已经很久很久没有打开过了。他掀开盖在上面的几块布，把手伸进去仔细地摸着，让自己重新熟悉其中的每一样东西。他等待着，等待着那种灼烧、发痒的感觉，那种感觉会告诉他应该选哪一个。自从他第一次产生关于掉进水里的幻觉，他就再也没有过那种感觉，不过……有了！他如释重负，几乎要哭出来。他把手抽了回来，手里是一个形状完美的扇贝壳。

他用另一只手从盒子里抽出来一把刀，刀刃很钝，但是刀头逐渐收窄，刀尖很锋利，他握着它，感觉它和自己融为一体，重量和平衡感对于接下来的任务都恰到好处。

他几乎不敢相信，从小厨房里拿了一盒火柴，还有一支蜡烛，都是备着留作发电机出故障的时候用的，因为发电机经常出故障。他在桌旁坐下，点燃蜡烛，接着，凭借铭记于心的手艺，他精准地在弧形贝壳闪闪发光的内侧刻下几个字："安娜""哥哥"。他刻得很慢，不想刻得太深，怕贝壳裂开。他的箱子里还有很多，但若重新换一个，效果就差远了，因为不是天赋帮他选出来的。

刻好字，他便试探着用两只手的大拇指、食指还有中指的指尖把贝壳托住，放在火苗上方，弧面朝下。他提醒自己，要小心，动作要轻柔。

起先，除了淡淡的煳味和一丝咸味，什么也没有。接着，闪烁着珍珠般光泽的贝壳表面开始慢慢出现细小的裂纹。斯雷特耐心地等待着，不想由于再次有了这种完整的感知而欣喜过度，操之过急。他告诉自己，等这一切结束，会有一个信号。信号真的来了。不知道从哪儿刮来了一阵风，倏地把蜡烛吹灭了，斯雷特的指关节上也溅上了熔化的蜡滴。他嘶了一声，把皮肤上已经硬掉的蜡擦掉，然后深吸一口气，全神贯注地把贝壳的内侧歪过来对着自己。

裂痕就在那儿，细小得很，几乎看不出来。斯雷特把贝壳暂时放下，然后拿起刀在自己的拇指肚上划了下去，鲜血立刻涌了出来。他把手举到贝壳上方，用力去挤伤口下面的肉，直到几滴鲜血吧嗒吧嗒地滴了进去，在奶油色的表面上留下鲜艳的红色。他把贝壳举起来，左右倾斜，让自己的血流进所有的裂痕。刚刚刻下的字血淋淋、清晰地呈现在他面前。

"告诉我，"他轻声说，"给我看看安娜哥哥的命运。"

他知道，要是安娜的哥哥在场，效果会好得多，或者哪怕是安娜本人在场也行。如果他真的见过自己要为之占卜的那个男孩，会很有帮助。不过，他依然有希望。他感到自己和这个贝壳心有灵犀，而且在今天下午那个强有力的瞬间之后，他感到自己和安娜也似曾相识。他甚至产生了一个疯狂的念头，那就是如果他出于某种原因不得不去找她，他也一定能找到。仿佛她是一盏若隐若现的灯塔，闪烁在小镇的某个角落。

"告诉我。"血迹开始凝固，他又低声说道。

有几道小一些的裂痕，细细的纹路形成了复杂的图案。曾几何时，这些图案的含义斯雷特都知道，可是现在它们已经离他而去。不过，其实也没关系。这个图案上最明显的是中间一道很深的裂纹，把"哥哥"两个字一切两半，然后向右上方蜿蜒而去。怎么说呢？这道裂纹看上去就像一把镰刀，它的含义显而易见。

死亡。

"该死。"斯雷特喃喃地说。

第九章 高个子、黑皮肤的陌生人

The Tall, Dark Stranger

安娜的床上简直就是垃圾食品的大杂烩，羽绒被上，没被三个姑娘占据的几乎每一个角落都散落着巧克力、薯片、果冻和软糖。梳妆台上的电视机正在播放一部女生爱看的言情剧，不过其实她们都没在看。她们都在忙着回味下午的事。

"你们觉得，负责骑矮马的那个人多大年纪？"吉玛问道，她嘴里挂着一段草莓图案的蕾丝花边，好像叼着一根香烟。

"反正比你大！"贾打趣说，"还有，他可真是一脸苦相。"

"那叫时髦。"吉玛告诉她。

"那是自大。"安娜说，"我也同意贾的观点，他看着的确是一脸苦相。"她想了想，又说，"我也觉得他比你大。"

"我看上去可比实际年龄要大。"吉玛冷冷地提醒两位朋友，"我不像你们，还是个小宝宝，稍微坐一圈就想吐。"

"那哪儿是稍微坐一圈，"贾举起手，在空中比画了一个引号，"把我的平衡感都给弄乱了。"

"胆小鬼。"吉玛断言，哈哈大笑着躲开贾挥过来的枕头。

"你们觉得那个算命先生怎么样？"安娜突然问。

关于下午埃米利安（这绝对不是他的真名！）身上发生的那段令人

毛骨悚然的插曲，她一个字也没跟贾和吉玛提起。她当时觉得怪异，可是现在回过头来再想，又觉得他一定是在演戏。这出戏太吓人了。她不知道自己为什么会同意明天再去……她想说自己不会去，可是又感觉会去。

而她用来为自己辩护的理由——万一他真的能预知她哥哥的未来呢？——又和埃米利安这个名字一样，像是骗人的鬼话。

"挺可爱的！"吉玛立刻回答，"不过没有矮马小子可爱——"

"矮马小子？"安娜问道。

贾哼了一声："她以为自己这样引经据典很酷呢。当然了，她真正读过的书只有《局外人》[1]这一本，所以……"

"随你们怎么说，"吉玛假装生气地看着她俩，"那个算命先生长得还行。"

"是的，可是——"他长得的确还行吧，不难看。不过安娜并没有注意到这一点。"他跟你俩都说什么了，关于你们的未来？"

"不能说！"贾大喊一声，吓得安娜赶紧冲她摆手，示意她小声点儿。已经过半夜十二点了，爸爸妈妈的房间就在隔壁，而且爸爸明早还要上班。要是他忍无可忍敲墙让她们安静，她就死定了。

"什么意思？"她问。

"命是不能说的，"贾解释道，"要是说了，就不能成真了。"

"哎呀，算了吧，"吉玛嘲笑她，"我才不觉得我们当中有谁会真的相信那些鬼话呢。"她冲安娜咧嘴一笑。"他跟我说，我以后会住在巴黎！"

"真的吗？"贾吸了一口气，明显已经忘了要保密的事，"做时尚工

---

1 《局外人》：*The Outsiders*，美国小说，亦被称为《小教父》，Ponyboy 是其中主人公的名字，字面含义正好是矮马小子。——译者注

作？"吉玛点点头。"好吧，那——"贾看了安娜和吉玛一眼，确保两人都在认真听着，"他叫我小心一个红头发的女人。"

"萨伦·桑德斯。"吉玛立刻说。

"我也是这么想的！"贾叫道，"她就觉得自己比我强。圣诞音乐会的时候，我拿到那个小号独奏的角色，她还让她妈妈写信去抱怨！"

"也可能是詹金斯夫人，"安娜提醒她，"她也是红头发。"

"是的，不过她有什么可让我担心的？"贾问道。

"我也不知道，"安娜耸耸肩膀，"也许她会布置一项繁重的家庭作业，或者别的什么。"

"也许吧。"贾耸耸肩，接着又转向吉玛，"我打赌是那个泼妇萨伦。"

吉玛果断地点点头。

"那……"安娜不满足他们的回答，皱起眉头问，"他的声音变成那样的时候，你们不觉得诡异吗？"

"变成哪样？"吉玛一脸困惑，眉毛都拧到了一起。贾也是一脸茫然。

"你们知道的，"安娜搜索着合适的词，不确定该如何形容，"变得又低又——"

"男人味？"吉玛挤眉弄眼。

"不是！"安娜心里烦得很，打断了她，"他开始说话，声音听起来很……不是机械，但是很奇怪，就像……我也不知道，就像他控制不了似的。或者是有别的人借他的嘴巴在说话。"

贾和吉玛脸上的表情告诉她，对于她所描述的情形，她俩一无所知。

"我不知道，"贾看看吉玛，又扭头看看安娜，"我觉得他的声音很正常啊，很性感，有北爱尔兰的口音。"

吉玛点头赞同，又仿佛表示歉意似的耸耸肩膀。

"好吧。"安娜只好放弃这个谜团，接着又问，"那他也握你们的手了吗？"

"当然握了！"吉玛跪坐起来，一堆糖果顺着她在床垫上压下去的方向滑了过去。她低头看了一眼，抓起一小包哈瑞宝软糖。"我觉得他还用小拇指胳肢了我的手掌心，故意的。"

"那八成是蜘蛛吧。"听见贾这句玩笑，吉玛抓起那包糖就朝贾身上砸去，尽管她似乎立刻就后悔了，尤其是当贾一把抓住空中的纸袋，撕开来说了一声"谢谢"时。

安娜已经开始感到尴尬，不过还不至于放弃这个话题。

"他没有抓住你们吗？"她苦着脸，"我的意思是，我都站起来了，可他还是不放我走。"她一边搓着手指一边回忆道，"有那么一点儿疼，而且我感觉他甚至都不知道自己在这么做。"

两个女孩都盯着她。吉玛先摇了摇头，然后是贾。

"看来只有我，"在尴尬的沉默中，安娜说，"真棒。"

"也许他喜欢你？"吉玛提出这个解释，尽管听起来她自己也不太相信。

安娜也不太相信。她原本打算告诉朋友们自己答应明天再去见他，可是现在，一种说不出的感觉让她把嘴边的话又咽了回去。而且，听见朋友们的经历和自己不同，虽然她应该重新考虑先前做出的承诺——老实说，应该赶紧退出——可是她却知道，自己比以往任何时候都更加坚定了。

一个阳光灿烂的星期天下午，三点刚过，安娜又一次踏上了嘉年华的入口通道。这里和昨天一样热闹。不过，她注意到今天簇拥而来的人群发生了一些变化。成群结队的青少年少了，拖家带口的多了。她径直走过售票亭前面的队伍，她的手环已经失效，不过她本来也没打算再玩其他的游乐项目。昨天下午，她已经跟贾和吉玛在游乐场里玩了个遍。

今天，她要直接去算命先生的帐篷。

实际上，她颇花了点儿工夫才找到那儿。嘉年华的布局就像一座迷宫，明显是故意这么设计的，想让人尽量在里面待得久一点儿，在不同的游乐设施之间多逛逛——就像宜家一样。安娜曾经和她妈妈花了倒霉的一个小时（虽然实际的感受要长得多），就为了找一块合适的垫子，来遮住客厅地毯上难看的污渍。区别在于，宜家里有随处可见的指示牌，告诉你卫生间和厨房的区域应该往哪儿走。而在这里，安娜只能绕来绕去。懊恼地走了十分钟，她还是没找到，于是决定先找到最大的那个——那个可怕的转车——然后从那儿出发再去找。

接着，终于——很快——她已经站在埃米利安的帐篷前面。

他不在。当她发现这一点时，心头涌起一股强烈的失望。一个看上去脾气很坏的男人站在外面，正吃力地管着两个跑来跑去的小孩子，他们跑得很快，因此安娜猜想他们吃了很多很多的糖——现在，这个男人后悔了。没看见孩子们的妈妈，安娜估摸着她应该在帐篷里。

失望感很快就变成了解脱。安娜站在附近等着，跟两个横冲直撞的小家伙保持了足够远的距离，免得被他们撞到。接着，她慌张起来。然后她往远处走了半步，又站住了。她咬着嘴唇，心里犹豫着。

她应该离开这儿。太傻了。那个算命先生不可能有办法帮她。他很可能只是在拿她逗乐，或者是另有企图。

太傻了。她绝对应该离开这儿。

可是安娜的两只脚怎么也不听使唤，等埃米利安从帐篷里出来时，她依然站在那儿，尴尬极了，感觉自己像个十足的大傻瓜。一个女人紧跟在埃米利安后面，也出来了，小孩子们尖叫一声"妈妈"，证实了她和那个一脸疲惫的父亲是一家子。她看上去容光焕发，刚才听到的话显然让她非常满意，安娜悄悄挨近一点儿，听见她对丈夫说："他说咱们还会再生两个！"听到这句话，那个男人脸上现出惊恐的表情，被安娜看到了。

安娜向算命先生转过身去，正好看见他的脸上闪过一丝还没来得及藏起来的笑容。下一秒钟，他也看见了她，很明显，他一脸的如释重负。

这让安娜感到奇怪：为什么他看到她，会松一口气呢？

她没多少时间思考这个问题，因为他很快便镇定下来，径直走到她跟前，伸出双臂，握住了她的一只手。

"你来了。"他笑眯眯地说。他轻快的语气让她的紧张情绪舒缓了一些，接着，她发现自己已经被他拉着，朝帐篷里去了。

"呃，我……"她吞吞吐吐，突然觉得口干舌燥，"你说你也许能帮我，关于我哥哥的事？"

此时此刻在他面前说这个，显得更荒唐了，可这是安娜给自己找的理由，尽管根本站不住脚。不过，对算命先生重复一遍，倒也没什么坏处——

除了她说话时，他的脸上掠过的阴影。

安娜突然有些怀疑，站住了，他不再是握她的手，而成了使劲儿抓住，然后是硬拽。

"埃米利安——"

"是斯雷特。"他说。

"什么？"安娜盯着他。

"我的名字是斯雷特，不是——"他朝招牌的方向示意，厌恶地皱起鼻子，"埃米利安，那是骗客人的。"

"哦，好吧。"安娜不知道该怎么回答。她不是客人吗？还有……斯雷特又是个什么样的名字？至少在她看来，这个名字的奇怪程度一点儿也不亚于埃米利安。

他开始温柔地把她往帐篷里拉，安娜发现自己一只脚已经踏了进去，突然又害怕起来。她跟着这位叫斯雷特的算命先生往帐篷里又走了一步，接着使劲儿把手从他手里抽了出来。

他松开她，来到帐篷里面，摆弄几根熏香。空气里已经弥漫着熏香的气味，要是再浓一点儿，安娜就要窒息了。

"坐吧，"他说，"我就——"他抓起一盒火柴，可当他看到安娜皱着鼻子准备坐下时，便停下了手中的动作。"你不喜欢熏香？"安娜摇摇头。"我也不喜欢。"他冲她一笑，把火柴扔到一边。

帐篷很小，斯雷特的长腿一个大步就跨了过来，一屁股坐在自己那张矮凳上。桌子依然隔在他俩之间，可他突然觉得彼此离得好近，尤其是当他没有任何其他东西可看的时候，没有水晶球，也没有塔罗牌。桌子上的布块很漂亮，铺得错落有致，让下层的色彩也能完整地露出来。安娜伸出手，指尖捋着一块深青绿色布条的流苏边缘，感觉像是丝缎，非常滑。

"好吧。"她终于开口了。她抬起头，发现他正看着自己，方才意识到他一直在等着。吉玛说得对，他长得不错，不过安娜觉得不应该用"可爱"来形容。他的脸上有太多尖锐的棱角，目光也太过炽烈。光线昏暗，很难分辨出他的眼睛是深蓝色还是灰色，不过里面似乎蕴含着暴风骤雨。

"好吧。"他也学她。

"你没有——"她刚一开口，又停住了，脸上的表情有些尴尬，但他耐心地等她说下去，"我还以为会有个水晶球什么的。"

"我有一个。"他承认了，身子轻轻往后活动了一下肩膀，仿佛在舒缓肌肉的压力。这个动作让安娜意识到自己也驼着背，也很紧张。她感觉到脖子周围的肌肉很紧，于是皱皱眉头，努力把身子坐得更直一点儿。

"是吗？"她问。她扬起半边眉头，迅速扫视了一圈，然后重新看着他。帐篷里没有能藏下一个水晶球的地方。

"我用它来当镇纸。"他主动说。

"有塔罗牌吗？"安娜扬起嘴角，微微一笑。

"在我的篷车里垫桌脚呢，那张桌子老是不稳。"

她哈哈大笑，笑声在这狭小的空间里显得有点儿刺耳。

"我开始觉得你像个骗子了。"安娜开起了玩笑。

"可事实是，"斯雷特把身子往前探了探，脸上幽默的表情似乎瞬间消失了，"我不是骗子。"

"什么？"安娜微微朝后缩了回去，重新保持彼此之间的距离，"这话是什么意思？"

"我真的能预知未来，安娜。"斯雷特叫了她的名字。她告诉过他，不过不认为他能记得。"我能预知未来，而且，有的时候，我还能看见幻景，产生幻觉。"

他似乎想用这个来镇住她，仿佛她的信任对他来说真的很重要。安娜突然感到一阵不自在，做了个鬼脸。"好吧。"她终于应道。

"你不相信我。"他坐直身子，有意想跟她靠近一点儿，然而安娜却往后倚了些。他脸上失望的表情——并不是因为她不相信自己，而是对她感到失望——令她坐立不安，她很想扭扭身子，仿佛自己是一个刚刚学会走路的小孩子，明知故犯被抓了个正着。羞愧，她惊讶地意识到自己此刻的心情。她为让他失望而感到羞愧。

怪了。

"可这不过是……读懂别人，不是吗？"她问，"他们不是这么说的吗？说那些自称能预知未来的人只是精通肢体语言，擅长解读别人的表情，再问两个探究性的问题。"

"大多数时候的确如此。"斯雷特连忙表示赞同。他的话只说了一半，于是安娜发现自己不得不帮他说完。

"……但你不是？"

"我不是。"

他一本正经，不是在开玩笑，也没有因为提起如此不同寻常的事而感到尴尬。安娜不知道该如何理解了。

"好吧，那是什么原理呢？"她问。

他耸耸肩膀："那些幻觉，其实我也太不确定。我并非总能控制它们。要是有什么东西是我注定要看到的，那么，我就会被它控制住。"

"就像昨天。"安娜轻声说。她记起他好像突然一动不动，然后好像被什么东西控制住了。从他喉咙里发出来的那个声音……她不禁打了个冷战。

"就像昨天。"他喃喃地说。他伸出胳膊，仿佛想要握她的手，然后明显又改了主意，只放在桌子上。"我吓到你了。"他说。

是的，他把她吓坏了，而她依然无法确信昨天的事会不会是他在玩什么把戏。她偷偷朝帐篷的角落里瞥了几眼，搜寻有没有隐藏的摄像头。她看过电视节目里有人拿毫无防备的人搞恶作剧，耍他们一把。她痛恨这种点子，她不明白羞辱别人有什么意思。

斯雷特迅速向身后扫了一眼，然后回头看着她，困惑地皱起眉头来，仿佛不明白她在看什么。不过，他似乎决定不去理会。

"昨天……"他长长地叹了一口气，"昨天，我看见了一些事。"他止住了。安娜等待着，然后继续等待着。斯雷特仿佛僵在那儿，她屏住呼吸，希望他不会再来一次小小的状况。要是再有，这回她就准备跑了。几秒钟后，他微微摇了摇头。"我看见关于我自己未来的一些事，"他有点儿难为情地冲她笑笑，"你只是碰巧在错误的时间来到了错误的地方。"

安娜皱起眉头："你说是关于我哥哥的，是一个隐喻。"

"不是，那是你说的，"他反驳她，"我只是让你这么认为而已。"

"你经常这么做吗？"安娜感觉自己很笨，急切地问道。斯雷特一言不发，而没有回答就是最好的回答。"所以你是个骗子。"

"不是！"他窘迫地大喊，"可是我又没办法准确地为自己解释，不是吗？"安娜刚想说他现在就在为自己辩解，他又插了一句，这句话关乎那件重要的事，立刻便让她转移了注意力。"我的确去探寻你哥哥的未来了，"他温柔地说，"后来。"

"什么？"

斯雷特把手伸到桌子下面，从衣袋里掏出来一个东西。等他放到桌子上，安娜看出那是一个很大的扇贝壳。

"来，"他说，"看看。"

安娜小心翼翼地拾起那个贝壳。从外表看，它很正常，尽管有些残渣落在她的手指上，黑乎乎的，像是燃烧过后留下的灰烬，可是里面有些刻痕，还有裂纹。她看出来有几个字。因为光线太暗，加上周围都是裂纹，不太容易分辨——上面还沾满了奇怪的红色的东西。

"那是……？"

"是血。"斯雷特证实了她的猜测。"是我的。"见她惊恐地看了自己一眼，他又补充了一句。安娜不确定这究竟是好事还是坏事，不过血迹只在内侧，她也不打算去碰它。

"我看不清楚写的是什么。"她不好意思地对他说。

斯雷特心里突然一阵不高兴，仿佛她不知怎的，不经意间侮辱了他似的，但他还是从她手里把贝壳拿过来，倾斜到合适的角度，正好让光照上去。字迹清晰了一些，刻痕比裂纹要稍微深一点儿。

"安娜，"她轻轻地念，"哥哥。"她抬起头，疑惑地看着斯雷特。

"我刻了这几个字，问了这个问题。"他说。

"问谁？"

他耸耸肩，无助地表示歉意："我也不知道。问命运之神吧，要是你相信的话。问神灵，或者是时间，或者是鬼魂。我也不知道自己在跟谁说话，只知道有时候他们会回答。"

"答案是？"

"在裂纹里。"斯雷特告诉她。

安娜不太满意他的回答，做了个鬼脸。他知道，她不知道该如何解读。

"好吧，裂纹说的是什么？"

斯雷特微微一笑，仿佛赢了什么似的。安娜意识到自己已经快要相信他了。她确定自己并不信他，但是听他说说也无妨。

他微微转了一下贝壳，让自己能看见它的内侧，接着便用指尖拂过最大的那道裂纹，它的纹路在两个字中间横切了一道，然后又向右边延伸开去。

"要是让你说，你觉得那像什么？"他问她。

安娜耸耸肩。像一条线切进另一条线。不过，她心里想……

"镰刀？"她问道，"就像万圣节的时候人们会拿的那种？"

"是的，就是那个，"他说，"镰刀。"他意味深长地顿了顿，"死亡的象征。"

"死亡的象征？"安娜说，"那不是骷髅头吗？"

她的声音依然轻快，带着询问的语气，这简直是个奇迹，因为她的内心似乎突然被掏空了，斯雷特的话就像钟楼里的钟声，响彻她的全身。

"是死神，千真万确。"斯雷特向她解释，"是乔装打扮想带走你灵魂的那个家伙。"

"不！"安娜坚决反对。她感觉已经无法控制自己的身体，她想走出帐篷，可是不确定两条腿会不会听使唤。"不对！那不是康纳的未来。你错了！"

她嘴上这么说，心里却并不这么认为。斯雷特道出了她心中最大的恐惧，也正因为如此，她才忍不住想听他解释——因为在她的梦魇里，她看见的的确是这样的场景。康纳现在结交的人喜欢用暴力来解决分歧，她打赌他们当中至少有一半的人身上都带着匕首。事态可能会迅速朝着致命的方向发展。当地的报纸上经常会有这种报道，安娜很害怕康纳会成为下一个悲剧人物，下一个戛然而止的生命。

"也可能是错的。"斯雷特主动说，"占卜也不是绝对可靠。"

"那还有什么意义！"安娜脱口而出，"要是你都不能相信它，还要它做什么！"

"怎么说呢，看你怎么解读，"斯雷特说，"而且人总会犯错。"

他又低头看着那个贝壳，看着那道裂纹，此时此刻，安娜已经无法再把它看作镰刀了。他脸上的表情，还有他身体蜷曲的紧张感，都在对安娜说，他并不认为自己的解读是错的。

"我不相信，"她坚持说，"我才不信！"她深吸一口气，然后站了起来。"我看啊，这是你伪造的，用刀或者别的什么东西刻上去的。你在给我设圈套，是不是？好吧，不管你想搞什么名堂，我可不奉陪！"

她转身要走，可是听见一声"等等"。他的声音里透着恐慌，这使她停住了脚步。她慢慢转过身子，重新冲着他，看见他正毅然决然地控制着自己的表情。不过，那背后似乎隐藏着什么，仿佛他被吓得魂不附体。

安娜往后退了一步，她摸不着头脑，又怕又气，但是她没有走，她站在那儿等待着。

"我们可以再做一次，现在就做。其实，你在的话，结果会更准。"他等了片刻，可是安娜站着没动。"请吧，"他乞求道，"请坐。"

她应该直接走掉。老实说，她本应听从脑袋里那个理智的声音，它一直在对自己说，这样做是多么愚蠢至极，可是当她看到他热切的脸，看着他的眼睛——她现在断定他的眼睛是灰色的——里面闪着一丝绝望，仿佛在说他需要自己时，她就无法狠下心来离开。此时此刻，逻辑思考已经不起作用。她感觉到一种奇怪的决心，仿佛天命一般，又坐了下去。

"咱们重新算一卦。"说着，他长舒了一口气，她想象着他应该没打算表露得这么明显。

"好吧。"安娜答应了。她把手臂放在桌子上，手心向上，做出邀请的姿势，但是斯雷特却摇摇头。

"这不是用幻觉，是解读。我做这个不需要握着你的手。"他的语气里有某种东西在提醒安娜——他需要点儿别的更可怕的东西，但他并没有解释，只是把手伸到桌子下面，拉出一个盒子来。

"那你是把水晶球放在这里了吗？"安娜想活跃一下气氛，问道。斯雷特迅速冲她笑笑，把盒子上的盖布掀开。他并没有向她展示里面放的是什么，而是冲她做了个手势。"挑一个。"他说。

　　安娜想站起来，看清楚自己的手伸进去会摸到什么，可斯雷特似乎有意不让她看见。她微微撇了撇嘴，身子前倾，一通乱摸。

　　她的指尖从一连串奇奇怪怪的表面滑过：粗糙的、光滑的、圆的、尖的。她稍微用点儿力，里面的东西就会移动，她一边选，一边听到轻轻的敲击声和摩擦声。她意识到，是贝壳，或者至少大部分是贝壳。她触到了一个更大、更结实的东西，便用手指包住它，向尽头寻去，那儿……奇怪，像是球形。是骨头吗？安娜连忙放下，瞪着斯雷特。

　　"我选哪个有关系吗？"她问道。

　　斯雷特点点头，他的眼神很严肃："其中会有一个让你感觉是对的。"

　　安娜还没来得及翻个白眼问他"对的"到底是什么意思，她的指尖便拂过一个贝壳，让她感觉皮肤一麻，整只胳膊上都起了鸡皮疙瘩。她身上穿着 T 恤，斯雷特注意到她的变化，满意地点点头。

　　"就是它了。"他一边说，一边放下盒子，让她把手里的东西拿出来，自己伸手等着。

　　安娜并没有立即递给他。她身上的鸡皮疙瘩迅速消失了，跟来时一样快，但是这个贝壳拿在手里，感觉有点儿……怪怪的。她闻了闻，搜寻着有没有什么化学气味，因为她触到它表面的那处皮肤感觉有点儿被灼得疼，就像上面涂了层漂白剂似的。不过，她闻到的只有淡淡的咸味，是它从大海里带来的。

　　为什么是它？她不知道，只知道斯雷特说得对，感觉它是对的。它看上去普普通通，虽然很漂亮，外面红艳艳的，内里是纯洁的白色。它比她在盒子里摸到的其他大部分贝壳都要大些，她基本确定是一个螃蟹壳。这有什么区别吗？她不知道，只是庆幸自己的手从盒子里的那根骨头上掠了过去，不管那是根什么骨头。

她不太情愿地把贝壳递给斯雷特。他虔诚地握起双手将它托住，然后放在桌子上。他不知道从哪儿找来了一根蜡烛，就放在安娜原以为是放水晶球的地方。他从帐篷后面放熏香的那张桌子上迅速拿来火柴，把蜡烛点燃，又从桌子下方摸出来一把刀。

安娜警觉地看着。这不是用来切土豆的那种刀，刀刃很厚，有一点点弧度，手柄上包了一层皮，有些地方已经磨破了，露出大大的黑点，看上去很古老，也很致命。

"你哥哥叫什么名字？"斯雷特问，"昨晚我还不知道。"

"康纳。"安娜告诉他。她看着斯雷特小心翼翼地在贝壳表面刻下这两个字。这一回，他把字刻得大多了，几乎占满了整个空间。

"好了。"他刻完了说道，"我要把它放到火苗上方。我这么举着它的时候，你就提出你的问题。"

安娜一阵慌乱——她还没有想好一个明确的问题，只是一种无形的担忧——但是斯雷特没有给她时间去思考，径直把贝壳放在蜡烛上方近得几乎只隔了一根头发丝的距离，期待地看着她。

"我哥哥会怎么样？"她轻声问道。

几乎就在她说话的一刹那，极细的裂纹开始出现在贝壳白色的那一面。她嗅到一股淡淡的煳味，虽然她并没有看见他是如何做到的，因为他的手指并没有移动，总之斯雷特把蜡烛熄灭了。

"这是最后一步。"他一边说，一边放下贝壳，拿起刀。他盯着安娜："你和你哥哥是血亲吗？"

"什么？"她笨笨地问，"他是我哥哥呀！"

"对，但他是不是领养的，或者你父母之前跟别的人结婚生的？"

"不是，"安娜回答，"我们同父同母。"

"很好。"斯雷特右手仍旧攥着那把刀，左手伸过来抓住安娜的一只手，然后拉过来摁在桌子上。"就疼一下下。"他说。

安娜还没来得及反应，他已经在她食指的指尖划了一刀。她轻轻叫了一声，想把手缩回去，可是他抓得很紧。

"抱歉。"他一边低声说着，一边捏住那根手指，让涌出的鲜血滴进螃蟹壳里。安娜不确定血触到贝壳表面时那声轻微的嘶嘶声是不是自己臆想出来的，但是当斯雷特用手掌托着贝壳，慢慢将它来回倾斜时，她出神地看着那鲜红的液体流进那些裂纹和斯雷特刻下的字迹上。突然，贝壳毫无征兆地碎了，斯雷特惊得失手让碎片都掉在桌子上，残余的细小血滴把桌布都弄脏了。

"就应该这样吗？"安娜气喘吁吁地问。

斯雷特脸上的表情清楚地告诉她不是。

"我从来没遇到过这种情况。"他的话里似乎含着一种敬畏。他几乎虔诚地把那些碎片拾起来，放在握起的手掌上，像拼图一样把它们重新拼在一起。

等他拼好，连安娜都看出了先是向上，然后向右拐的那道弧线，又丑又凶。边缘还沾着安娜的血，微微闪着光。不是凶兆，这还能是什么？

"该死！"安娜咕哝道，接着便感觉血朝脸上涌。她从来不骂人，但是说真的，要是她想骂，现在不骂，更待何时？

"跟我刚才说得差不多。"斯雷特对她说。他的脸上迅速闪过一丝笑意："实际上，跟我刚才说的完全一样。"

他当然笑得出来——又不是他的哥哥！不过，为斯雷特加分的是，他的笑容并没有持续多久，下一秒，他已经凑过来握住了她的手——没有被刀划的那只手。

"对于这个征兆，我很抱歉。"他喃喃地说，"有时候，"他有点儿迟疑，"有时候我觉得还是不要知道的好。"

"它能改变吗？"安娜问，"既然已经知道了，那么当然就应该能改变它吧？"

"也许有可能。"他又迟疑了一下，这次时间长了一点儿，"问题是，你没办法知道。我们看见未来发生，是因为它本来就要发生，还是因为你看见了，改变了你的人生轨迹，所以才达到你所预见的未来？"

安娜皱起眉头，试着理解他的话。

"不过，当然……预言并不知道你未来会做些什么。我的意思是，我们有自由的意志，对吧，所以它并不能预知我们会踏上的每一条路，也无法猜测我们将会做出的每一个选择？"

"要是那样的话，"斯雷特争论道，"我们又怎么能预知未来呢？"

"也许你本来就不能！"安娜回敬他，想让自己的语气里加上一丝防备。

斯雷特叹了口气，摇摇头。

"有太多次我都是对的，所以我已经不相信这种观点了。"

安娜沉默了一会儿，思考着。她不知道什么是对的——这似乎正发展成一种令人担忧的状况。

"我接受不了，"她终于说，"我接受不了你是对的。"斯雷特沮丧地吭了一声，但是安娜摇摇头，他话到嘴边又咽了回去。"我是说，你几乎什么都没告诉我，直接就判了他死刑。"她哽咽了。她伸手捂住嘴巴，可是已经晚了，斯雷特听到她终于哭了出来。

令她万分尴尬的是，他竟然绕过桌子，到她跟前俯身把她抱住了。她完全不适应这种身体接触——除了妈妈，没有人抱过她！——安娜僵住了，但是并没有僵很久。斯雷特的怀抱很温暖，还用一只手抚着她的头发。安娜不再抗拒，把头伏在他的肩上，任凭自己抽着鼻子，尽管眼泪是忍住了。

"你看。"斯雷特微微收回身子，温柔地说。他等安娜抬头看着他，才接着说下去。"我知道我没有告诉你很多，但是我们可以做点儿别的，说老实话，"他咳出一声笑来，"我真没想到，你居然相信我了。"

这句话不该说，但也许恰恰应该说。仿佛安娜本人刚才一直处于一种脱离现实的状态，游离在她的身体之外，听了斯雷特的这番话，她才立即缩回自己的躯壳。

她彻底脱离他的怀抱，坐得远远的，生怕彼此的身体再有任何一丝接触。斯雷特似乎并不喜欢她刻意保持距离，不过他没说什么，也重新站直了身子。

"我……我不知道我相不相信。我是说，这——"她朝着破碎的螃蟹壳、那把刀还有蜡烛摆摆手，"太疯狂了，简直令人难以置信。"

"但这并不意味着它不是真的。"斯雷特的语气很温柔。

"我不——我不能——"安娜一边摇头，一边站起身，"我得走了。我得想想。我只是……我接受不了。"

斯雷特立即起身堵在她面前，不过他低着头，因此两人的目光几乎在同一条水平线上。他想去握她的手，可她退后一步，他没抓到。

"让我跟你一起去吧，"他请求道，"我们一起去散散步什么的。我们可以聊聊……或者我也可以一句话都不说。"他努力挤出一点儿笑容，但是安娜并没有回应，他的笑容也凝固了。"别就这么走了。"他说。

"你为什么要这么做？"安娜突然想到这个问题，"对你有什么好处？"

他的眼睛躲闪了一下，安娜知道他要开始说谎了。

"我不喜欢给出不好的预测，"他主动说，"我想帮你。"

他果然撒谎了。

"也许你是对的，"他接着说，"也许我们可以改变它。我可以帮你搞明白。"

安娜觉得这是真话，可是这使她更糊涂了。

"我得想想。"她重复道。她退后一步，然后又退一步，直到她能够摸到身后帐篷入口的盖布。斯雷特的身子晃了晃，似乎想跟过来，但是他没动。"我……我得走了。"

"你会回来吗？"他问，"你会让我帮你吗？"

"我会想想的。"安娜轻声回答，然后便钻出帐篷，逃也似的跑了。

第十章　在阴影里

In the Shadows

　　他跟上了她。这么做，让他感觉自己就像一个发了疯的跟踪者，不过他还是跟了上去。

　　斯雷特强迫自己不要慌，先把占卜的物品藏在桌子下面的盒子里——不算理想，但也足以应付粗略的检查——接着便冲出帐篷。他把其中一块桌布搭在招牌上，好让顾客知道自己暂时不算命了，不过附近本来也没什么人逗留。

　　安娜已经不见了踪影，斯雷特心里一紧。不过，他知道去游乐场入口最快的路线，如果他动作快一点儿的话——

　　他到门口时，正好看到她往外走。看见她了，他便镇静下来，放慢了脚步。他的心狂跳不止，肾上腺素在血管中奔腾，催促他跟紧一点儿，但他不想让她看见自己，他得悄悄行动。

　　通往旁边住宅区的人行道上有一些人，因此安娜要是回头，并不会一眼就看见他。但是，人也没有多到能藏住他。他压住脚步，保持距离，以至于他在心里紧张得大喊："近一点儿！近一点儿！近一点儿！"等她拐了个弯，他又不得不抑制住狂奔的冲动，直到她重新出现在视线里。

　　他跟着她穿过那片住宅区，直到她走上一条私家车道，到了一个他没法继续跟踪的地方。她进了一座房子。他估摸着应该是她家。这座房子比这条街上的大部分住宅维护得都要好一些，尽头是一个阳台，还有一座整洁的小花园，车道上停着一辆白色的两厢车。他觉得应该不是安娜的。依他看，她还没到开车的年纪。至少他希望如此——要是她钻进车里，他就没法再跟下去了。

知道了她的住处，斯雷特胸口的压力减轻了一些。需要的话，他还能找到她。不过，他并没有因此而转身回嘉年华去。讨厌的布莱恩。斯雷特一整天都很安静，他知道负责其中一个撞柱游戏摊位的卡尔今天早上因为宿醉太厉害，没起得了床。斯雷特听说是他和杰克搞了个什么喝酒比赛——虽然并不是杰克告诉他的。今天早上，杰克在房间里跌跌撞撞，然后奔着他那群心爱的矮马去了，脸比平时还要像个死人。不是他，是丹尼尔把这八卦告诉了斯雷特，今天早上，丹尼尔一边喝着咖啡，一边不满地摇头，好像他自己年少轻狂时没这么干过似的。要是卡尔不被开掉，那么斯雷特应该也不会有问题。他今天甚至都没看见布莱恩，说不定他也蹲坐在床上，伺候着一阵阵抽痛的头，还有翻江倒海的胃。

斯雷特迅速盘点了一下自己手上的选项——要是就这么站着，肯定会引起别人的注意——于是他穿过马路，从安娜家门前经过。他忍不住朝窗户里张望，可是玻璃上只反射着下午的阳光。紧挨着她家，跟斯雷特同侧的马路边是一座小小的——呃，称不上是真正的儿童乐园，不过是一片长满草的区域，有一对足球门柱、一个秋千，还有几张长椅。基本上空荡荡的，场地一端的尽头有几个男孩在踢球。斯雷特选了离他们最远的一张长椅坐下，掏出手机，假装自己是个无所事事、闷闷不乐的少年。

他以为要等很久。他做好了她不再出现的心理准备，然后他就只能放弃，打道回府。他没想到的是，只过了不到十分钟，安娜出现了，两侧肩膀上背着一个看上去很重的书包。

她把黑色的长发扎成了法式的辫子，换下了之前稍微讲究一些的衣服，穿得比较随意——一件灰色的 T 恤，还有一条很旧的牛仔裤。这身打扮似乎让她更自在些，斯雷特感觉这应该更像她平时的打扮。当然，他想，她看上去更自在，也许只是因为逃离了他。

她甚至都没有朝斯雷特的方向看一眼，径直沿着马路向远处走去。他等她走出一段合适的距离，然后从长椅上起身跟了过去。虽然她似乎走得很急，但他的步子更大，很容易跟上。她低着头，双手抓住书包的背带把包稳住，两条细细的腿迈着大步，飞快地走着，仿佛随时要小跑起来。

他跟着她走出住宅区，往小镇的中心走。就在他以为她一定是要去商业街时，她拐上了左边的一条路，这条路位于一家酒馆和一家合作社之间，斯雷特之前没有注意过。他好奇地稍稍加快步伐。她要去哪儿呢？

他突然意识到，也许她是去找男朋友，不知道为什么，这个念头让他恼火起来。他干吗要在意她是不是要去见一个男生呢？他的幻觉只告诉他，她救了他，仅此而已。不过，他还是不喜欢这个念头。他安慰自己，她比之前见自己的时候穿得更随意，因此八成是去见闺密什么的，不过……这儿没什么住宅。他们走过一座社区礼堂和一块草地保龄球场。街的另一侧是一连串的工房，里面是一些小作坊。

安娜的目的地就在马路尽头。斯雷特发现自己就要追上她了，便开始放慢步子，不过她没有停留，跳上了几级台阶。等他走近了，才发现这是一个活动中心。

斯雷特犹豫了。他在街上是无处可隐蔽的。虽然他没做什么，他也完全有权利待在这儿，可是他不想让安娜看见自己。他不想让她知道自己成了某个偷偷摸摸跟踪女生的讨厌鬼。活动中心的前面基本都是玻璃，附近也没有其他人站着。唉，好吧，一不做二不休……

斯雷特走进活动中心，立刻便闻到刺鼻的氯气味儿。里面湿乎乎的，他穿着长袖衬衫，感觉很热。他绕过接待台，坐在那里的女人先是期待地望着他，见他没买门票，她的眼神又变成了怀疑。斯雷特看见指示牌上写着那条长长的走廊过去是健身房和舞蹈教室，但是直觉令他上楼朝游泳池去了。

他差点儿撞上安娜。她站在楼梯顶端，正和一个年纪足够当她爸爸的男人说话，尽管斯雷特没觉得他俩看上去像一家人。不过，那个男人明显跟她很熟，因为两人说话时，他把一只大手放在她的肩膀上。他穿着一件白色 polo 衫，脖子上还挂着哨子，应该是教练什么的。

在小小的楼梯间里，斯雷特无处可去——他推测安娜很快就会进更衣室，于是身子一闪，躲进一个小角落里，那里有几台自动贩卖机在等着他。他掏出钱包，抓起一把硬币，看见手中的钱足够买杯饮料，再从食品贩卖机里买点儿吃的，他舒了一口气。他原以为这是一座休闲中心，没想到机器里居然有各种健康零食，比如能量棒和小袋的坚果。斯雷特选了唯一在售的一种巧克力，然后又多买了一块。

等他忙活完，安娜已经不见了。斯雷特隔着一道玻璃幕墙，看见泳池边上有一片长长的观众区，摆着几排折叠座椅。观众区零零星星地坐着一些人，大部分是四十来岁的女性，看上去像是一群妈妈在等候，她们的孩子估计正尽情地投入在本月时兴的某个项目里。他想，要是自己过去找个位子坐下，应该不太显眼——从他看到的情况判断，泳池里的人根本不注意观众席的情况——于是他便下楼回到前厅，跟随指示牌走到活动中心后面，爬上几级又陡又窄的楼梯。

等他坐下，安娜已经出现在泳池边。他能看见她和一群人站在一起，有十来个吧，大部分是男生，还有刚才跟她说话的那位年纪大一点儿的男人。只有安娜和另一个男生穿着泳衣，安娜穿了一件黑色的连体泳衣，身材清瘦，身段优美。除了教练，其他人都穿着短裤和 T 恤。斯雷特看着这群穿短裤和 T 恤的家伙转身跳进水里，开始一圈又一圈地自由泳，由于明显受到衣服所累，他们的泳姿非常尴尬。水里的化学气味很浓，有些人努力让头露出水面，这么做很明智，因为根据斯雷特所看到的情况，他们都没戴泳镜。

安娜和穿着泳裤的那个男生还有教练只是站在一旁看着。

在斯雷特看来，这个场景很怪异，但他一边大口嚼着第一块巧克力，一边看着这群人在泳池里游完了六圈（其中有一个男生动作慢一点儿，只游了五圈），接着他们便爬上岸来，浑身都湿透了。这时，安娜和那个男生才跳进水里。

对了，那个男生是跳进去的，而安娜是正儿八经地扎了进去，她入水时的动作非常利落，然后像一只海豹一样，又从几米外的地方冒出水面来。她冲那个男生笑笑，说了点儿什么，他便开始拍水，朝着她的方向溅出一片水花。安娜的笑声从空气中传过来，斯雷特发现自己竟然有些生气。也许他真是她的男朋友。这也没问题，只是这个小笨蛋——他又在朝她拍水了——也许会成为斯雷特接近她的绊脚石，阻碍他弄明白她到底为什么会突然出现在他的幻觉里，而且还救了他，她到底在干什么。这才是他在乎的唯一理由。

他撕开第二块巧克力的包装纸。

不管怎样，这里到底在发生什么？他还是不明白，为什么刚才那十个人在游泳——他们的衣服在滴水，尽管泳池区域的温度就像人造的亚热带，但他们似乎仍然冻得瑟瑟发抖——而两个真正穿了泳衣的人却压根儿没游，只是在泳池中间踩水，仿佛在等待着什么。那群人分开了，其中两个溜进泳池，加入了安娜和那个男生，接着……他的眼前上演了灾难性的一幕。

其中一个穿衣服游泳的人蹚水走到安娜跟前，跟她简短说了两句……接着便试图把她摁进水里，斯雷特呆住了，正要送进嘴里的巧克力也停在半空。他——那是一个几乎已经发育成熟的男生，比安娜高大很多——从后面用胳膊绕住她的脖子，开始把她往水里按，利用她身体的浮力让自己不沉下去。斯雷特的视线都集中在安娜身上，几乎没有注意到穿泳裤的男生和另一个穿衣服的人也在上演着同样的戏码。她不时奋力地回到水面吸一口气，然后又被按进水里。

安娜的教练只是站在泳池边上看着，一副若有所思的表情，另外两个穿 T 恤的人在泳池边上跑来跑去，大喊大叫，可是等他们的声音传到观众席的斯雷特耳朵里，已经完全听不清了。

搞什么名堂！搞什么名堂！

斯雷特的大脑里有一个微小的声音在对他说，这是事先安排好的，安娜只是在扮演其中一个角色。泳池边上喊叫的人抓起亮橘色的泳圈投进水里，差点儿就套在正把安娜往水里按、压在她身上的那个男生头上，要是他在麻痹的状态下仍然能够思考，斯雷特就心满意足了。那个男生看见救生圈，立刻便放开安娜，像抓住救命稻草似的扒住救生圈。

安娜刚一恢复自由，便仰面朝上，动作优美地游了出来，刚才在泳池边上喊叫的人则跳进水里向救生圈游去，开始把那个男生往外拉。

这是演习，只是演习而已。他明白了，可是大脑没法放松下来告诉他的肺和两条腿，他的肺已经不再呼吸，他的腿也麻木了。他突然感到恶心，吃下去的巧克力在胃里翻腾。

他重复道，这是演习，是救生课什么的，安娜是来帮忙的。从逻辑上，他能够理解，可是，天哪，他难受极了。看见她被摁进水里，简直就像在做一场噩梦。准确地说，是他在做噩梦。

他看着他们一次又一次地试图把安娜往水里按。有时候只是一个人，就像刚才那个男生，有时则是两个人合伙来淹她。有两次，教练让她像死尸一样躺在那里，在水面上漂着，这一切都让斯雷特毛骨悚然。负责扮演救生者的人不得不用绳子把她拖到泳池边，然后另外两个人再徒手把她拉上来。她一动不动，完全就像死了一样。她演得太像了，把斯雷特吓得半死。

他迫不及待地想走，想去外面等她，可是头脑深处有一个小小的、不可思议的声音不停地朝他的耳朵里轻声诉说着担忧：万一你走了，然后有一次，他们真的把她淹死了呢？万一发生事故了呢？这根本不合逻辑，可是哪怕最微乎其微的可能性也促使他一动不动地留在座位上。等他们终于结束，安娜优雅有力地游到泳池边，爬上岸来，斯雷特感到筋疲力尽，衬衫被汗水打湿贴在身上，而这身汗根本不是因为这儿的温度。他猛地起身，缓慢吃力地向楼梯走去，只想赶紧逃跑。他在座位尽头笨拙地滑了一跤，摔到防火门那儿，砰的一声撞了上去。那声音回荡在空荡荡的场地上方，所有的目光都被吸引过来。

不过，他只注视着其中一双眼睛，是安娜的。

斯雷特知道自己已经暴露了，这时逃跑只会更糟，便在更衣室门外等安娜。她迟迟没出来，他都怀疑她是不是为了躲避自己，从别的出口出去了。不过，等那群人里的其他人都出来了——大多数人从他身旁经过时，都好奇地看了他几眼——安娜才终于推门出来。

她看见他，并没有立刻停住，于是他明白，她知道自己在这儿，所以过了这么久才出来。她没说话，只是警觉地看着他，于是他只好打破沉默，尴尬地说了一句："嘿！"

"你来这儿干什么？"她问。

这个问题合情合理，也的确在斯雷特的意料之中，可他并不知道该如何回答，尽管他刚才有的是时间来思考。能够为他辩护的是，由于刚才痛苦地目睹她在水中的表演，他的身子仍然在发抖。

老天，他恨死水了，他能洗澡都是个奇迹。

"我在……"他愁眉苦脸，"呃，我在镇上逛逛。"这倒也是实话，可是根本无法解释他为什么会出现在泳池边，而安娜紧锁的眉头也向他表明别想糊弄她。

他伸手挠了挠头，想找一个说得过去的理由。安娜盯着他，目光如炬，仿佛这个动作已经让他露出了马脚。于是他垂下胳膊，冲她耸耸肩。

"我想见你。"他对她说。这也是实话，虽然他直到说出来才意识到这个简单的事实千真万确，可安娜似乎还是不买账。她双臂交叉抱在胸前，他知道自己得想出点儿更站得住脚的理由来。"你看，我不喜欢今天下午的结果。我知道，你还是不相信我说的话，可那是真的。而且，我也的确想帮你。也许你是对的，也许真的有些东西可以改变。"他讨好地冲她笑笑，安娜撇着嘴，若有所思。她看上去不那么戒备了，他觉得这是个好兆头。"我想帮你，安娜。"他重复道，"我发誓。"

接下来是一段漫长的沉默。斯雷特屏住呼吸，一只胳膊垂在身子一侧，悄悄握紧拳头。这是一个愚蠢、迷信的手势，可是常年漂泊在外的人本就是一个迷信的群体，而由于血液中流淌的各种奇怪的征兆，斯雷特比大多数人还要迷信。经过一段紧张的等待，安娜呼出一口气，斯雷特感到一股胜利的喜悦，接着，他注意到她的眼睛亮了。

"哎呀，嘿，"说着，他向她靠近一点儿，抬起一只手，抚摸她的脸颊，这一次，她并没有僵住，这让他感到宽慰。他又凑近一步想要抱抱她，可又感觉这样会太难为她。"别哭了。"

"你没事吧，安娜？"斯雷特身后传来一个低沉的声音，把他吓了一跳。他把手放下，安娜也立刻往后退了一步，这也在他的意料之中，虽然他并不喜欢这样。教练站在那儿，用一种直接超越了怀疑的眼神鄙夷地看了他一眼。教练看不上他。斯雷特挺直了身子，他厌恶这个男人对自己的评判，虽然这种评判并不罕见。有很多人不喜欢吉卜赛人，不喜欢他们出现在自己身边，而斯雷特从衣着到乌黑的发色，到偏橄榄色的皮肤，都表明他是从嘉年华那儿来的。而且，这个镇子很小，外地人在这儿很显眼。

"我没事。"她回答，又后退一小步，说，"我很好。"

斯雷特苦笑了一下。比起说谎，她扮演死人的时候可要像样多了。要是他听起来也这么假，那也难怪她先前不相信他的鬼话。

"这个小伙子是谁？"教练问道。

"只是一个朋友。"斯雷特还没来得及插嘴自我介绍，安娜已经回答了。即便他自己来说，八成也就是："你好，我是算命先生斯雷特，也是刚刚被发现的跟踪者。"这也不怎么中听。

"朋友，是吗？"教练上前一步。斯雷特感觉他想站到他俩中间，用身体作为屏障。斯雷特被激怒了，向安娜靠近了一点儿。

"是的，"安娜轻快地说，但是并没有更强的说服力，"他要陪我走回家。"

"好吧。"她这句话阻止了教练的进一步举动，也让他闭上了嘴巴。他朝窗户外面望了望，玻璃是有色的，于是外面的景致显得暗了些。不过，即便隔着深色玻璃，外面的天仍然是亮的，最多不会超过七点半。尽管如此，教练的头还是点得很不情愿："也许这个主意不错。"

安娜弓起肩膀，带着一丝戒备，仿佛并不喜欢拿这个做借口，而是因为知道这样说有用，才被迫而为之——这让斯雷特感到纳闷。大白天的，她为什么需要人护送回家呢？他想起她家那片住宅区，好奇是不是和外表看上去一样简单平常。

"周二见。"安娜对教练说，"走吧。"后面这句是对斯雷特说的，他便跟着她下了楼梯。出于本能，斯雷特小跑下了最后几级台阶，直到和安娜并排，然后握住她的手。安娜吃了一惊，瞥了他一眼，但是并没有反对。等斯雷特推开活动中心的门，领她出去时，两人仍然拉着手。

"见鬼，这人是谁？"斯雷特又被一个声音吓了一跳。这个声音不像教练那么低沉成熟，但是带着挑衅。出于对潜在威胁的反应，斯雷特立刻扭头，想看看是谁，他抓住安娜的手，一把把她藏在自己身后。她也立刻躲了过去，但是只待了一秒钟。他试图用身体挡住她，这时，他感觉到她正绕出来走上前去。

"安娜——"

"康纳，你在这儿干什么？"

这人就是康纳？他和斯雷特想象的不太一样。他以为他会是个小流氓的样子，是个危险人物。他和斯雷特一样高，但是更魁梧些，头发剃得很短。尽管如此，斯雷特在他脸上还是能看到安娜的影子：雀斑、微微上翘的鼻子、坦诚……还有天真。不过，此时此刻，他完全是一副即将登台的拳击手的架势，浑身杀气。

不过，斯雷特看得出来，他也就是表面上厉害而已。

听到安娜的话，康纳停住了，他一脸惊讶，还带着嘲讽。

"我在这儿干什么？我来陪你回家。我说了我会来，不是吗？"

"你说过的话多了。"安娜嘀咕了一句，声音很小，康纳没听见，但是他的脸色更难看了。斯雷特感觉自己明白了一二。

"你是谁？"康纳问斯雷特，"还有，你干吗拉着我妹妹的手？"

"我叫斯雷特。"他犹豫着要不要把空着的那只手伸过去，但是猜测康纳握它的可能性不大。要是康纳真的来握手，八成也是想把他的骨头掰断。

"斯雷特？斯雷特可不像个名字。"

"是我的名字。"至少是他的名字之一。

"好吧。"康纳摆摆手，不再争论，"咱们回到刚才的问题，你为什么拉着我的小妹妹的手？"

她已经从"妹妹"变成了"小妹妹"？不管怎样，斯雷特赞赏康纳保护妹妹的本能。不过，安娜似乎并不买账。

"康纳！"她生气地嘘他。

"怎么了？"他面不改色，反问道，"你本来就是。"他生气地瞟了斯雷特一眼。"你才十五岁。"

十五岁。而斯雷特……老多了。他突然感到良心发现，松开了她的手，摸摸自己的下巴，他紧张的时候就会这样。不过，这一次，他的手刚从下巴上掠过，便停住了。搞什么名堂？

自从他产生关于自己死亡的幻觉，并且为此而逃跑，他身上就再也没有留下过岁月的痕迹。他清楚地知道自己下巴和下颌骨上的胡茬摸起来是什么感觉：微微有些戳人，会随着他的手指微微来回拂动，就像压了花的丝绒。不应该这么粗糙，已经长到像要冒出胡须的程度了。

他没时间考虑这个新进展，因为安娜正尴尬地看着他，脸颊一片绯红，他意识到她说了一句什么。

"什么？"

"我说，既然康纳来了，你就不用送我回家了。"她的脸更红了，见她这么窘，斯雷特突然生起康纳的气来。

"反正我也得朝那边走。"他冲她一歪头，笑了，"记得吗？"

"当然。"安娜似乎很慌张，她瞄着康纳，后者正用更加反感的眼神看着斯雷特，迅速做出推断。

"你是嘉年华的人？"他的语气就像是在说你是被判有罪的杀人犯。

"是的。"斯雷特承认了，没必要隐瞒，而且，确实也瞒不住。

"好吧，我完全可以自己陪安娜回家，谢谢了。我们不需要你当跟屁虫。"

斯雷特想好该怎么反击了，而且是致命性的，但他没有说出来。安娜重新拉起他的手，让他闭上了嘴巴。

"你可以跟我们一起走，康纳。"她对哥哥说。

她没有等康纳回应是同意还是不同意，便已经迈开了步子，不过，她倒是看了斯雷特一眼，从那个眼神里可以品读出万千种思绪。但是，重要的只有一点：有机会了。她在给他机会。

斯雷特的心跳了起来，他好奇自己之前产生的新幻觉——安娜跳进水里救他的那个——是不是向着成为现实迈进了一小步。

第十一章　暴风雨的私语

Whispers of the Storm

"对不起，请你再说一遍，你放学以后要去哪儿？"吉玛盯着她，眼睛都瞪到脑门上去了。

"又不是什么大事。"安娜一口咬定。

其实是大事，是一件很大的事，只是并非像吉玛想的那样……至少大体上不是。

夹在斯雷特和康纳中间往家走，真是各种尴尬。康纳不断地向斯雷特提出各种问题，有些问题他回答了，但是大部分问题他都回避了。而反过来，斯雷特却什么也没问康纳……这让安娜感到奇怪。他不是答应要帮她吗？难道他不应该试探试探康纳吗？可她又没办法要求他这么做，只好夹在两人中间默不作声地走着。等他们到了家门口，康纳却不肯进去，但又不愿意让斯雷特和安娜有机会单独相处。相反，他像一块石头，一动不动地挡在车道上，一块又大、又烦人、又难对付的石头。

安娜很尴尬，不知道该跟斯雷特说些什么，但他似乎毫不介意。

"咱们明天还见吗？"他问。

"明天？"

斯雷特冲她微微一笑，翻了个白眼，仿佛被她的健忘逗乐了似的——安娜以为他是为了康纳的事，因为她百分之百确定自己并没有忘记先前有过什么计划。

"嘉年华星期一和星期二不开门。"他耐着性子，仿佛提醒她本就知道的什么事，"咖啡，放学以后，记得吗？"

"呃，哦，对，当然记得。"

"安娜不喝咖啡，"康纳插了一句，"因为她才十五岁。"

安娜咬紧牙根。也许她不需要再为康纳担心了，因为照这样下去，她自己就想杀了他！

"咖啡、茶、果汁……喝什么都行。"斯雷特耸耸肩，冲安娜眨眨眼，"或者就吃点儿蛋糕。反正咖啡店里什么都有卖的。"最后这句是说给康纳听的，话里带着一丝强硬。

得赶紧救场，免得变成两个男人的某种竞争。

"咱们说的是几点来着？"安娜想做出随口一问的样子，但是演得不太像。

"放学我去学院接你。"

"好的。"她感觉已经说定了，便笑了笑，可是接着……"呃，我上的是中学，不是学院。"

"这一点你难道不知道？"康纳发现了端倪，真烦人，"要是你跟我妹妹熟到能带她出去喝咖啡的程度，难道不应该知道她上哪所学校？"

斯雷特瞥了康纳一眼，然后转身面朝着安娜，根本不理他。作为一种无声的反驳，这一招奏效了。康纳站在那儿，一会儿张开嘴巴，一会儿又闭上，不知道该说什么。

"四点一刻见。"安娜羞涩地笑笑，然后一把拉住哥哥的胳膊。他还不想进去，坚持要往回走，眼睛仍然盯着斯雷特，但还是被她沿着车道拉进了家门。

"爸妈知道吗？"门一关上，他便问她。

安娜知道，这是他的撒手锏，他一直等到跟斯雷特分开之后才拿出这张王牌，她在心里默默感谢可能正在旁听的人。

"跟人去咖啡店坐坐又不是犯罪。"她对他说。

"那就是不知道了。"康纳冷笑道，"我想他们会很感兴趣的。"

他明显想以此来威胁她，转身要走，但是安娜也有一句临别赠言准备送给他。

"随你的便。"她激将他，"我敢肯定，他们也很想知道你最近在忙些什么，想认识认识你的新朋友……"

他突然停住，转过身来。

"你知道什么？"他反问道。

安娜对此一无所知，这就是她的问题所在。不过，她早就知道怎么吓唬康纳了。

"反正够多。"她对他怒目而视。

康纳咬紧牙关，安娜感觉他俩之间可能会爆发一场全面战争。他们已经很久没有这样了，上一次还是她十二岁的时候，康纳把她推倒，撞在客厅的咖啡桌上，弄得她头破血流，而如今，两人已经都意识到他比她要强壮得多。现在，他们只会打打嘴仗，但是安娜看得出来，康纳气得浑身发抖，似乎很想用拳头发泄一下。

"我不喜欢这样，安娜，"他终于开口了，听得出来，他在尽力让自己显得通情达理，"我不喜欢他。"

"我也不喜欢你现在的行为，"她告诉他，"但你会就此收手吗？"

他什么也没说，这足以回答她的问题。

"那就没办法了。"安娜喃喃地说，事实也的确如此。

不过，以牙还牙的威胁足以让康纳闭嘴，现在他们之间已经真正画上了句号，这下可好，安娜还得向吉玛和贾解释自己放学为什么不能跟她俩一起走回家，尤其尴尬的是，因为星期五康纳放她鸽子，她在嘉年华时刚刚请求朋友们陪她一起回家。

两个女生都已经想好了要怎么跟父母撒个小谎，解释自己会晚一会儿到家，可是现在，安娜却要爽约了。实际上，她庆幸贾提起这事，因为说老实话，她已经忘得一干二净了。

不过，真话说得并不顺利。

"我有个约会。"安娜重复道。算是吧。呃，也不太算是。"放学以后斯雷特要来接我，所以你俩不用陪我走回家了。"

"斯雷特？"吉玛问，"斯雷特是谁？"

"他是……"出于某种原因，安娜不想和盘托出，倒不是因为斯雷特在嘉年华工作，只是……有点儿怪怪的。再说，这也不是约会。在她看来，这是一次战略会议。她希望是。说实话，她自己也是一肚子问号。"他在嘉年华工作。"要不了多久，她们就会看见的。她的朋友们不打探清楚，是不可能离开学校的。

"是骑矮马的那个人吗？"贾吃惊地尖着嗓子叫道。安娜使劲儿用自己的那本《罗密欧与朱丽叶》打她。

"嘘！"她喝道。

"是不是啊？"吉玛问。她的语气里有一种愤慨，还带着些许嫉妒。

安娜试着专心写她的作文，她飞快地翻着手中的书，假装要找一句话来引用。她翻到第四幕的第一个场景——和吉玛的问题一点儿关系也没有——接着又放弃了。贾和吉玛炽热的目光灼在她身上，让她感觉就像两轮火辣辣的太阳，把她困在中间。一定是出于这个原因，她感觉脸烧得滚烫。

"是那个算命先生。"她小声说。

"不会吧！"贾惊呼，接着又说，"不对，我记得他叫埃米利安。"

"显然那是他的艺名。"安娜说，"虽然他也不算从艺，不过，你懂的。"

"杂耍艺人的别名。"吉玛的腔调仿佛一名有智慧的老者。

"那他的真名叫斯雷特？"贾疑惑地问。

"我也不知道，"安娜说，"我想是吧。"

"这名字可真够酷的。"吉玛说。安娜冲她咧嘴一笑。吉玛总是悲叹父母给她起了这个平淡无奇的名字，说它完全不符合她未来作为时尚达人的明星身份。

"是的，不过，"贾摆摆手，没再提名字酷不酷的事，因为她跟安娜一样，都觉得这不是重点，"这是什么时候的事？"她微微眯起眼睛。"你们是星期六约的吗？你从来没提过啊！"这是在指责安娜，暗示自己受到了伤害。安娜咬着嘴唇，对于自己无意中欺骗了朋友感到过意不去。

"我星期天又去了。"她说，"我们又聊了一次，他问我今晚能不能见他。"

没错，都是实话，但是掩饰了次要的细节，例如安娜担心康纳，而斯雷特告诉她自己能够产生幻觉，还会占卜……还告诉她他看见康纳后来死了。

听了她的解释，她的两个朋友思索着，都没说话。终于，贾开口了。

"我不确定我是嫉妒你，还是为你感到兴奋，抑或是在担心你。"她做了个鬼脸，"我觉得三者兼而有之。"

"好吧，我肯定是嫉妒，"吉玛说，"不过我要说，你去好了！但你之后得给我们发信息，交代所有的细节！你知道的，包括你吃了什么，他吃了什么；你说了什么，他说了什么；他的吻技怎么样……"她不怀好意地眨眨眼睛，没再说下去。

贾开心地叫了一声"耶！"安娜回了一句"好吧，别那么激动"表示抗议。"我们去的是咖啡店，我可不会坐在窗户旁边跟他卿卿我我，让整条商业街上的人都看见。"

"咖啡店附近有不少安静的角落，"吉玛得意地小声说，"完美的接吻场所。"

"好啦，会告诉你们的！"安娜抬起眉毛回敬道。

"喵！"吉玛发出一声怪叫，惹得安娜哈哈大笑。

"我看啊，咱们学校的男生都不如你那位算命先生。"贾说。

"她交过一个学院的。"安娜提醒贾。

"就一个！"吉玛抗议道，"他老喜欢把舌头伸进来，恶心死了！"她厌恶得浑身一抖。

对话开始朝另一个方向发展，那个地带对安娜来说有些危险。关于接吻，她没什么经验，也不想让吉玛给自己上一课，忍受那令人痛苦的尴尬。再说，她严重怀疑究竟有没有这个必要。她并不需要补上这一课，因为斯雷特很可能是个疯子，或者是个病态的骗子——不管是哪一种情况，他都不是个理想的接吻对象。

"行了，细节就不用说了。"她说，"我得把这篇作文写完，我今晚还有事呢，记得吧？"

那篇作文并没有写完，因为，那节课剩下的时间里，贾和吉玛不停地问她各种问题，不过安娜把笔记本和自己的那份剧本塞进书包，想着写没写完都没关系，她有更重要的事要做。

而且，要是她和斯雷特见面的时间长了，她还可以早上起来再写。

　　虽然她也很想什么都不在乎，但她知道，只要有这个必要，自己就会在早上五点钟爬起来把作文写完，因为她的确就是个书呆子。

　　铃响了，安娜有意在教室里磨磨蹭蹭，让其他学生在她前面蜂拥而出。贾和吉玛似乎也不慌不忙，直到安娜觉得磨不过她们，朝门口走去。

　　贾和吉玛跟在安娜后面穿过英语角，经过门厅，来到大门外面的台阶上。接着她们便赖在那儿等着，看着。

　　"谁需要敌人啊？"安娜在心里嘀咕。

　　她的首要担忧立刻便被证实是毫无根据的。斯雷特在那儿等她呢，就在大门外面。他看见她，便笑着冲她招手，于是安娜径直朝他走过去，强忍着不去回头看吉玛和贾的反应。

　　等她走到他跟前，他微微一笑，隔着她的头顶张望了一下。

　　"是星期六跟你一起的朋友吗？"他问。

　　安娜回头一看，发现她俩正热切地看着，甚至即使知道斯雷特看见了自己，也没假装转过身去。他竟提出这个问题，让安娜感到很奇怪，不过她猜想她俩穿着校服的样子确实跟之前不太一样，贾的头发在脑袋后面梳成了马尾，吉玛脸上的妆也淡了许多。

　　"是的。"她表示肯定。

　　"你跟她们怎么说的？"安娜没有立刻回答，他又问，"说实话了？"

　　她哈哈大笑："没，她们以为咱俩是在约会。"

　　"哦，你的确应该这么说。"他坏笑着，一边俯身在她的脸蛋上亲了一下，一边拉起她的手。他把她的手举起来，冲贾和吉玛挥了一挥，然后拉着她走了。安娜有点儿蒙，顺从地跟着他。她回头瞄了吉玛和贾一眼，发现两人呆呆地站在最高的台阶上，嘴巴张得大大的，就像一对金鱼。

嫉妒的金鱼。

咖啡店离中学并不远，不久前刚开，也是小镇振兴计划的一部分——或许也是出于这个原因，距离安娜家那一带还有一段距离。这是一家很大的连锁咖啡店，最大的优点是有品类丰富的蛋糕可供选择。安娜没喝咖啡，跟她只有十五岁没关系，谢谢你，康纳——斯雷特点了一大杯美式咖啡，不过冷藏柜里摆着各种高档果汁，她拿了一瓶放在托盘上，就不再觉得遗憾了。斯雷特对蛋糕没兴趣，不过他用胳膊肘捣捣安娜，温柔地说："点吧，我请客。"于是安娜选了一块巨大的胡萝卜蛋糕，上面还淋着厚厚的奶油乳酪糖霜。

"要两把勺子。"她对柜台后面的女生说，后者好奇地打量着斯雷特，安娜基本确定她也是同一个学校的，上六年级。"要是你改变主意，你可以帮我一起吃完。"

斯雷特对胡萝卜蛋糕似乎没什么兴趣，不过他把两人的钱都付了。安娜小声问他："你确定吗？我身上也有点儿现金。"听到这话，他似乎有些不太高兴。

其实，她身上的钱还得用来买明天的午饭，但她觉得付出这点儿代价也值，而且，说老实话，要是她把那一整块厚厚的蛋糕都吃掉，这个星期接下来的时间她就基本不用再吃东西了。

斯雷特在角落里找到一张桌子，比靠近柜台的区域要安静一点儿，而且相比于窗户旁边那排对着繁忙商业街的红色皮质大卡座，也更私密一点儿。他们刚一坐下，安娜就等着他直入主题，可他似乎惬意得很，不慌不忙地品着用了整整五个步骤做成的完美饮品。

"嘉年华的咖啡糟糕透顶，"他把一包白糖和一包黄糖全都倒了进去，见她被逗乐了，他便主动解释，"连我朋友丹尼尔的也是——他还自认为算半个咖啡行家——我自己做的也是难喝得很，所以一有机会喝点儿好的……"他顿了顿，小心翼翼地用一根长长的木棍搅了搅，"我就慢慢地喝，细细地品。"安娜不禁好奇，勺子什么时候过时了？

他冲安娜笑笑，往后一倚，慢悠悠地呷了一大口。

"你好像很紧张啊，"他微微皱起了眉头，把冒着热气的马克杯放在桌子上，"你害怕吗？我原本想着这种公共场所会好些。"他身子向前探了探，声音沉了下来。"你不用怕我，还是——"他四下望了望，发现他俩吸引了不少并不难被发现的注意力，脸上闪过一丝不悦，"你是不是不想被人看到跟我在一起？因为我是嘉年华的？"

"不是因为这个。"安娜立刻说。斯雷特似乎并不相信，可她说的是实话。好吧，也许有那么一点点，但那也仅仅是因为她知道大家会来问她，而她又不知道该怎么解释。如果这是约会，那就应该直截了当，可是——好吧，她也不知道这是什么。"我只是，你知道的——"他等着她把话说完。"关于康纳的这件事，把我吓着了。"

"好吧。"斯雷特端起咖啡，又呷了一口，"好吧，咱们先把昨天帐篷里发生的事放在一边。不要去想那些贝壳，还有那些迹象。把我说的那些预知未来的话全都忘掉，就把我想象成你的朋友，还有，想象你在为你的哥哥放心不下。"他用深灰色的眼睛注视着她。"跟我说说吧。"

安娜张开嘴巴，但是什么也没说。她其实没有什么确凿的依据，她几乎为自己大张旗鼓地把各种主观臆测渲染成了悲情故事而感到尴尬起来。要是说出去，感觉就像是她小题大做。最后，她羞愧地耸了耸肩。

"我不知道该说什么。"

"你没跟你的朋友们提起过你的担心吗？"安娜摇摇头。"父母呢？"

还是摇摇头。"谁也没说过？"

"我只跟你一个人说了。"安娜小声回答。

只跟他这个彻头彻尾的陌生人说过，而且，说不定他还是个妄想症患者。

"好吧，我听着呢。"斯雷特对她说。

于是安娜一股脑儿地倒了出来。康纳如何一直是个好孩子——也许不像她那么循规蹈矩，但也是个好学生，明事理，做事也靠谱。她是如何一直崇拜着他，为他感到骄傲，因为虽然他在小学里的所有朋友都不会去中学，但他还是选择了中学，还有他是如何给了她勇气，让她也做了同样的事。

接下来，如何发生了变化。

变化起初非常微妙，学业退步，跟学校之外的狐朋狗友出去，不回家，也不知道都去哪儿了。

后来，他的朋友越来越多，而且年龄都比他大。他们会开车。他变得暴躁、孤僻，还开始逃学，说话也不算话，比如，尽管他知道安娜害怕，也知道她为什么害怕，但还是丢下她，让她一个人走回家。还有他瞒着父母打的那份工，似乎让他一下子挣了不少钱，但是并没有一张正儿八经的工资支票，也没有制服，工作时间也不稳定。他会在一大早不可思议的时间点溜出家门，还让安娜帮他打掩护。

"总之就是，他好像变了个人。"她似乎有些吃不准，最后又说，"我知道他很聪明，但他一直是一个好孩子，而且，我不知道是不是能用'天真'来形容？我担心他被带坏了，我担心他现在跟着一起厮混的人会让他惹上麻烦，让他无法收场，而且他甚至都来不及意识到这个问题，就已经晚了。"她鼻子一酸，眼圈也红了，用沙哑的声音说出最后一句，

"你说过，你会……会……卜什么的——"

"占卜。"斯雷特温柔地纠正她。

"占卜。"安娜温顺地重复了一遍，"要是你说的真的是你看到的，那我就没说错。他的确要遇上麻烦了。可是我不知道该怎么办，因为他什么也不肯告诉我，我要是逼他，他就会很生气——"她说不下去，就快哭出来了。她强忍住泪水，基本上算是忍住了吧——因为咖啡店里人太多，她不能在这儿哭——而且她也说不下去了。

斯雷特若有所思，耐心地等她的情绪平复。最后，她终于感觉冷静下来，挖了一大块蛋糕送进嘴里。他微微叹了一口气。

"这件事，你一点儿也没跟父母提起过？"

这其实不算一个真正的问题，因为安娜已经告诉过他了，她跟谁也没说过，但她还是摇了摇头。

"有什么原因吗？"

有一些原因。

"呃，我想，我是怕自己在异想天开吧，也许根本没事，都是我自己在胡思乱想——"

"听着不像，"他主动说，"从你描述的情况看，不像是你在胡思乱想。"

安娜感激地冲他笑笑。

"不过，还有……他们特别为康纳骄傲，因为他选择去上中学，而且看似他也学得不错。他们对他寄予厚望，我不想让他们失望。还不止这些，"斯雷特的身子动了一下，好像要说话的样子，这时，她又加了一句，"我要是告诉了他们，告他的状，他就不会再理我了。我知道他现在也不跟我多说什么，但是，我不想让他彻底把我拒之门外。还有——"

"还有？"

安娜感觉自己有点儿笨，耸了耸肩膀："我要是告诉爸爸妈妈，那不就让这事变成真的了吗？我猜想，要是我逃避现实，不说出来，就能假装康纳并没有真的……在做傻事吧，我也不知道。拿他的生命当儿戏。而且——"她苦笑了一下，"我妈现在就够烦的了。我外婆……身体也不太好，而且，妈妈还要加班，所以……"安娜耸耸肩，"要是他们没发现，我也不想给他们增加压力，说不定现在其实没事呢。"

"也许你错了，"斯雷特提醒她，"也许他们已经跟你哥哥谈过了——"

"呃，要是谈过了，那也没起作用啊，是不是？"

斯雷特没有争论，只是同情地看了她一眼，因为她的声音又哽咽了。她的喉咙堵得慌，又吞进一大口蛋糕。虽然蛋糕是湿润的，而且上面还淋着糖霜，但她还是咽不下去。

"我不知道该怎么办，"她小声说，"我不知道能怎么帮他。"她不敢看斯雷特，只耸了耸肩膀，"你说你在他的未来看见那个——"她无法说出"死"这个字，连想都不愿意去想，"但是如果你能看见……难道咱们不能改变它吗？"她抽了抽鼻子，挤出一丝微笑，"我妈总说，凡事预则立。"

"咱们可以试试。"斯雷特说。听见他说"咱们"，安娜的心都要飞起来了。她也用了这个词，但仅仅是抱了一点儿希望。斯雷特并不欠她什么，他也没必要帮她。"不过，我们目前手头有的，只是一个终点。"安娜的脸都白了，他吃了一惊，显然意识到了自己的措辞听起来多么骇人。"要是我们轻举妄动，搞不好会弄得更糟，无意中把康纳往那个征兆那儿领。"

"那咱们能做什么呢？"

斯雷特搓了搓下巴。他的下巴比安娜上一次见到的样子刮得更干净了，让他看上去更显年轻了。他应该也就是康纳的年纪，而不是她原先以为的十九岁或二十岁。"咱们只是刮了贝壳的表面而已。"

"什么意思？"

"还可以做点儿别的。我可以试试抽签，看看会不会发现什么有用的信息，更多的线索什么的，或者——"

"你不能再产生别的幻觉吗？"

斯雷特迅速摇摇头，环顾了一下四周，确保附近没人偷听。

"对不起。"安娜意识到自己刚才说话的声音太大，轻声说道。

"没事。"虽然嘴上这么说，但他看上去还是很警觉，"但是，不行，我控制不了幻觉。有的时候，我可以提出问题，然后它们就会出现；有的时候，我需要看到它们，它们就会发生，但是要想这样，必须得让康纳在我面前。"他用询问的眼神看着安娜，"你觉得他有可能会到帐篷里来吗？"

她露出痛苦的表情："我觉得不会，但我可以问问……"

斯雷特似乎也不相信他会来。而且，即使康纳真的来了，他也不可能相信斯雷特能看到未来。安娜甚至都不知道自己相不相信……她只是别无他法，孤注一掷而已。

"把你的蛋糕吃完，"斯雷特一边说，一边把剩下的咖啡干了，"然后咱们回去，我去求签。"

"求签？"

斯雷特撇嘴一笑："不太好描述，你得亲眼去看。"

"好吧。去你的帐篷吗？"安娜用手指捏起剩下的蛋糕，直接一大口吞了下去。他摇摇头，站起身。

"不是，签在我住的地方。"他朝安娜伸去一只手，"你来吗？"

第十二章　第一回合
The Opening Volley

　　斯雷特的住处是一辆篷车。这些车在一片杂草丛生的区域围成一个完整的半圆，四周凌乱地摆着几张椅子，还有一个烧得乌黑的圆桶，安娜估摸着是生营火用的。他们路过嘉年华的场地时，里面静悄悄的，于是安娜心想生活区应该会是一片繁忙的景象，可是出乎她的意料，除了有几个男人在篷车外面四处晃悠，还有两个孩子在半圆形区域的中心玩耍，整个氛围很安静。斯雷特领着安娜来到半圆形边缘的一辆篷车，她注意到这辆车是最破的几辆之一。那群男人好奇地望着他们，斯雷特开门让安娜进去时，其中一个还冲他喊了一句，不过那人语速很快，安娜没听清。不论他说的是什么，其他男人都大笑起来，斯雷特慌忙跟在安娜后面进来，旋即关上了大门。

　　"别理他们，"他板着脸，"他们都是白痴。"

　　"反正我也没听清。"安娜安慰他，他似乎松了一口气。

　　"坐吧。"他指指一张长凳，在固定在地板上的桌子后面，安娜小心翼翼地坐下了。这地方倒不是不干净或是不整洁，只是所有的东西看上去都有点儿邋里邋遢、破破烂烂的感觉。里面阴森森的，只有狭小的客厅和一个小厨房，还有两扇窄门，安娜猜测门后应该是洗手间和卧室。

　　很拥挤，也很私密。安娜和斯雷特并不相熟，她无处可去，也不想盯着他的东西看，好像多管闲事的样子，所以，她几乎感觉自己无处可看，只能看着他。总而言之，她感到很不自在，她开始希望自己没有到这儿来，而是约定了别的地方，让他把签带过去——一个更安全，也更中性的地方。

可是能去哪儿呢？难道去她家吗？好吧。

斯雷特忙着从厨房的一个壁橱里拿几根粗粗的蜡烛。他把蜡烛拿过来，整整齐齐地摆在桌子上，一根根点燃。等他把最后一根蜡烛也点上，便走到门边，关掉灯的开关。

被他关上的似乎不仅仅是灯，屋子里只剩下蜡烛的光亮，气氛立刻变得紧张、沉重了。安娜感到有些害怕，仿佛命运之神正聚集在黑暗的阴影里，仿佛鬼魂在参加降神会，等待开口说话的时机。她回头看了一眼，可是一眼望过去，只看见黑洞洞的门厅。至少在她看来，那里空无一人，可是这并没有让她感觉好些。她突然觉得很冷，直打哆嗦。

这时，斯雷特在长凳上挨着她坐下，手里还拿着一个布袋子。安娜感觉自己和他挨得有点儿太近了。

"你是怎么学会这个的？"她问他。

他低头凝视着布袋，布袋的材质很厚，是深绿色的，折叠处已经磨损了。"我妈妈教我的。"他说。

"哦。"他的语气里有种东西，让安娜感觉已经是久远的过去。"她……还在世吗？"

"不在，"斯雷特说，"早就不在了。"

安娜不太理解，皱了皱眉头。斯雷特也就是上学的年纪——虽然他显然已经不在学校了——那他妈妈去世的时候，他能有多大？不过，她不想打探他的隐私，他也没再主动多说。

斯雷特把布袋放在桌子上，开始解顶部束绳的结。安娜想问一两句，可又不想打扰他的专注。她感觉屁股上振了一下，知道是有短信来了。八成是贾或者吉玛，也可能是她俩一起，想知道她的"约会"进展如何。要是告诉她们自己到斯雷特的住处来了，她俩肯定会兴奋得跳起来。

她本来不想理会，但又决定至少先看看她们发过来的是什么问题，是比较含蓄，还是直截了当地要求她通报进展。

不过，不是贾也不是吉玛，是康纳。

"你在哪儿？"短信里说。

安娜本不想理他（让他也尝尝这个滋味），可是，毕竟有可能他是帮妈妈或者爸爸问的。

"在吉玛家。"她敲了回去。

只过了几秒钟，回复来了。

"不对，再编。"

好吧，她当然不会告诉康纳自己在哪儿！她没回他，直接把手机塞进了口袋。她全神贯注地看着斯雷特，他正小心翼翼，甚至有些虔诚地把袋口拉开。手机又振了，又有信息进来，不过这一回，她下定决心不再理他。

斯雷特把手伸进布袋，抓住里面的什么东西，可是接着顿了顿，他抬头看着安娜，灰色的眼睛里仿佛有暴风骤雨，安娜心里一沉。"我们需要一个支点，"他说，"能让那些签与之反应的东西。"他清了清嗓子，"你的东西就行，不过要是你有任何康纳的东西，效果会更好。"

安娜抿起嘴唇，思索着。"我不确定，估计没有。我——"她朝手腕摸了过去，摩挲着一直戴在那里的镯子，她紧张的时候就会这样。她低头凝视着那个精致的小圆环，是银制的，在烛光里闪闪发亮。"哎，等等。

这个。"她晃了晃手腕，给斯雷特看，"这是康纳送我的，行吗？"

"可以。"斯雷特肯定道。

她笨手笨脚地摆弄着锁扣，因为她的注意力都在斯雷特身上，他总算把那些签都拿出来了，看着就像一大把筷子。但是当斯雷特的手指在上面摩挲时，安娜注意到每根签上都有极小的刻痕，像是汉字，或者是图腾柱上的脸谱。是如尼字母[1]吗？

"把你的手镯放在桌子中间，想一个问题。"他说。他的声音变得低沉，他的目光仿佛是从某个遥远的地方望着安娜，让人害怕。

安娜照他的话做了，然后紧张地舔了舔嘴唇。

"康纳不会有事吧？"她轻声说。

斯雷特咳了一下。"尽量具体一点儿，"他说，"签跟幻觉不一样，你得给它们一个导向。"

安娜的思绪狂奔，她心里不愿意锁定在某一个词上。她想，应该由斯雷特来问这个问题，他比她更明白即将发生什么。不过，她又想，也许因为康纳是她的哥哥。

"我哥哥会怎么样？"问题说出来，她感觉斯雷特有些不耐烦……或者，也许是命运之神正烦躁起来？

斯雷特深吸一口气，握住签子，放在胸口，接着，他似乎一下子抛了出去，任它们散落在木头桌面上。

签子哗啦落下，很难形成什么图案，但是蜡烛噼啪作响，仿佛篷车里某个地方有一扇门突然关上了，刮来了一阵风。刹那间，车里被黑暗

1　如尼字母：一类已经灭绝的字母，在中世纪的欧洲用来书写某些北欧日耳曼语族的语言，特别是在斯堪的纳维亚半岛与不列颠群岛通用。古代欧洲僧侣曾将其视为与神明沟通之工具。亦会被用在巫术中。——译者注

笼罩，安娜缩着肩膀，恐惧和不安席卷了她的全身。等签子全部倒下，屋里重新亮了起来，烛光虽然昏暗，但是暖洋洋的。

"咱们来看看。"斯雷特实事求是的语气让屋里的光线似乎亮了一点儿，驱散了刚才侵入进来的"另一个人"，"你要告诉我们什么呢？"

安娜盯着桌子，好奇这些在斯雷特眼里都有什么含义。大部分签子都落在远离手镯的地方，其中有几根符文朝上，但大部分是朝下的。有几根签子落在手镯边缘，一根凶险地指着安娜，另一根似乎稳稳地横跨手镯，将它从中间一分为二。还有一根，不知怎的嵌进手镯底下去了，有符文的那一面冲着天花板。

"这些，"斯雷特把没有碰到手镯的那些签子都拨到一边，"咱们就不用管了。现在——"他捡起稳稳地跨在手镯上的那根签子，"这些符文，"他斜过来给安娜看，上面有三道弯弯曲曲的线，"意思是生命。签子像那样稳稳地落在上面，意思是——"

"意思是他前途未卜吗？"安娜插嘴问道。

"意思是尚无定论。"斯雷特肯定地说。安娜感激地冲他笑笑，但是心里一沉。也许她读不懂斯雷特的签子，但是她很容易听出他的弦外之音。康纳有生命危险，生死未卜。这个念头让她心惊胆寒。

"这一根——"紧接着，他又指着冲向安娜的那一根，"意思是水。不管发生什么，都会在某种水源附近，根据它的方位，我感觉应该是一处湍急的水流。"

安娜眨眨眼睛。这个信息是新的。

"就像在你的幻觉里那样？"她追问道。

"我不知道。我也不知道二者之间有没有关系。我和他是通过你联系起来的，而且，怎么说呢，假如不是同一处水，那也真是太巧了。"他微微耸耸肩膀，不再多说，又回头继续研究签子。"这些是面朝下的。"他一边把落在手镯弧面一角的几根签子拿起来，一边解释道。

"有什么含义吗？"安娜问。

"意思是……"他叹了一口气，"呃，可以有很多种含义，通常是负面的，或者是反面的。"他把签子转过来，盯着上面的符文。"因为这些签子在某种程度上是在一起的，所以应该作为一个整体来解读。"他做了个鬼脸，"有这么多符文在一起，很难确定到底是什么含义，但我要是非得猜一个的话——"

"猜？"安娜打断了他。"猜"字听起来很不准确，她需要的是确切的信息。

"好吧。"斯雷特垂下头。他用手指来回摩挲着其中一根签子上的符文，脸上的表情若有所思——有所保留。"比猜还是靠谱的。"他指着一行如尼字母，"它的意思是，要把什么东西还给他的人，但是因为是倒过来的，所以很可能是你哥哥要把什么东西还给别人。还有这一根，"他用拇指和食指又捏起一根来，小心翼翼地挥了挥，仿佛不喜欢它似的……或者是怕它，"它的意思是暴力、血腥。这一根，"他指着最后一根说，"意思是很多。"

"所以，康纳会遭遇某种暴力事件，作为对他的某些行为的报应？"安娜试着把这些线索联系到一起，感觉自己在黑暗中摸索。

斯雷特顿了顿，然后说："我也会这么解读。"

"可是来自什么人？"她脱口而出，"什么时候？"

斯雷特只是看着她，她知道他也回答不了。

"可是这有什么用！"她喊起来，心里充满了懊恼和恐惧，泪水灼痛了她的眼睛，她的喉咙也一阵发紧，"要是你不能告诉我更多的信息，那也没比之前好到哪里去！"

"不是的——"斯雷特想安慰她。

"就是！"安娜又喊了一句。她一边摇头，泪水一边从她的脸颊滑落下来。

斯雷特张开嘴，想说点儿什么，但是烛光一闪，屋子里瞬时亮了，似乎超出了四根小小的火苗所能达到的亮度，在阴影背后的某个地方突然砰地一响，像是摔门或是窗户被猛地关上的声音。

篷车里陷入了安静。"对不起。"斯雷特轻声说。

安娜有点儿不自在，她身子动了两下，对自己刚才突然发火感到有些尴尬。"没事，"她说，"谢谢你试了。"她挤出一丝微笑，"要是能再有一次幻觉就好了。"

斯雷特撇了撇嘴，作为回答。"抱歉让你失望了。不过，"他用奇怪的眼神看着她，"有时候，幻觉也会误导人。"

"这些看来都很不科学。"安娜随口说道，她迫切地想让这意味深长的停顿活泼一点儿，"我更希望是像二加二等于四那样的。"

斯雷特眨眨眼睛，哈哈大笑，不论刚才是什么奇怪的念头困住了他，现在都已经消失不见了。气氛轻松起来，他们四目相对，久久地凝视着对方。他俩之间仿佛交换了什么东西，安娜的笑容慢慢从脸上消失，她的心跳开始加速。

斯雷特的视线先移开了，重新回到那些签子上。他开始把它们收到一起。

安娜伸手拾起镯子，握在手里。

"谢谢你。"她低头看着手镯，"谢谢你听我说这些，也谢谢你帮我。"

斯雷特没有回答，但是把手伸了过去，放在她的手上。他的手很大很暖，把她的手衬得很小。

"我这么做，也不完全是大公无私。"他喃喃地说。安娜抬头去看他的脸，他垂下眼睛去看两人交缠的手，浓密乌黑的睫毛几乎要触到他橄榄色的皮肤。他的表情无法解读，而他的话语，好吧，有一万种方式可以解读。

她胸口一紧，又想把手抽回来，又想让它留在那里，不知道该如何抉择。

"你——"

篷车外面传来一声响亮的"哎哟"，打断了她刚到嘴边的问题。

"是杰克。"斯雷特说。

杰克？安娜来不及问他。斯雷特松开她的手，把板凳推回桌子下面，一个箭步冲到门口。他拉开门，一个熟悉的声音生气地喊："放开我！"

"康纳？"安娜站起来，隔着斯雷特的肩膀盯着哥哥，还有正抓住康纳的衣领把他往前推的那个男人。

斯雷特从门里出去，加入了外面的吵闹和推搡。安娜连忙走到篷车门口他刚才站的位置。天还亮着，但是太阳已经落山，从地平线下方透出一丝光亮，给眼前的场景笼罩上了一丝血腥的色彩。那个男人——安娜猜想应该是杰克——抓着康纳的套头衫，把他一直推得贴到斯雷特的篷车上。斯雷特从他俩身旁绕了过去，面朝着安娜，一只手按在杰克的胳膊上。安娜感觉斯雷特是在制止他，而不是在拉他。这一点得到了确认，斯雷特怒吼一声："杰克，放开他。"

"凭什么？"杰克反驳道，尽管他的确松开了康纳。不过，安娜的紧张只缓解了一秒钟——杰克立刻走了过来，于是正好面对着她的哥哥。"这个小东西鬼鬼祟祟，在这儿晃来晃去，无所事事。"

他说话的时候盯着康纳的眼睛，安娜越看越怕，康纳也对他怒目而视，冲突严重起来，似乎一触即发。有不少人都被吸引过来，很多双眼睛望着他们的方向，篷车周围的区域比之前热闹了，看见可能会打起来，有一两个人甚至走到了近处。

"无所事事？"康纳回敬他，他转脸用暴怒的眼神盯着安娜，让她忍不住后退两步，"她就是我的事！"

要是杰克有那么一点儿惊讶，或者要是他不知道安娜在这儿的话，那他丝毫没有表露出来。相反，他邪恶地冲康纳龇牙一笑，那个表情让安娜不寒而栗。

"你女朋友喜欢嘉年华的男生，是吧？"他笑得更嚣张了，"要是她觉得好奇，我可以——"

康纳照着他的脸就是一拳。

这一拳来得太快，安娜都没反应过来。她刚眨了一下眼睛，杰克的头就在肩膀上晃了晃，康纳下手很重，冲击力让他一个趔趄退后一步。安娜捂住嘴巴惊叫一声。她想冲过去，挡在康纳和杰克中间，不过，一方面是出于自我保护，另一方面，斯雷特也举起一只手，让她停在原地别动。

杰克瞄准康纳……然后捶了他一拳。

这一拳看上去不重，但是康纳却倒了下去。他的腿没站住，滑倒在篷车边上。杰克走过去，伸出手，仿佛要抓住康纳，把他拎起来继续痛打，但是斯雷特上前一步，挡在他俩中间。

"够了。"他说。

杰克的表情仿佛在说，还远远不够，而且他还想连斯雷特一起打，因为他居然胆敢挡在自己和猎物中间，但他只是冲斯雷特撇撇嘴，又色眯眯地瞟了安娜一眼，吓得她慌忙用一只胳膊挡在胸前。至于正挣扎着想站起来的康纳，杰克看都没看一眼，就气冲冲地朝油桶旁边那群游手好闲的男人走去。油桶里的火已经生起来了，还不太旺。

斯雷特等了片刻，仔细听着，安娜估摸着他是在听草地那头会不会再生出新的事端。他只听见几个男人低沉的笑声，便伸手把康纳拉起来。

"你没事吧？"他问。

"离我远点儿！"尽管斯雷特已经松手，康纳仍然带着怒气吼道，"我是来接我妹妹的。安娜，走。"

他说话时并没看安娜，她不知道他是不是觉得很难堪，反正她是。

"康纳！"她看了一眼手表，"还没到八点呢，我不用——"

"走了，安娜。现在就走。"

安娜咬紧牙关，可是，要是她跟康纳打起来，可能又会把斯雷特卷进来，而且谁知道还会不会再有别的什么人加入！她又羞又气，走出了篷车门厅的安全地带。她还没走到康纳旁边，斯雷特正好站在她面前。

"明天见。"他有意说得很大声，想让康纳听见。安娜看见哥哥大为光火。

"明天不行，"安娜说，"明天放学以后有游泳训练。"

"那就星期三。"斯雷特坚持道。

安娜犹豫了。星期三，她有……安排了，也许她可以改变计划。

"把你的手机号告诉我，"她说，"我要是有空，就给你发信息。"这样，她需要的时候就能随时联系到他了。

斯雷特似乎也在这么想，他的手机旋即出现在他手里。

"把你的号码输进去，然后拨一下。"他把手机递给她，已经打开到通话页面。安娜感觉这个手机的款式比较老了，不过似乎比她的功能强大，她那款虽然刚上市两三个月，却是那个系列里最便宜的。她输了自己的手机号，然后把闪烁的屏幕递给斯雷特看，证明电话的确拨过去了——她的手机还静着音。这样做看来是明智的，因为当她把电话摁掉时，有一条又一条提示冒了出来，她才发现错过了贾和吉玛发来的不下四条信息。

他俩互相留号码时，康纳虽然看上去很不高兴，但是并没有阻拦。不过，这边刚一忙活完，那边他便不再倚在篷车的墙壁上，而是调整身子的角度，让自己能尽量多地看见空旷地带的人。

"安娜。"他的声音里带着警告。

安娜一脸歉意地看着斯雷特，但是并没有动身跟康纳走。相反，她的心提到了嗓子眼，走到斯雷特跟前，踮起脚尖，把自己的嘴唇贴到了他的唇上。

这个吻只是蜻蜓点水，在心狂跳的一刹那就已经结束了，但是当她退回去时，斯雷特冲她一笑，抬起一只手，用拇指拂过她的脸颊。安娜站在那儿，似乎被自己的大胆吓了一跳，直到康纳伸手挡在她和斯雷特中间，一把抓住她的手腕，开始拽她。

她顺从地走了，没有回头，一直走到几乎看不见篷车的地方。有人——这个声音她没听出来是谁——叫了一声"拜拜喽"，语气中带着讽刺，但是当安娜回头时，却看见斯雷特仍然站在那里，目送着他们。

第十三章 来自过去的回音

Echoes of the Past

　　她吻了他。两天之后的夕阳下，斯雷特站在自己的帐篷外面，还在回味着。

　　天色尚早，刚过晚饭时间，他估计今晚不会太忙。每周中间的晚上向来都不会太忙。想到自己还要被困在这里演上四个晚上——还有周末全天——他便在心里骂了一句，而另外两天安娜又得上学。这让他几乎无法继续了解她，去试图搞清楚她为什么会出现在自己的幻觉里。

　　他还有点儿想她。他还是应该承认这一点。

　　她不像大多数普通人那样看他，戴着有色眼镜，对他充满怀疑。她也不像他周围嘉年华的大部分工人那样冷漠、愤怒。最关键的是，她让他有机会谈论自己一直不得不隐藏的事。她让他有机会成为自己，这就足够吸引他了。

　　尽管她说过她有安排，可他还是好奇她今晚会不会来。每次从帐篷里出来，他都盼望着能看见她站在那儿。可是，一直到现在，每次他都失望了。

　　他知道她很害羞。他几乎觉得那个吻给她造成的惊诧程度不逊于他。也许她会觉得尴尬，不好意思再来见他。要么，就是她的哥哥在阻拦。一想到康纳，斯雷特便咬牙切齿。他不喜欢他总是强行掺和进来多管闲事。当然，关于斯雷特幻觉的细节，还有他自己的未来，安娜都一无所知。对她来说，斯雷特只是在竭力帮她去阻止她哥哥的命运。和他打交道的时间越多，斯雷特也越能理解康纳的命运为什么会这样。这孩子不应该打杰克。这样做很愚蠢。你自己也小心点儿吧，站到他们中间，你也够蠢的。斯雷特选择向着一个外人，而不是跟杰克站在一边，对此，杰克毫不隐瞒他的强烈不满。但是康纳应该意识到他和杰克执强执弱。他应该知道自己打不过杰克。

安娜说得没错，她哥哥很可能会让他自己惹上大麻烦，而直到被打得鼻青脸肿，腿也被打断，他恐怕都不会意识到这一点。

如果他真的天性如此，那么斯雷特也不确定自己和安娜还能做点儿什么来改变他的命运。他们也许可以带他躲开这次的麻烦，可是下次呢？再下一次呢？

这孩子得赶快认识到世界很大、很凶险，到处都是等着利用他的厉害的坏人。只要他愿意，他可以丢掉自己的性命。不过，斯雷特担心的是安娜想要救哥哥的决心，因为在这个过程中，她自己可能也会受伤。

那，谁去救他呢？

如果认为这是让自己放心不下的唯一原因，那他就和康纳一样蠢了。

"三张币，是吗？"斯雷特猛地抬起头，有点儿恍惚地冲着站在自己面前的一个老先生眨了眨眼睛。他把拐杖钩在胳膊上，掏出三张纸质的小票。

"五张。"斯雷特不由自主地纠正他。

"汤姆，别傻了！"一个老太太站在老先生身后半步远的地方，试图表示反对，可是藏不住脸上的笑意。

"不行，玛丽，我得知道我还要忍受你多少年。"他朝斯雷特使了个眼色，"你就给我这个老家伙留点儿希望吧，好吗？"

玛丽假装生气，拍了丈夫一下。

"我给你六张币，"汤姆故意大声问斯雷特，"你能让她在帐篷里多待几分钟吗？这样我就能有机会跑一圈。我这双老腿已经不像从前那么麻溜了。"

"汤姆·墨菲特，我记得咱们谈恋爱的时候你就不是个飞毛腿！"玛丽抗议道。

"好吧，不过，你那时候可是又年轻又漂亮。"汤姆回答说。斯雷特正想着要不要后退一步，老先生又加了一句："现在你只剩下漂亮了。"他冲妻子龇牙一笑，冲帐篷的方向努了努头。"你就进去吧，看看咱们的未来会有什么？"

"雪利酒，"她讽刺地说，"我的未来里会有雪利酒。我看我今晚得喝上两杯，才不会用你的拐棍狠狠抽你。你快跑步去吧，哥们儿。"

她一甩头，像一阵风似的进了帐篷，然后迅速瞥了一眼丈夫，确认他不会真的去跑步。斯雷特也跟着进去了。

"没有水晶球？"老太太问道，她背对着斯雷特在桌子前面站着，"我很失望。"

"您不会失望的。"斯雷特一边说，一边努力打起精神，让自己进入角色。不过，埃米利安不肯过来，这对老夫妇之间真挚的爱恋让埃米利安藏了起来。"请吧，"他心里想着，自己至少可以表现得很客气，"请坐。"

"我是相信的。"玛丽一边在板凳上坐好，一边对他说。她的动作很慢，小心翼翼，斯雷特感觉不仅仅是由于年龄。她把包放在膝盖上，扯了扯身上的开襟毛衣，把衣服整理好。"但是，即便站在一千米以外，我也能看出来是不是假冒的。"

"我没有水晶球，是不是第一关就没过？"斯雷特问。

玛丽冲他笑笑，虽然这个笑容不如她给丈夫的那么明艳动人："你过关了。"

"好吧。"斯雷特也冲她笑笑，"您有具体想问的问题吗？"

"没有。"她的回答很简单。

"好。"斯雷特调整了一下坐姿，感觉自己就像在学校里考试，一位可怕的老师正站在他的肩膀后面，一边看着他胡乱写下的每一笔，一边啧啧点评，"问女士年龄不太礼貌，但是如果您能把出生日期告诉我，我就可以——"

"哦，我已经老了，不用再算命了。"玛丽拒绝了这个提议，"最美好的年华，我已经经历过了。"

他那盒贝壳就在桌子下面，他忍不住想给这位老夫人好好算一卦，就像他年轻时那样，那时候，他的天赋还强大得很。不过，他没有这么做，他感觉今天那些贝壳不会配合。

"那我可以给您看看手相，"斯雷特提议，"或者面相。"

对于选哪一个，玛丽没吭声，只是伸出了左手。细长的手指上，除了一枚纤细小巧的金戒指，没有其他装饰。斯雷特想象着，从她结婚的那一天起，这枚戒指应该就戴在那里了。她是手背向上把手递给他的。出于一种奇怪的冲动，斯雷特忍不住遵从古老的礼仪，先吻了她的手背，然后才把她的掌心翻过来。

就在那个瞬间，他俩之间发生了某种反应。那是一种震颤，不像命运之神跟他说话时，他浑身那种灼烧发痒的感觉。帐篷里的氛围仿佛通了电一般噼啪作响。斯雷特知道他会预见点儿什么——这样正好，因为他其实不会看手相。

他低头看着自己捧着的那只手。帐篷里的光线一如既往地幽暗，但是她的掌纹却微微闪着光——命运线、爱情线……生命线。就在斯雷特凝视的当儿，每条线的尽头开始消退，模糊起来。刚才闪烁的光暗淡了，直到每条线都变得难以辨认，她的手掌变得干干净净，空空如也。

作为隐喻，斯雷特觉得自己已经很清楚了。

作为命运，这让人毛骨悚然。

他抬头去看玛丽的脸，岁月让这张脸上沟壑纵横。他看着她的眼睛，这双眼睛闪烁着智慧的光辉，至少目前还是如此。他完全不知道该说什么。他们之间的安静越发深沉，直到玛丽移开了视线。她在包里摸了一通，颤巍巍地掏出一块皱巴巴的手帕。

"好了。"她打破了沉寂，轻轻揉揉眼睛，"小伙子，你不用告诉我你看见了什么。"

"斯雷特。"他回答说，仿佛应该让她知道他的名字。

"好的，斯雷特。"她改口道，"医生已经给我诊断过了。我知道我的未来会是什么样。但是我一看见你，就觉得好奇。大多数时候，在这种游乐场里算命的人都是骗子，都是冒牌的。但是你……嗯，我只是希望能看见一点儿魔力，再看见一次。你知道，这会给一个老太太带来信念，在这个世界以外的另一个世界里。"

"您能看见——"斯雷特有点儿摸不着头脑了。她不应该看见什么——有这个天赋的是斯雷特。

"在你的眼睛里，"玛丽解释说，"我看见了。我看出你能超越现实，去寻找答案。"

斯雷特不知道该如何回应，他不知道这些征兆从何而来，只知道自己一请，它们就来了。或者至少，它们曾经来过。而现在，它们似乎又回来了，不知道这是好事还是坏事。

玛丽起身把衣服抚平，其实她不必这么做，她的衣服跟她的人一样，干净利落。斯雷特感到被一股悲伤笼罩，也站起身。他刚才瞥见的幻景似乎并不公平，感觉不对。可他并不能创造未来，他只是一个媒介。

"我已经活了很久，"玛丽感慨得有些突然，"你不可能永远逃避老年。"

"对不起。"他主动伸出双手。玛丽用两只手把斯雷特的手握住，对他说了些什么——他能看见她的嘴在动，但是并没有听见她在说些什么。他听不见，他的耳边充斥着喊叫声和笑声。过了片刻，玛丽和帐篷都从他的视线中消失了……

他在路上走着，不过走得不快。他脚上带跟的黑色靴子，还是她脚上的？踩在人行道上，发出响亮的声音，但是影响了他的速度。他回头看了一眼，就在他扭头的那一瞬，黑色的长发在他眼前飘荡。

安娜的头发。

安娜的眼睛正盯着跟踪她的两个男生。安娜的恐惧让他的胃里一阵翻腾。

她转身加快了脚步，就差跑起来了。她快步走着的这条路斯雷特很眼熟，远处教堂的尖顶告诉他这条路在商业街附近。天还很亮，但是人行道上没有其他人，也没有能躲进去的商店，只有紧闭的大门，要是她有胆量停下来碰碰运气，也许会有哪间屋子开门让她进去避一避。

斯雷特又回头看了一眼，发现那两个男生已经追上安娜了，在她身后只有一步之遥。他看见其中一个和她四目对视，龇牙笑着，把手伸向了她……

幻景突然消失了。斯雷特坐下来，恢复了神志。一双温柔的手让他往后倚，他不肯，直到他意识到他并没有坐在自己的那张板凳上，而是坐在给顾客准备的其中一张折叠椅上。他感激地瘫在椅背上，感觉浑身发抖，筋疲力尽。

"没事，"一个平和的声音喃喃地说，"你没事了。"

玛丽站在他面前，一只手摩挲着他的肩膀。他抬头看她，看见了她脸上的关切。他意识到，她刚才目睹他说出了预言，真正的预言——而他由于沉浸其中，根本不知道自己都说了什么，不知道自己透露了什么，不过，接着——

幻觉在他的脑海里重演了一遍，这一回就像记忆重现，肾上腺素让他的身体恢复常态，加足了马力，这一现象的含义也向他的大脑奔涌而来。幻觉里并没有反映出时间，但是他知道，就在此时此刻。

"我得走了。"他气喘吁吁地说。

玛丽没有说话，只点了点头。她后退两步，把出口的路让出来。斯雷特知道他应该做点儿什么——问清楚她到底听见了什么，向她强调保密的重要性，送她走出帐篷，用布把他的招牌包裹起来——可是眼下，这些事都没有赶到安娜身边来得重要。

他冲进西斜的阳光下，差点儿撞到一脸疑惑的汤姆。他冲着斯雷特离去的背影大喊："我以为我才应该是跑步的那个。"

他一路狂奔，穿过迷宫般的各种摊位，有两个嘉年华工人叫他回去，问他出了什么问题，他也不理。他完全不知道要去哪儿，便一头往商业街的方向冲了过去，一边跑，一边试在脑海里重现安娜的视角，帮自己搞清楚她的位置——或者是要去哪儿。他的心跳开始加速，比他平时的心跳更猛。这是在催他快走，就像倒计时的秒表在警告他，过马路时耽搁的每一秒钟，还有在人行道上从人群旁边绕过去的时间，都一去不复返。

看见教堂了。斯雷特从桥上经过时，意识到自己的方向错了，教堂就在他的面前，而安娜是朝着教堂的西山墙走的。教堂的钟显示快到五点半了，而从她那一侧看不到钟的这一面。

斯雷特用最快的速度左转，发现自己来到一条布满房屋的街上，和他在幻觉中看见的那些房子一模一样。不过，教堂没那么近。在他的幻觉里，教堂显得更大些，但是位置基本上是对的，这就意味着是在这条路的尽头……

他立刻加快速度。一栋栋房屋朝他的身后闪去，不过，他的视线只盯着前方，有一个小黑点正迅速变成一团模糊移动的东西。他又大步跑了十几步，看见两个魁梧的后背，是两个男生，正把什么堵在墙边，是安娜。

斯雷特没有停下脚步。他朝着离他最近的那个男生猛地撞了过去，冲击力大得让那小子在人行道上滑出好几米，然后目瞪口呆地躺倒在地上，他脸上那惊异的表情简直让人想笑。

斯雷特觉得他暂时算是搞定了，便转身冲着另一个男生——眼前的场景让他暴怒起来。

他一只手抓着安娜的头发，乌黑亮泽的长发被他的爪子抓着，另一只手正试图朝她伸过去，但她扭动身子，不停地挣扎，想躲开他。她举起双手想要反抗，右手的手指抓住他的拳头，徒劳地拉扯着。她满脸通红，眼里闪着泪滴，一侧的脸颊有剐蹭的伤痕，渗出了鲜血，估计是其中一个男生摁住她的脸使劲儿往她身后的石头墙上撞出来的。

"放开她。"他怒斥道。

那孩子意识到斯雷特带来的威胁，松开了安娜的头发，转而握紧拳头，一副准备迎战的样子。斯雷特刚一看见他松开了安娜，便朝他扑了过去，那孩子被撞倒在地上，正好摔在另一个男生旁边，那家伙到现在还没爬起来。不过，他看见同伴被摔倒在地，似乎反而受到了激励，挣扎着站了起来。

斯雷特没等他站稳，又把他揍趴下了。那一拳是冲着太阳穴去的，但是没打中，斜擦着错过了，但也足以让他重新倒在地上，这一回，两人都没再爬起来。斯雷特居高临下地站在他们面前，来回扫视着地上的躯体，想找几个地方让他们再尝点儿苦头，穿着靴子的一只脚已经抬起来准备朝某个人的肋骨踩下去，这时，安娜抓住了他的胳膊。他回过头来，看出她很害怕，当然是怕他们，但是也有一点儿怕他。

他不喜欢这样。

"滚！"他冲那两个男生吼道。这两个小流氓看上去比安娜大不了多少，虽然比她高大很多。"快滚！"见他们还没动，他又说了一声，"滚蛋！"

他们有两个人，而他只有一个人，而且他还得保护安娜，不过那两个孩子似乎都没有意识到他的这一劣势。他们站起身——动作很慢，小心翼翼，眼睛还盯着他——然后便一溜烟跑了，每跑几步还回头看看他有没有追上来。

斯雷特不知道自己脸上是不是也和狂跳的胸口一样血脉偾张。等他确定了那两个男生不会再构成威胁，便转身对着安娜，试图让自己缓和下来，安慰地冲她笑笑，可她后退一步靠在墙上，靠在刚刚还困住她、伤害她的墙上。

"你没事吧？"斯雷特问。他想看看她有没有其他地方受伤，看看她的校服下面有没有瘀青，可是由于那两个男生刚刚把爪子伸向她，他不想让她把自己的触碰和他俩以任何方式联系在一起，便只问道："他们伤到你了吗？"

安娜吸了吸鼻子，摇摇头。接着，她的表情似乎要哭起来，斯雷特再也克制不住了。他把她从墙边拉过来，搂进怀里。他拉她时，安娜没有反抗，也没有拒绝他用胳膊搂住自己，相反，她把身子在他怀里埋得更深了。

"你在这儿干什么？"她哽咽着问道，"你不是应该在工作吗？"

斯雷特甚至压根儿就没想过要骗她。

"我看见你了，"他说，"我产生了幻觉，看见他们在跟踪你。"他把她搂得更紧了。"对不起，我没能及时赶来阻止他们。"

"没事。"安娜说，"他们没有……他们其实没做什么。"

他不知道是否应该相信她的话，只觉得刚才让那两个家伙滚蛋之前应该再多给他们几拳。

"他们吓着你了。"他说。安娜轻声抽泣着，于是他接着说："我感觉到了，所以，别跟我说他们没做什么。"

"你感觉到了？"安娜一边问，一边抽回身子，仰起脸看着他。

"是的，"他承认了，"那个幻觉是通过你的眼睛感受到的。"

不过，现在回过头来再想，他在幻觉中感受到的担忧和在小镇上飞奔时产生的恐惧究竟是不是一回事，已经无从判别，因此，也许他在幻觉里感受到的害怕是他自己的。因为他知道她正在遭遇什么，知道她身处危险的境地而害怕。因为知道自己不在现场、无法保护她而害怕。

"话说回来，你来这儿干吗？"他问道，但是不想刨根问底，"你说你有安排了，那你是要去哪儿？"他尽量让自己的语气里不带有丝毫指责的意味，但是不确定到底表现如何。

安娜似乎并不想回答，但是，最终，她耸了耸肩。"我去看我外婆，"

她说，"今天是她的生日，所以妈妈说我必须得去。"

斯雷特仔细看着她。这句话值得好好剖析。他先从最不带个人色彩的地方开始。

"你外婆住在这儿？"他四下看看，这一带似乎还行，至少比安娜家那一带要体面。

"算是吧，"安娜嘟嚷着，"不过确切地说，不是这条街。"她又耸了耸肩，从斯雷特身旁抽回身子。"那边有一个养老院。"她指着自己被那两个男生搭讪之前走的方向，"她住在那里。"

"你不喜欢那个地方？"他问。

安娜苦笑了一下。"还好吧，"她说，"那里的工作人员很好，不过——"

"不过什么？"

安娜摇摇头。她瞄了一眼手表，做了个鬼脸："我得走了，我要迟到了。"

"那好，来。"斯雷特向她伸出一只手，安娜直直地盯着。一秒钟过去，又过了一秒，他说："我陪你走过去。那两个男生说不定在什么地方等着你，还有可能会带几个同伙回来。"

斯雷特看出，这两个念头都把安娜吓住了，不过，她仍然没有伸手握住他的手。

"我不用跟你一起进去。"他轻声主动提出，"要是你想单独和你外婆待着的话，我可以在外面等你。"

"不是！"安娜有点儿着急地回答。她的脸红了，皱起眉头，搓了搓脸颊，等她看到手指沾上的血迹，似乎吃了一惊。"只是……"她露出痛苦的表情，但是远处教堂的钟声促使她迅速行动起来，"走吧。"

她拉着斯雷特的手，向前走去，她走得几乎和幻觉里一样快，因此斯雷特不得不放大步子，和她保持同步。

"我外婆有阿尔茨海默症，"安娜突然脱口而出，"已经很严重了，所以她的日子很不好过，而我……"斯雷特以为她接下来会说自己不想去，但她没有往下说。"通常我妈会跟我一起来，但是今天她和爸爸都要上班。康纳呢，"她生气地哼了一声，"康纳有意安排自己今天有事，所以就只剩下我了。"

"我可以陪你一起进去，"斯雷特说，"如果你不觉得会打扰到你外婆的话。"

"你不需要这么做。"安娜回答。

"你希望我进去吗？"

安娜没有回答，只叹了口气。开始的劲头过去了，他们的速度慢了下来，由于心里不愿意，安娜的步伐也开始变得磨蹭。

"你知道吗，她二十一岁的时候在巴黎待过一年。"她说。尽管这明显是一句开场白而不是提问，斯雷特还是摇了摇头。"她可以非常清晰地回忆起当年的每一天……可她却连自己的外孙女都不认识。"她的声音沙哑了，"我讨厌这样，我讨厌去看她，然后看着她一脸茫然地盯着我。所以我就想逃避，可是又因为自己的这种态度而感到难过。"

"真不容易。"斯雷特主动安慰她，虽然他并没有真正经历过这种事。不过，玛丽，也就是今天下午他刚刚解读过命运的那个女人，她即将踏上完全相同的旅程。想到那个目光锐利、娇小玲珑的女人，他痛苦地意识到，她不是来找他算命的，而是想寻求一丝慰藉。她是想让他告诉自己：有些事情的确超出他们的理解范围。好吧，他苦涩地想，至少他做到了。

到了一个路口，他们拐上一条短一些的马路，斯雷特立刻便看见安娜外婆居住的养老院。整条街上最显眼的就是这栋庞大的红色砖楼，一间玻璃暖房占据了前面的大部分区域。透过窗户，他能看见很长的一排座椅，大部分椅子都是空着的。安娜说得没错，这地方看着相当不错，但是让人高兴不起来，因为有一点你无法逃避——这里是养老院。

"这边。"安娜一脸愁容，领着他从楼旁边走过去，那儿有一个小小的露台，后面是一道双开的门。她一只手摁在其中一个把手上，顿了顿。"你不必这么做的。"

但是她心里并不这么想，所以，他会去的。

"走吧。"他伸手把门拉开，然后站在后面，让安娜先进去带路。她有些迟疑，但还是进去了，肩膀耷拉着。

一位中年接待员笑着迎接他们，安娜报出外婆的名字——玛丽昂——接待员便叫了一个护士来，领他们去她的房间。

"她今天状态很好，"护士微笑着说，"她感觉很平静，所以，祝你们探视愉快。"

安娜只是紧张地点点头。她又握住了斯雷特的手——虽然他说不清是谁先主动的——她仿佛抓住救命稻草一样抓着他。

安娜的外婆住的是单人间。屋里是一张单人床，床罩上有鲜花的图案，床上还摆着几个装饰用的靠垫，对着窗户的是一把扶手椅。斯雷特看见窗外有些树和灌木丛，还有一张小小的桌子，旁边是三张吃饭坐的直背椅子。墙上挂着几幅画，角落里有一个洗手池，不过，斯雷特还看见屋里唯一的一扇门后面有一间小小的浴室。

安娜的外婆正坐在扶手椅上望着窗外。她穿着一条长长的半身裙，上身是一件米色的衬衫，不过她正摆弄着手上戴的五颜六色、有些奇怪的连指手套，而手套的每个指头的顶端都缀着纽扣、珠子，还有其他小片的布料。

护士把他们领了进去："玛丽昂，你今天收到了一个特别的生日礼物，有人来看你了！"

"嘿，外婆，"安娜叫了她一声，声音里满是装出来的快乐，"你好吗？"

安娜的外婆转身盯着安娜，于是斯雷特第一次有机会看清她的脸。他感觉能看出一些家族遗传的影子，例如她俩都有黑色的眼睛，都有微微上翘的小巧鼻子。但是，即使安娜的外婆曾经也有一头乌黑的长发，岁月也已经将它偷走，如今，她的头发好似洁白的云朵，被人试着打成了卷儿。

玛丽昂，斯雷特心里一个声音在轻轻念道。他看着安娜外婆的脸，涌起一股强烈的情感，他感觉有一段记忆努力想要浮现出来，可他想不起来。

玛丽昂看着安娜，礼貌地笑笑，眼神空荡荡的。他想，安娜说得对，这个老太太不认得她了。

接着，她把目光投向了斯雷特，他看见她有了意识。她的脸上似乎重新焕发出生机，斯雷特感觉记忆悄无声息地再一次溜近，只是又飞快地跑走了。

"哎呀！"她惊呼道，"游乐场来镇上了！你是来再给我算命的吗？"

安娜转身看着他，满脸震惊。斯雷特看看她，又看看她的外婆。咔嗒，咔嗒，安娜的外婆又加了一句："你知道，我听了你的话。我搬走了，就按你说的那样，重新开始了。"细小的碎片开始拼接在一起。

她容光焕发起来，似乎很骄傲，接着，见斯雷特没有回应——他无法回应——安娜也只是目瞪口呆地在那儿站着，她脸上的表情变得怀疑起来。斯雷特在脑海里抚平她脸上的皱纹，把她的头发重新染成黑色，于是看见了她——他记忆中的那个姑娘。在他的帐篷里，只不过是另一顶帐篷，在另一个小镇上。

如果他们的重逢只是巧合，概率实在是微乎其微，斯雷特甚至都没往这方面想。毫无疑问，这一定是命运的安排。

斯雷特唯一不知道的是，这到底意味着什么。

"当然。"他看出安娜显然不打算开口，而她的外婆开始变得激动，便咳了一声，"当然，我可以给你算命。"他朝她走了过去，感觉时光仿佛在倒流，"把你的手递给我。"

他做好了准备，同时也带着些许期待，希望自己会被甩进预言里，可是当他握住她的手时，她的皮肤脆弱得像纸一样，摸起来凉冰冰的，他只感到困惑不解，感到安娜的目光死死地盯在自己身上。

第十四章　1985 年，艾伦

Arran, 1985

他们明天就要走了。

终于要走了。至少在斯雷特看来，他们已经待得太久，早已不受欢迎。到这个地方来，真是历经了千辛万苦，又是坐船，又是各种颠簸，但是对于为什么要再待上一个星期，康伦给出的理由其实没人相信。他们到这儿的第一个晚上，他就溜去了山那边的村子，从那一天开始，他一晚上也没在自己的床上睡过。斯雷特见过他去找的那个女人，她人高马大，鹰钩鼻，斜眼。实际上，她看上去跟康伦的儿子布莱恩简直一模一样。

况且，斯雷特并不急着乘船回到大陆。一开始，为了让他能登上甲板，丹尼尔不得不给他灌了好多的威士忌，结果他头疼了三天。考虑到自打他们来这儿以后的天气情况，回程他需要点儿更猛的东西，也许需要让人照着他的脑袋打上一拳。

嘉年华的团长并不是唯一一个跟当地人打成一片的人。斯雷特的朋友丹尼尔也和康伦一样，经常在半夜三更消失。这个小伙子平常沉默寡言，但是一提起他遇上的一个姑娘，就会滔滔不绝地说个不停。斯雷特几乎以为，等他们最终准备离开时，他的这位朋友会留在这儿。不过，丹尼尔纠正了他的错误判断，他一边摇头，一边向斯雷特保证会在船上握住他的手——或者，更可能的是，把他踢下去。

斯雷特叹了一口气，尽量不去想即将到来的旅途。这个旅途肯定不会让他好受的。其实，他现在应该出去帮忙收那些游乐设施，可是雨下得太大，惹得他心烦意乱，于是他便躲在自己的帐篷里，假装打包几块布和几根蜡烛要花上两个小时。

狭小的空间里闪过一道灰色的亮光，斯雷特抬起头，看见一个身影走了进来，帐篷的盖布在身影后面落回原处。起先，斯雷特以为是康伦过来强迫他出去干活儿，但是眼前这个身影比康伦要娇小很多，身上的裙子湿漉漉的，还沾上了泥点，肯定是镇上的人，从田野里深一脚浅一脚地过来。

"我们已经停止营业了。"斯雷特说，虽然她肯定知道这一点。她从团里其他正在收拾打包的摊位旁边路过，才会到他这儿。

"我知道。"她的头上裹着围巾，声音有点儿模糊。她一边说着，一边把围巾解开。斯雷特听出她的声音时，心里已经一沉，等她把围巾完全摘下，他的怀疑便得到了证实，棕色的大波浪鬈发散落到她的脸上。是玛丽昂，丹尼尔的女朋友。

"你来这儿干什么？"他问。他产生了一种非常可怕的感觉，因为答案他已经知道了。

"我……我想算算命。"玛丽昂说。

斯雷特惊讶地眨眨眼睛。她的回答完全出乎他的意料。

"是吗？"

"是啊。我上这儿来，还能想干吗？"玛丽昂把头一歪，一脸困惑，认真地看着斯雷特，不过，她脸上的表情迅速变成了理解之后的痛苦。

"你认为我来，是想问你能不能说服丹尼尔留下来。"

这是陈述观点，不是提问。不管怎样，斯雷特点了点头。

"我问过他了，他说不行。我不会去求他的，我也不打算通过他的朋友来对他施加压力。他已经做了自己的选择。"

"好吧。"

帐篷里陷入令人尴尬的沉默，斯雷特努力让自己不要在座位上动来动去。玛丽昂深吸一口气，似乎做好了准备。

"我妈妈说，你讲的那些都是胡说八道，但是，我外婆相信。"

"你呢？"

她走到斯雷特坐的地方，把他已经收起来的小板凳重新打开，放在桌子的另一侧，然后坐了上去，脸微微一红。

"我也不知道，"她坦白说，"但是我已经绝望了，所以想试试。"

实在算不上是听得入耳的认可。不过，他也没办法抱怨，因为他的确不能真的为她算命。

"那应该怎么做呢？"

"把你的两只手递给我，"斯雷特从桌子上向她伸出手，"告诉我，你想知道什么？"

她低头凝视着他的手，她自己的手却握得紧紧的，放在膝盖上。斯雷特耐心地等待着，最后，她伸过一只手来。这只手冰凉冰凉的，皮肤很粗糙，指甲上也是伤痕累累。斯雷特觉得她顶多也就十八岁，但是被困在苏格兰海岸外的这座小岛上，斯雷特怀疑她的日子不会好过。

"说吧。"他温柔地说。

"我感觉自己怀孕了。"玛丽昂脱口而出。这句话从她的嘴里说出来，似乎把她吓了一跳，甚至想把手缩回去，但是斯雷特没有松开，于是她舒了一口气，不知怎的好像皮球泄了气一般，仿佛最糟糕的已经过去。

"我感觉自己怀孕了。"她又说了一遍，"我的月经推迟了，我从来没有推迟过。要是我父母发现了，那——"她苦着脸，"这儿的老观念很厉害。他们会跟我断绝关系，要么就会想方设法把孩子从我身边带走，送给别人收养。"

"而你不想那么做？"

"当然不想！"这回，她成功地从斯雷特手里猛地把手抽了回来，"要是有了孩子，那他就是我的！我不会让他们对我做出莫拉格的父母对——"她突然闭上嘴巴，不再往下说，不过，剩下的话，斯雷特也猜得出来。

"我很难过。"斯雷特喃喃地说。

玛丽昂瞪着明亮的碧眼，注视着他。

"我该怎么办？"她问，"我想让你帮我看看，告诉我，我该怎么做。"

她小心翼翼、慢吞吞地把手重新放在桌子上，手心朝上。

他从来没有像现在这么痛恨自己的伪装，感到胃里翻江倒海。他握住她的手，凝视着上面的掌纹和茧子，这些掌纹和茧子什么也不会告诉他，但他只能赌一把。他飞快地思索着：他该跟她说些什么呢？

不管说点儿什么，他得先清清嗓子。

"你的感情线很强，"他说，"这意味着你很勇敢。"

玛丽昂不以为然地哼了一声。

"真的，"斯雷特抬头看了她一眼，重复道，"你能做到。"他又低头看去，"你的智慧线也非常突出。"

"是说我固执吗？"她想挤出一点儿笑容，可是没挤出来。

"我会说，是的。"斯雷特闭上眼睛，试图向内心探寻，可是他探到的是一片空荡荡的沉寂，只回荡着自己的声音。他叹了一口气。"你应该离开这儿，"他说，"大陆上跟这儿不一样，没人会对未婚先孕的女人另眼相看。"看见玛丽昂怀疑的表情，他接着说，"好吧，大部分人不会。"

"这是你在我的未来里看见的吗？"

"我看见你很幸福，"斯雷特说，"我看见你有了一个家庭，脸上都笑出了皱纹。"

要是希望足以让美梦成真，那么就应该是这样了。斯雷特双手合十，祈祷命运之神就在那里听着，即使他们并没有说话。

"谢谢你。"玛丽昂站了起来，身体的负担使她的动作有些僵硬和笨拙，"今天下午有一条渡船要出发，也许我会登上这条船。我有一个姨妈住在阿伯丁郡。她是家里的害群之马，或者至少我妈妈是这么说的。我可以去她那儿住一段时间。"

说着，她的腰也直了起来。

"祝你好运。"斯雷特对她说。

"谢谢你。"

她已经快要走出帐篷了，这时斯雷特叫住了她。他必须得问，他不得不问。

"你告诉丹尼尔了吗？"

玛丽昂转过身来，若有所思地看了看他，然后摇摇头。

"你要是告诉他，他也许会留下来，说不定会跟你结婚。"

听到这句话，她笑了，可是在斯雷特眼里，那是他见过的最悲伤的笑容。

"我知道。"

她没再多说，静静地走了出去。

第十五章　退后两步

Two Steps Back

砰的一声，养老院的门在他们身后响亮地关上了。斯雷特往前走去，他腿上的肌肉直打战，只想赶紧逃离他早知自己将要面临的下场。但是安娜停住了脚步。

看来，他们要在这里对质了。

他苦着脸，转身面朝着她。

"我外婆认出你来了。"安娜没有任何铺垫，直接脱口而出，"她有一半的时间都恍恍惚惚，可是却认得你。"她死死地盯着他，"我知道她这一周没有离开过养老院，也没人组织过老年人去嘉年华玩，即使有，她八成也不会记得。她记得的都是过去的事。"

安娜顿了顿，斯雷特竭力让自己不要慌张，等着她把话说完。

"她认得你的脸，她知道你是算命先生。她记得你……就和现在的你一样。"她沉默了，一秒，两秒，三秒……"你要解释一下吗？"

"要是我说，我爷爷当年也在同样的嘉年华里，你会相信吗？"他问，"要是我告诉你，他跟我长得一模一样呢？"

"不会。"安娜不假思索地回答。她盯着斯雷特。"因为我也看了你的表情。你也认出她来了。"

斯雷特点点头。他甚至都没打算编造一个谎言，因为他意识到，他想让她知道。他想把自己的秘密告诉她。

"是的。"

安娜眨眨眼睛，仿佛被他的诚实吓了一跳，可她接着又长长地叹了一口气，让他以为——或者是希望——她也许是松了一口气。

"这怎么可能呢？"她轻声问。

"如果我告诉你，你会相信我吗？"斯雷特问。这个问题很愚蠢，她都不知道他要告诉她的是什么，怎么能做出肯定的答复呢？不过，他的内心深处有某种东西，让他希望自己能让她做出这样的承诺。

安娜没说会，但也没说不会，她只是等着。

"我见过她，"斯雷特说，"五十年前。"

"怎么可能？你才十六岁！"安娜惊叫道。

斯雷特笑笑，承认了这一点。

"我是十六岁，"他肯定道，"没错。可我已经在十六岁这个年纪停留很久了。"

"多久？"安娜立刻问他。

斯雷特抬眼隔着长长的睫毛看着她："这真的重要吗？"

安娜没有回答。斯雷特读不懂她的表情，便继续说道："我这辈子都在嘉年华里工作，从一个团跳到另一个团，为了不让别人起疑心，为什么我好像从来不会变老。有时候，过了足够长的时间，我就会回到自己巡游过的团。我也是迫不得已，因为如今还剩下的巡游团体也就这几个了。我尽量等到能记得我的人都不在了，这时候，我就知道可以安全地重新加入进去了。"

当然了，这只是他的打算。可是当布莱恩把他介绍给团里的成员，说他是新来的算命先生时，斯雷特和丹尼尔都同样惊讶地认出了彼此。

他回忆了一下当时丹尼尔脸上的表情，丹尼尔认出了他，震惊极了。好吧，也许也没那么惊讶。

"不管怎么说，五十年前，我们去了西海岸的一个小岛——我不记得是哪个岛了——"

"艾伦，"安娜插了一句，"我妈妈告诉过我，外婆是艾伦人。"

"那就是艾伦，"斯雷特喃喃地说，"你外婆过来算命。就是这样。"

"你让她离开，"安娜指责他，"你让她离开自己的家人，重新开始。"

"是的，"斯雷特耸耸肩，想放松一下肩膀，"我觉得我给她提的建议很好。"

"你让她抛弃了她所熟悉的一切！"

"是的。"他的理由很充分。不过，安娜也许并不知道。

他俩陷入了沉默，斯雷特鼓足了勇气，该敞开心扉了。

"我已经活了几百年。"他开口了。安娜惊呼了一口气，但他没有去看她的脸。"我并不是一直都像这样被困在里面。我和所有人一样出生，和所有人一样长大，然后……我产生了一个幻觉。一个……呃……一个不好的幻觉。我的意思是，我以前也有过幻觉，但是从来没有过这样的。以前都是小事，朝未来瞥一眼什么的，对我们有帮助的东西。"

"我们？"

斯雷特没有理会她的问题，一门心思想要把话说完。他终于能坦白自己做了什么，发生了什么，这让他感到很痛快。

"我看到我的命运了，可我不喜欢那样，所以就想逃跑。我一直在逃，已经逃了该死的快六个世纪。从那一天开始，我就没再变老过。"

"再也没有？"安娜问道。

斯雷特迅速耸耸肩，似笑非笑："自从我产生那个幻觉开始。回到这里，似乎让我重新焕发了生机。"

他让她品味这句话。

"哇。这……呃，听起来简直不可思议。"她凝视着他，"真是令人难以置信。"

斯雷特无助地摊开双手。的确令人难以置信，可这是事实。

"那个幻觉是什么样的？"安娜突然问道。

"是我，"斯雷特慢慢地答道，"快要被淹死了。"他甚至都不愿意谈起这件事，一说出来，不但他的脑海中会浮现当时的场景，还会让他感同身受，他感到切肤的疼痛，耳边仿佛传来了喊叫声，还感觉到水里彻骨的寒冷。

"我明白了。"安娜轻声低语道。

接着，毫无预兆地，她的目光突然犀利起来，脸上的表情表明她一下子懂了。"我们第一次见面的时候，你产生的那个幻觉。你说是一个隐喻，但是后来……后来你又告诉我——"

"我告诉你，它跟我的未来有关，"斯雷特说，"我并没有说谎。"

"你说谎了！"安娜反驳他，"你说它和我没有关系！"她瞪着他，"你说我只是在错误的时间到了错误的地点。现在你又想跟我说什么？你想说和你之前的那个幻觉有关吗？让你不再变老的那个？"她稍稍顿了顿，"是同一个幻觉吗？"

"是的，"斯雷特说，"……也不全是。"

"什么驴唇不对马嘴的。"安娜的语气里仍然带着愤怒。他知道，她已经随时有可能发火了。

"我之前产生那个幻觉的时候，看见自己要被淹死了——"

"这你说过了。"安娜打断了他。

137

"我看见自己要被淹死了，"斯雷特耐心地重复道，"没错。只是快要被淹死而已。在幻觉里，我掉进了水中，找不到水面，然后就被淹死了。这是我自己的死亡，我以为我看见的是这个。"

"可是，"安娜困惑不解地皱起眉头，"你告诉我——"

"我告诉你，我看见黑暗中伸过来一只手。那只手救了我。"斯雷特深吸了一口气，"我看见了你的脸。你把我从水里拉了出来。"

两人陷入了深深的沉默。斯雷特不知道安娜在想什么，她的眼睛忽闪忽闪的，她的思绪飞驰而过，他无法解读。终于，她咽了一下口水，紧紧地抿着嘴唇。

"你是说，你觉得我会救你？"

斯雷特点点头。

"你认为，不知道出于什么原因，我让你没有死？"

斯雷特又点点头，他努力不让自己抱太大的希望，可是很难。她能帮他搞明白那个幻觉，弄清楚他们在哪儿，为什么。还有，要是他们能够躲避灾难，那么，也许就能有时间厘清他们之间这层离奇而又无法解释的联系，就能理解安娜为什么能够解锁斯雷特都没意识到的并非完整的幻觉，就能明白安娜究竟有什么特别之处，居然会救他的命。

"我怀疑过你为什么要帮我。"

"什么？"斯雷特胡乱的思绪戛然而止，这一下来得太猛，以至于他的大脑轰隆一声停止了。

"你为什么会关心我哥哥，或者是我，根本就说不通。你为什么想要帮忙。我的意思是，我差点儿以为——"她用手指摁住嘴唇，但是立刻又摇了摇头，打消了刚才一闪而过、让她顿住的念头，"我想不出来。上帝呀，我真笨！"

138

"什么？安娜！"斯雷特上前一步，向她伸出手去，可他立刻便后悔了自己的这个举动，因为安娜一下子跳开了。

"你在利用我，"安娜指责他，"让我留在你身边，假装要帮我——"

"假装？"斯雷特抗议。

"假装！"她怒斥道，"完全是因为你觉得我对你有用，能救你的命。"

"不是这样的。"斯雷特试图解释。他迫切地想要走近她，把她摇醒，告诉她真相，可他知道，只要自己动弹一下，她立刻就会逃走。

"真的吗？"安娜眯起眼睛，"那你为什么要把幻觉的事瞒着我？"她上前一步，这回是斯雷特想往后躲，躲开她眼神里由于受到背叛而产生的怒火。"要不是我外婆认出你来，你会透露一星半点儿吗？你会告诉我吗，还是会让我一直围着你转，让我帮你的忙？"

斯雷特没有回答。他的舌头仿佛打了结，脑袋里也想不出一句话来帮自己解释，把事情说清楚。

安娜将他的沉默理解为内疚。

"别指望我会救你，"她告诉他，"你就是身上着火了，我也不会朝你吐一口唾沫！"

安娜再次丢给他一个厌恶的眼神，扭头怒气冲冲地走了。斯雷特只能眼睁睁地看着她的背影，她每走远一步，他便感觉自己充满希望的崭新未来也在悄悄溜走。

第十六章 探寻

Searching for Trouble

十分钟过去了。整整十分钟里，安娜无数次心里痒痒的，但她仍然坐在沙发上没动，假装和入迷的爸爸妈妈一起看烹饪节目。

康纳还没回来。

因为安娜基本确定他一直都想趁爸爸妈妈不注意的时候溜出去，所以她其实也不觉得奇怪。不论康纳现在在哪儿，想到他发现手机没带时咬牙切齿的样子，她几乎要笑出声来……他的手机正在离她不到两米远的客厅书架上。

"哎呀！"安娜突然从沙发上跳起来，"我还得写法语作业呢！"

"你星期五有法语课？"妈妈皱了皱眉头，将视线从那位业余面包师正试着抹上糖霜的蛋糕上移开，问道。

"今天要交，"安娜一边回答，一边为自己反应够快而颇感得意，"我昨晚就忘了。我现在上去写，很快就好。"

她冲爸妈笑笑，妈妈不满地撇撇嘴，她也没去理会，迈着轻松的步子走出客厅。途中，她飞快地伸出一只手，干净利索地把康纳的手机从书架上一把抓了过来。

她冲上楼梯，心怦怦直跳，没想到自己这么大胆。康纳对他手机里的东西保密得很——要是被他逮到，他会疯的。不过，要是他没发现的话……

她摁亮屏幕，发现他设了指纹解锁，不禁吐了吐舌头。不过，还有一个选择，就是输入密码，而且她看得出来，康纳已经设置过密码了。她打赌他刚有手机的时候就已经设了，同样，她还打赌他一天也没用过。她哥哥有一个坏习惯，就是会忘记诸如银行卡密码、储物柜开锁码这类东西，因此，他还有一个更糟糕的习惯，就是把它们全都用笔记下来。

这样的信息，聪明人会随身携带，放在安全可靠的地方，丢三落四的傻瓜则会留在自己的房间里……而一个爱管闲事的妹妹也许正好知道他会放在哪儿。

安娜蹑手蹑脚，因为父母要是听见她在康纳的房间里咚咚地走来走去，一定会问她在那儿干什么。安娜小心翼翼地打开哥哥的房门，暗自庆幸父母当初立场坚定地告诉他，不会给他的门上安锁。屋里跟平时一样乱七八糟，让人不忍直视。衣服扔得到处都是，空气潮乎乎的，她甚至都不想去深究是为什么，而且还有一股臭味，像是满得就要溢出来的书桌垃圾桶里有什么食物腐烂了。这就有点儿不太走运，因为就在垃圾桶的上方放着一个盒子，康纳把电影票根啊，音乐会门票啊，还有其他一些小纪念品都存在里面，盒子里还有一张纸，她打赌能在那张纸上找到他手机的开机密码。

安娜屏住呼吸，忍住难闻的气味，冒着被抓住的风险，移开盒盖，开始翻找起来。她很快就找到了那张纸——是亮粉色的，它的前身是安娜桌上的一张便利贴——她把这张纸打开了。

上面写着他的储物柜开锁码。

还有他的银行密码（旁边还明明白白地用大写字母写着 RBS[1]）。

1　Royal Bank of Scotland 的缩写，指苏格兰皇家银行。——译者注

这就意味着最后的四个数字肯定是他的手机密码。假如不是，那安娜就没办法了。她背下那串数字，把所有东西都按原样放回去，然后匆忙溜回自己的房间，准备试试看。

第一次，她手指太笨，输错了一个数字，屏幕亮了起来，愤怒地显示"密码错误"。安娜一边盼着不是那种输错太多次就会锁定的设置（或者，更糟糕的，把你拍下来），一边带着十万分小心又试了一次。

主界面打开了，背景是一幅暴力愤怒的画面，安娜感觉可能是康纳听的哪张难听的舞曲唱片的封面。她没去看他的照片——她坚定地告诉自己：她这么做是有原因的，不是为了窥探他的隐私——而是直接进入了短信页面。

最上面的一条（未读）短信是 Em 发的。是 Emily（艾米丽），还是 Emma（艾玛）？安娜好奇。为什么会有女生给康纳发短信？她得看看——她对于康纳隐私的尊重仅限于此——可是她又不确定看完之后能不能让它重新显示成"未读"，于是只好作罢。接着是跟达伦的一串短信，她打开看了，没什么意思，不过是聊学校橄榄球比赛的事，但是安娜也的确往前多翻了翻，想找出一点儿关于 Em 的蛛丝马迹——可惜没找到。

看到第三串短信时，她发现了新大陆，是跟马克的，这个名字她从来没听说过。她打开了，看见最后一条是马克发给康纳的，写着：九点前，皇冠门口见。

安娜紧张地咬住嘴唇。皇冠是一家酒馆，就在她家这一片的中心区域，康纳还没到十八岁，不能进去。即使他到了十八岁，皇冠也不是普通人随便进去喝一杯的地方，除非你足够彪悍，不会被在里面喝酒的那些五大三粗的人吓跑。

距离彪悍，康纳还远着呢。

安娜害怕极了，心里像灌了铅一样沉，她向上翻页，别扭地倒着读这段对话：

他的报应来了。

观察他两晚上了，游乐场关门以后他会去皇冠喝酒。

咱们怎么做？

弗兰来。迪克和卢克也来。格雷格还没回，不过我知道他肯定来。

真的吗？谢了，兄弟。

他欠收拾。别担心，哥几个帮你。

他就是个人渣。他们都是。其中有一个还想勾搭我妹妹。

前面还有很多，但是安娜看见提到了自己。康纳说的"其中有一个"肯定是斯雷特……那"他"是谁？她惊恐地感觉应该是康纳打了的那个人——那个人后来狠狠地还击了，下手比他重多了。斯雷特叫他什么来着？杰克。她正过来把这些短信又读了一遍，简直不敢相信自己的眼睛，惊得目瞪口呆。康纳和这个叫马克的人要组织一场伏击。他俩再加上三个——四个？——其他人一起打杰克。安娜希望这不是真的，可似乎只能这么理解。她把最后一条短信又读了一遍：

九点前，皇冠门口见。

她看了一眼手表，现在是八点半。她还有时间，至少去皇冠还来得及。不过她要是过去的话，现在就得出发……

　　可是，难道她一个人去吗？

　　这种事，她不能找吉玛或者贾帮忙。而且，除非她真的打算在父母面前把康纳卖了，她只有一个人能求助。

　　安娜来不及细想，便打开手机，拨通了电话。

　　"安娜！嘿！"刚响了一下，斯雷特就接了，"我真高兴你会打过来，我——"

　　"斯雷特，我想请你帮个忙。"

　　斯雷特吞下了原本想说的话，电话那头静悄悄的，他等着，听着。

　　"康纳……他做了蠢事。他安排了一场埋伏，要教训嘉年华的那个男生。"

　　"杰克吗？"

　　"对。"安娜闭了一下眼睛，为自己那个白痴哥哥的行径感到羞愧，"他们要突袭他，在酒馆里。就在我家附近的那个酒馆，叫皇冠。"

　　"什么时候？"斯雷特严肃起来。

　　"今晚，"安娜对他说，"应该快了。九点。我不知道该怎么阻拦，我——"

　　"我这就过去。"斯雷特说完，电话就断了。

　　肾上腺素涌进她的血管。安娜把手机往口袋里一扔。她不能全丢给斯雷特，不能让他一个人去阻拦这件事。康纳是她的哥哥。她完全不知道自己到了皇冠会做些什么，便穿上运动鞋，套上一件毛衣，噔噔噔下了楼。她知道，晚上这个时候是不可能溜出去的，便在客厅站住了。

　　"作业里有一份习题，"父母抬头看她，她解释道，"我直接去贾家里

144

做，快去快回。没多少题，所以不会很久的。"

"小姐，不行！"她还没来得及从客厅的房门里缩回头来，就听见爸爸严厉的声音。"天已经黑了，你不能一个人出去瞎晃。"

"贾的爸爸来接我。"安娜随口胡编，"他说了，他到街角来接我，然后再把我送回来。"

"那他应该就可以上这儿来接你。"妈妈插话了，她似乎不太相信这个谎言。

"他来不了，"安娜争辩道，因为急得要命，她的声音变得急切，"他已经出发过来了，我又没有他的号码，而且要是贾也在车上，我都不知道她带手机没有。我得走了——他这会儿该到了！"

她想退出去，但是爸爸叫了一声"安娜"，她便站住了。她相信爸爸要是被逼急了，没准儿会一直追她追到街上。

"什么事，爸爸？"他没说话，只是瞪着她。

"上了车，我给你发信息，"她主动说，"我保证。"

爸妈的脸色都不太好看，但是看见他们没有立即再次表示反对，安娜赶紧开溜，冲出家门。

天黑了，夜幕已经降临。皇冠就在她家这个片区的中心区域。昨天跟学院那两个笨蛋男生的口角依然历历在目，而且还是在大白天，在镇上另一个好很多的片区。要是她今晚没遭遇抢劫然后死在马路上，她一定要杀了康纳。

最可怕的是，她知道，他不会欢迎自己掺和他的事。

"彪悍一点儿！"她小声对自己说。

她一直等到拐过路口，才迅速给爸爸发了一条短信，告诉他自己已经上了贾的爸爸的车。她本想赶紧给贾也发一条，让她对自己扯的这个谎做好准备，可是贾肯定会问她怎么回事，而她又不想长篇大论地解释半天，所以，但愿这次能顺利蒙混过关。

他最担心的还是康纳。

安娜又看了一眼手表，已经快九点了。她小声骂了一句，努力加快步伐。虽然天色已晚，街上还是有一些人，夜很黑，这本应是她最害怕的噩梦，但是内心的紧迫感促使她快步向前，让她没心思多想。皇冠就在前面的路口，躲在一排商店的尽头，这里是这一带最便利的区域。安娜很少享用这种便利——不论需要点儿什么，她都情愿大老远走到镇上去买。

"马上就到了。"她气喘吁吁地安慰自己。手机在她的口袋里振了，振个不停，看来是有人给她打电话，不过安娜没接。

或许她还能来得及跟康纳谈谈，把他拦住。

或许杰克今晚不会来酒馆喝酒。

或许斯雷特会把杰克拦住，在他到这儿之前，就让他不要来了。

或许酒馆或是停车场里人太多，康纳和他那帮朋友的疯狂图谋被迫推迟，或者最好是取消了。

等安娜拐到那条路上，皇冠已经近在眼前，她看见酒馆门口明亮的灯光，便知道自己的希望全都落空了。

酒馆门口一阵骚动，有一群人影——四五个吧——围着地上的什么东西站着。安娜看不太清楚，不过，从他们弯腰低头的姿势来看，应该有什么东西——有一个人——被围在中间，已经被打趴下了。

接着，同时有好几件事发生。首先，安娜扯开嗓子叫了一声"康纳"，那群人当中的一个便立刻跑开了，似乎是朝她的方向过来了。与此同时，有一辆车呼啸而来，在酒馆门口一个急刹车停住，几扇车门被猛地推开，开始有人从车上下来。安娜刚开始往前跑，便停住了。她惊恐地看着一场激烈的打斗即将发生，而康纳就在其中，可就在这时，一辆警车忽闪着蓝白相间的灯光，从安娜身旁飞驰而过，向酒馆开去。

那群人——安娜推测康纳应该在里面——立刻便散了。他们四下逃窜，刚才站着的地方只剩下一个身影趴在地上。只有一个人大胆地从警车旁边路过，朝安娜跑来。她吓坏了，惊得目瞪口呆，甚至都没反应过来要跑，几秒钟后，康纳已经追上了她，他离安娜越来越近，满脸通红。

"见鬼！你来这儿干什么？"他没停步，一边冲她喊，一边抓住她的胳膊就往前拽。他不再跑步前进，而是开始快走，但是对安娜来说还是太快了，她不得不一路小跑跟上他。

她任凭他把自己拉到街角，然后便使劲儿想要挣开，可他不肯松手。

"快走。"他压低嗓门呵斥道，"我们得离开这儿。"

"你在这儿干吗？"安娜反问他。

他没回答，只是继续大步向前，牙咬得紧紧的。

两人就一直这么走到家门口。虽然安娜不时想要挣脱开来，但是康纳始终不肯松手。她能感觉到他的紧张，顺着她胳膊上僵硬的肌肉传过来。安娜努力让自己不要害怕——他是她哥哥，她知道他不会伤害自己。可是……她印象中的那个哥哥可不会和一群流氓一起，把一个形单影只的人堵在中间，然后打得昏死过去。所以，她是生气，是生他的气，而不是害怕。

安娜猜想，真实的情况应该介于二者之间。

她以为康纳会一直把她拉进家门，可是父母应该还没睡——在等她——而她和康纳需要聊聊。安娜一直等到路过那个小足球场几米远快要到家的时候，才拉着康纳来到暗处。她觉得或许他也是这么想的，因为他没有表示不满，就跟着她去了。

"你去那儿干什么？"她还没来得及开口，他便先喊了起来。

"跟着你啊！"她立刻厉声回击，"你在那儿干吗呢？"

"什么？"康纳摇摇头，"你怎么知道我在哪儿？"等他明白过来，立刻又暴跳如雷。"你偷看我的手机了是不是，你这个多管闲事的小贱人！"

安娜的恐惧立刻被愤怒所淹没。

"不许骂我！"安娜尖声叫道，"我是为你好！"

"我能管好我自己。"

"对，你当然能。因为你并没有差点儿卷入一场骚乱，你也并没有差点儿被警察抓走。"她转身就走，他还语无伦次地待在原地。

"我没有——"

"你有！"安娜一边喊，一边冲回来对着他。她知道自己嗓门有点儿大了，可就是忍不住，"你知道更可怕的下场是什么吗？"她问，"你知道吗？"

康纳似乎有些迟疑。在安娜激烈的怒火面前，他嚣张的气焰消失了一半。

"安娜——"

"你就跟他们一样。"安娜怒斥道。直到现在，她才意识到自己为什么会对他如此失望。为什么等她读了那些短信，知道了他们想干什么，会在大晚上冲出去试图拦住他。

"跟……什么？"康纳瞪着她，"跟谁一样？"

"那些把我逼到墙角、偷我手机的笨蛋男生！那些合起伙来把我吓得半死的人！那些让我连在自己家门口走路都害怕的人！康纳，你就跟他们一样！"

康纳的表情仿佛被扇了一巴掌。

"你们这是想干什么？"安娜问，"报复吗？"

"他自找的！"

"为什么？他打了你，所以你就叫上四个同伴来偷袭他？这样不对，康纳。胆小鬼才这样。"安娜吸了一口气，用责备的目光看了康纳一眼。她感觉自己说服他的机会来了。"你知道，你这样做，像什么样吗？"她问，"就和这里的其他人一样糟糕。"她摇摇头，"我以为你应该更好的。"

安娜把想说的话说完，转身丢下他走了。两分钟后，她进了家门。一阵暖意袭来，仿佛给了她支离破碎的心一个拥抱。她吸了吸鼻子，努力控制住自己的情绪。

"安娜？"

"是我，妈妈。"

"你的法语作业写完了吗？"

"写完了。"她用鼻子吸了一口气，她知道，要是自己不得不进去面对父母的话，肯定会真的哭出来，"我很累了，我要睡了。"

"现在？现在还早呢。安娜，请你进来，到这儿来。"爸爸的声音不容反驳，安娜知道自己是不可能偷摸溜上楼了。

她强忍住泪水，推开客厅的门。父母刚一注意到她的神色，妈妈便伸手摁掉了电视。

"怎么了？"

"没事。"安娜机械地吐出两个字，嗓音尖尖的，透着紧张。

"我看不像。"爸爸发话了。

要是逃不掉的话，她就准备哭出来了，一边哭，一边坦白。

"我跟贾吵架了，行吗？我只想忘记这件事。请问可以让我回房间了吗？"

父母仔细打量着她，没有立刻回答。

"好吧，"终于，妈妈开口了，她的语气由怀疑变成了同情，"明早见。"

"晚安。"安娜如释重负答道。她一秒钟也没耽搁，赶紧从客厅出来，上楼去了。

康纳的手机还在她的房间里。安娜把它拿回他的房间，放在他的枕头上。放回原处已经没有意义了，他知道她看过了。明天，很可能就会有一个新的开机密码，他再也不会让安娜有机会碰他的手机一下。

安娜坐在床上，她太紧张了，根本没法去想睡觉的事，于是掏出自己的手机，有一条短信在等着她，是斯雷特发来的。

"谢谢你提前告诉我。我明天很想见你一面。我们需要谈谈。你可以到帐篷这儿来吗？"

安娜盯着这段文字，再次感到那种复杂的情绪，斯雷特似乎总会在她心里激起这种涟漪：一面是强烈的兴奋，另一面则交织着困惑和不确定。她知道自己也想见他，而且她想问他一些严厉的问题，可是，经历了今晚戏剧性的一幕，她不确定自己能否应对得了。

她敲出好几个回答，先是说行，又说不行，又用几种方式说也许行。最后，她把这些全都删了，没再回他，直接把手机插在书桌的充电口上。她想明天早上再考虑一下。

她躺在床上，辗转反侧。她知道自己在等什么。

还剩几分钟就到十一点时，康纳终于溜进了家门，父母已经睡了，这个点是他俩必须到家的时间。她仍然躺在那里，盯着天花板，思索着。

第十七章　令人不悦的事实

The Uncomfortable Truth

斯雷特感觉糟透了，他身上还有一股马粪味儿。

他一夜没睡，上半夜一直待在急诊室里，等杰克拍胸部的 X 光片，下半夜则费尽口舌说服杰克的弟兄们不要再追踪康纳，不要再去找他。谢天谢地，他们不知道杰克挨打到底是谁挑起来的，而医生不知道是给杰克吃了什么止痛药，他兴奋得不行，根本说不出康纳的名字，也没提起斯雷特和康纳的妹妹关系密切。

"曾经"关系密切。

他以为自己在接近她，在取得进展，可是，在养老院里被她外婆认出来的离奇一幕发生之后，安娜对他大发雷霆。他发给她的短信，她仅有的回复都简短生硬。他不能怪她，可是他也不喜欢此时此刻他俩之间的状况，就像身上有一个地方痒痒，不停地让他感到烦恼。她没答应今晚过来跟他见面，而他基本确定要是自己再问一次，就属于得寸进尺了。

他原本制订了一个绝妙的计划，准备今天早上争取在她上学的路上见一面，可是天色渐渐亮起来的时候，杰克还动弹不了，更别提照顾他那群小畜生了，于是斯雷特发现自己在临时凑合的马厩里拿着干草叉，还闻着马粪的臭味，杰克通常四十五分钟左右就能搞定的事，他却用了两个多小时。

等他忙活完，看了一眼手表，才发现安娜应该已经安安稳稳地坐在教室里了——而斯雷特此刻唯一要去的地方就是浴室。

热水流到身上，斯雷特闭上眼睛，回忆起那个老太太——玛丽昂，安娜的外婆。

他记得她。一开始，他也想不起来，如今这张沟壑纵横的脸上已经难觅当年那个姑娘的模样，随着时间的流逝，斯雷特的大部分记忆都已经淡去，只留下一片空白，但是关于她的记忆却依旧萦绕在脑海里。现在，他知道为什么了。

他们在艾尔郡海岸边的这个岛上已经待了两个星期，明天一早就要开始打包。斯雷特一直很忙，他完全没了平日的光彩，假模假式地给人算命。他累坏了，筋疲力尽，准备赶紧滚蛋离开那儿。

这时，一个姑娘进来了。她很漂亮，不过看上去很紧张。他知道她的名字，因为她经常和他的哥们儿——丹尼尔待在一起。斯雷特见过她在夜里溜进丹尼尔的住处，知道他们正享受着一段露水情缘。

虽然他和丹尼尔是好朋友，但是他之前并没有跟她说过话，也没有挥手打过招呼，甚至连一个眼神也没有交换过。而此刻，她来找他了。

很快，她一边流着泪，一边一股脑儿道明了来意。斯雷特没有天赋相助，只是尽己所能地向她提出了最好的建议。他希望自己将她引上了正确的道路。知道她闯出了一片天地，组建了家庭，并且在她逐渐走向死亡时，爱她的家人还围在她的身边陪伴她，他感到欣慰。

可是，这对她的外孙女来说，又意味着什么呢？当天赋在他的身体里沉睡许久，连他自己都以为它已经弃他而去时，是她的外孙女唤醒了它。

水哗啦哗啦流到斯雷特身上，突然开始迅速变凉，看来马上就要变成冷水澡了。于是他爬出狭小的淋浴间，用一小块浴巾把全身上下擦干，又用同一块浴巾擦掉镜子上的雾气，凝视着自己的脸。镜子里，那双忧心忡忡的眼睛也凝视着他，周围一道皱纹也没有，下巴上有斑斑驳驳的胡茬。他第一次产生关于自己死亡的幻觉，看见自己被溺死，然后在深更半夜突然消失，没有给任何人留下一句话——从那时开始到现在，他的胡子只长了这些，一直如此。现在他知道了，要是他留着这些胡茬不刮，明天就会粗犷地长成乌黑浓密的胡须。此刻的他看上去仍然跟上个星期一样年轻，但是他知道，如果自己一年以后、两年以后、十年以后再站在这儿，就能看出迹象来了。起初不会很显眼——一道笑纹，眉头中间的一段褶皱——然后才会逐渐明显起来。他的头发会渐渐花白，脸上的棱角也会变得不那么分明。

他在变老。他在改变，这种改变的步伐极其微小，天天看是看不出来的，但是每一天都在持续发生。是因为他回到了这座小镇，回到了无数年前他以为自己会葬身于此的地方吗？还是因为，他终于直面自己的未来？

他的脑海里有一个声音在窃窃私语，在从一个世纪以前的时光朝他呼喊"快走"。那个声音催他："去寻找你的幻觉。去把自己淹死，看看你能否获得重生。"

第十八章 1932年，上海
Shanghai, 1932

斯雷特走下舷梯，踏上港口的土地。要不是怕身后同样急着下船的水手们冲过来撞倒他，他真想跪在地上，亲吻脚下这片被太阳晒得褪了色的石子地。

他再也不想坐船了。回去的时候，他要走陆路，他不在乎花上多长时间。况且，他又不是没时间。

脚下的土地不颠也不晃，同在船上的感受形成了鲜明的对比，斯雷特一边迈着两条腿晃晃悠悠地往前走，一边四下张望。上海港满满当当都是人，人们在一堆堆箱子和整整齐齐码放得像小山一样的麻袋中间蜿蜒穿行，这些箱子和麻袋正等着被拉上"尼丽莎号"运回欧洲——但是，斯雷特不会再登上这条船。这里很嘈杂，空气很潮，还夹着一股热浪。小摊上食物的香气吸引了他，里面还混杂着各种他从来没见过的香料的气味，馋得他直流口水。不过，他顾不上肚子里的呼声，没有去那些小摊上探个究竟——既然来了，他现在只想找到她。

他不远万里而来，等了很久很久。他勇敢地跨越了大洋，让自己在一艘小船上熬了好几个星期，放眼望去，连陆地的影子也看不见。

如果她能帮他，那么这一切就都值得了。

斯雷特离开码头，沿着地上弯弯曲曲的街道向城市中心走去。高大的白色石头楼房指引着他。这些房子看上去特别熟悉，要不是街上四处悬挂的商店招牌和海报上写的是汉字，他几乎要以为自己又回到了英国。这儿的人比码头上还多，有工人，也有出来逍遥的男男女女，呼吸着从海上飘过来的些许新鲜空气。因为距离自己的目标已经如此之近，斯雷特便有了一种紧迫感，他一路拨开人群，嘴里不停地小声表示歉意。

到了外滩中心，他便走进一条窄街，来到真正的市中心。他的心开始紧张地怦怦跳起来。他没有地址，也不知道方向。他手里没有任何东西能帮他找到想要找的人，只知道一个名字：吴江。这个名字听起来平淡无奇，不过，她和斯雷特一样，还有另外一个绰号：知命夫人。有传闻说，她能解读你的灵魂，预知你的未来。还有传闻说，命运之神会跟她说话——而且当她回答时，别人也会仔细地听。

斯雷特从来没见过能和他做同样事情的人。除了……如果这些传闻都是真的，也许吴江就可以帮他。这是他跨越千山万水想要追寻的机会。

这是他横跨大洋所要追寻的机会。

在一个光线昏暗、密不透风的室内集市里，他找到了自己所需要的机会。这里充斥着狭小空间里挤满人的那种气味，斯雷特穿过人群，向每一个和他四目对视的人小声说出这个名字。大多数人根本不理他，有几个还不耐烦地用中文骂他。只有一个人的反应暗示他知道这个名字，是一个年轻的小伙子，嘴唇上有一层细细的绒毛，穿着一件看上去很昂贵的天蓝色长袍。他猛地后退一步，脸色立刻变得苍白。瞬时，他的脸上闪过一丝恐慌，接着转身便走，想用最快的速度消失在人海里。

要不是这身华服，也许他就成功逃脱了。斯雷特毫不费力地跟着他穿过人群，眼睛死死盯住那片时隐时现的亮蓝色，即便在集市昏暗的光线下，他的衣服仍然很醒目。等他出了这座房子，挤出里面的人群，盯着他就更容易了。斯雷特甚至都没想去拦住他，只是在他每次偷偷往回看的时候躲到他看不见的地方——考虑到自己在这儿属于异类，这样做绝非易事——然后再跟着他。

他们并没有走远。在距离集市不到两千米的地方，那个小伙子躲进了一条小道。斯雷特加快脚步，小跑拐过路口，正好看见一对蓝色的肩膀闪进一扇门，然后便没了踪影。

可能是他家，也可能是一个危险的陷阱。既然已经走了这么远，斯雷特必须得探个究竟。他挺直肩膀，踏上这条狭窄的小道，用力敲那扇门。门立刻便开了，看来门后的那个女人一定是在等着他。

"吴江？"他的心提到了嗓子眼儿，问道。是她吗？

女人摇摇头，但是并没有把他关在外面，而是冲他笑笑，把门开得更大一点儿，伸出胳膊示意他进去。斯雷特走了进去，来到一个很小的门厅，里面空无一物，只有一串陡峭的楼梯。他盯着楼梯。

"上去吧，"女人轻声说，"她在等你。"

这么容易，不会吧？不过，也许知命夫人已经知道他要来，也许就是她派那个小伙子去集市，帮斯雷特找到这儿的。

斯雷特还没爬到楼梯顶端，就听到低沉的窃窃私语。他循着幽暗的光线，进入一个很大的房间。所有的百叶窗都关着，不让外面的阳光透进来，屋里到处都摆着桌子，桌上点着蜡烛，发出朦胧的光亮。人们三五成群，悠闲地坐着，他们都穿着锦衣华服，用很小、很精致的瓷杯喝水。斯雷特意识到这是一间茶室，而且明显是非常高档私密的茶室。屋子里烟雾缭绕——至少，他认为是香烟的烟雾——以至于什么都看不清。他感觉头晕乎乎的，使劲儿眨眼，想看得清楚一点儿。

两次眨眼之间，她已经站在他面前。

他想，这位就是吴江。知命夫人，命运的解读者。她看着像。黑色的头发牢牢地拢在脑后，眼眶周围涂着黑色的眼影，显得眼睛很大。一袭亮粉色和金色相间的丝缎长裙，把她婀娜的身段衬托得玲珑有致。她没有介绍自己是谁，也没有问他的名字。当然她也没有面带微笑。她似乎对他没什么印象，只是仔细打量着他。斯雷特局促不安，强忍住不让自己扭动身子。

"我在等你，"令人窘迫的漫长等待结束，她终于说，"来吧。"

她转身便走，斯雷特像磁铁一样跟了上去。她领他绕过房间一角一道精美的刺绣屏风，相对有了一点儿私密。中间摆着一张矮桌，女人从桌子旁边走过去，跪坐下来面朝着斯雷特。斯雷特在她对面也跪坐下来——他的动作有些笨拙——烟雾里有什么？他的心怦怦直跳，由于强烈的期盼，他的手心都冒汗了。

"您是知命夫人？"

她没有肯定，也没有否定，只是微微点了一下头。斯雷特认为这就是默认了。

"我是来——"

"我知道你为什么来，"她微微一笑，"你是远道而来。"

"是的。"他顿了顿，"我不会白跑一趟吧？"

她甚至还没开口，斯雷特的希望便碎了一地。遗憾，还有悲伤，就在她的眼睛里。

"我帮不了你。"

虽然他已经猜到了答案，但这句话仍然深深刺痛了他。

"你确定吗？也许你可以抽个签，或者问问——"

"我帮不了你，"她重复道，"我已经问过命运之神了，他们已经给出了答案。"

"答案是什么？"他抑制不住声音里的酸楚。该死的命运之神要让他死。

"你知道你的命运是什么。你得面对它……完成它。"

他不得不死，不得不让自己被水吞噬。

"那不可能！"

"这是唯一能让你重获天赋的办法。"

"我都死了，重获天赋还有什么用？"

由于愤怒，斯雷特站了起来，他低头瞪着这个女人。她怎么能如此平静，不顾他的死活？她难道不知道斯雷特命悬一线吗？

她当然知道，她只是不在乎而已。

"真是浪费时间。"斯雷特感到一阵恶心，转身要走。他还没迈出两步，吴江温柔婉转的声音让他停住了脚步。

"走，还是留，都无关紧要。只要你拒绝接受自己的命运，你就永远无法向前。你会原地踏步，就像苍蝇被困在琥珀里。"

斯雷特缓慢地转过身来看着吴江，她依然端坐在地上。虽然他很想大喊大叫，想扔东西，想把那张矮桌踢翻——不论做点儿什么，只要能打破吴江表面上的平静——但他还是尽力保持了镇定。

"要是我允许幻觉里的事发生，"他一字一顿地吐出这句话，"我会死的。"

"也许是命中注定，"她依然平静地回答，接着又扬起一侧的眉毛，"也许不是。"

"你就动动嘴皮子，当然容易。"他竭力想压住胸中的怒火，可是没有成功，"又不是你有生命危险。"

"我们都有自己的路要走，都有自己的苦要受。"

"没错。"

吴江缓慢优雅地站直身子。她对他笑笑，表示该说再见了。

"去吧，去寻找你的幻觉。去沉入水底，看看你能否获得重生。"

斯雷特怀着一肚子牢骚和失望离开了茶室，离开了上海，离开了中国。他要回家。吴江的话在他的脑海里回荡，每一个回音都在说：她是对的。

不论对错，斯雷特都不会听从她的建议。他还没有做好死去的准备。不能就这么死了。今天不行，永远也不行。

第十九章　浑水

Muddy Waters

那天上午接下来的时间，斯雷特一直没回篷车，而且躲着杰克。他从浴室出来时，杰克由于药物的作用还在睡着，但他不可能一直睡下去。斯雷特轻手轻脚地出来，立刻便撞上了丹尼尔，他要找人帮忙修其中一辆转车的液压装置。

跟丹尼尔一起干活儿让人感觉到放松。这位老人若有所思，斯雷特很享受这段安静。在他的双手忙碌时，他的大脑便有机会得到休息，好好消化昨天的事。他并没有得出什么绝妙的结论，但他感觉自己更平静了。安娜要是过来，他可以去面对她，而她要是不来，他也能想办法去找她。终于，等他们擦掉亮闪闪的樱桃红色转车上的油污，斯雷特才发现丹尼尔叹了一口气，还清了好几次嗓子。

他看了一眼这位老朋友，但是丹尼尔的注意力都集中在手中那块抛光布上。接着，他又叹了一口气。

"想说什么吗？"斯雷特问他。

"谁？我吗？"丹尼尔问道，"哦，没有。"

斯雷特揶揄地笑笑："好吧。"

他又在布上抹了点儿蜡，把转车的车头擦得锃亮，这时，丹尼尔打破了沉默。

"你觉得这个主意好？"

"什么？"斯雷特假装礼貌地表示兴趣。他要是过于直接，老先生就会闭口不谈，而丹尼尔显然有话要说。斯雷特很看重丹尼尔的意见——还有彼此的友谊——所以，他至少也要礼貌地听丹尼尔把话说完。

"你感兴趣的那个姑娘。"

"安娜？"斯雷特一头雾水。他本以为丹尼尔是要就自己跟杰克的矛盾教育他一番，说杰克挨打在这群以篷车为家的人当中引起了公愤，一触即发。

"嗯，"丹尼尔似乎连她的名字都觉得不中听，"我看啊，这个小丫头是个麻烦。我连看都不想看她一眼，不过话说回来，我关心的不是她，我关心的是你。"

"什么意思？"斯雷特问。

"我不知道你有什么样的人生故事，"丹尼尔说，"咱俩认识很久了，但是中间也隔了很长时间，我得说，我理解不了。"

斯雷特屏住呼吸。这是他和丹尼尔谈得最深入的一次，谈论这件他没提过、他也没承认的事实，那就是，他俩五十年前就认识了，那时候，丹尼尔还是个小伙子，而斯雷特完全就是现在的模样。

"我什么也没跟布莱恩说，我当时就做了决定，到现在也没有改过主意。无论你有什么样的故事，那都是你的。"他顿了顿，"但这并不意味着我不关心你。我没有家人，跟团巡演的这帮人，唉，也不像从前了。"他又叹了一口气，斯雷特感受到了其中的深情，丹尼尔是打心眼儿里为他好。"你得小心，"他说，"杰克可不是随便惹的。我都听说了，我知道你那个姑娘也脱不了干系。要是另外那个小伙子——"

"他是她哥哥。"斯雷特插了一句。

"哦，是吗？"丹尼尔似乎有些惊讶。斯雷特看出他重新整理了一下思路，但是没过多久，他的脸上再次露出不安的表情。"只要可以，杰克一定会让那个小子遭报应的，而且，要是你对这个安娜的痴心程度跟我想的一样，你也会被卷进去。"丹尼尔又擦了一把，决定收工。他把抛光布团成一个球，转身面对着斯雷特。"轮不着我来教育你，但是，你这样真的会很危险。"

斯雷特只是点点头。他知道丹尼尔说得没错——可这并不意味着他能有什么办法。丹尼尔从他的脸上读懂了这个心思。他摇摇头，但是斯雷特看出，他在心里微微笑了。

"小伙子，你被爱情冲昏了头脑。"他拍拍斯雷特的肩膀说道，接着严肃起来，"要是你需要找个地方躲开杰克，卡车的驾驶室里有一张折叠床。虽然不舒服，但是必要的时候可以用。"

"谢谢。"斯雷特真心感激。他预感自己要不了多久可能就会用上丹尼尔的这份慷慨。

斯雷特凝视着这位老友，从第一次认识他到现在，他的脸上已经爬满皱纹，说明他很长寿——但也饱经沧桑——他有一种难以抑制的冲动，想把自己在幻觉中看见安娜被那两个男生跟踪那天到底发生了什么原原本本地告诉他。告诉他自己都去了哪儿，都看见了谁。可是话到嘴边，他还是没说出来。丹尼尔又擦了一下亮闪闪的转车，然后直起身子走了。斯雷特望着他离去的背影，心里说不清是解脱，还是后悔。

嘉年华到晚上才开门，斯雷斯朝小镇的中心走去。他表面上是准备去趟超市，买点儿吃的，也许，他甚至想把冰箱里填满啤酒和奶油蛋糕来讨好一下杰克——他知道这家伙爱吃甜食，也正因为如此，他有几块蛋糕不见了。但实际上，他从商店门口径直走了过去，穿过迷宫一般的街道，来到安娜的学校门口，一两分钟过后，学生们便开始鱼贯而出，去吃午饭。

他希望能有机会跟她聊聊，消除两人之间的误会，也减轻自己的焦虑——还有，他就是想看看她。

可惜，他的运气没那么好。校门里冲出来几百个学生，但斯雷特压根儿就没看见安娜和她那两个朋友的影子。也没看见她哥哥，或许这倒是好事，否则，他肯定要对那个蠢货说几句难听的话。斯雷特也许并不喜欢杰克，但是，杰克和康纳在篷车外面交手的那两拳已经扯平了——叫上哥们儿来偷袭杰克，真够厚的，也够笨的。这样不但会引发新一轮的后果，而且付出代价的可能还不止康纳一个人。丹尼尔说得对，斯雷特也很可能会被推到前面，安娜也是。

出来的学生越来越少了，只剩下三三两两，然后就再也没人出来了。斯雷特沮丧地咬着牙，思索着要不要给安娜发条短信，告诉她自己在学校外面。可是，要是她还没出现，或者回信息说自己不想见他，那他该怎么办呢？他看了看校门周围的监控摄像头，他也知道大门一进去就是一间办公室，里面有人值班。所以，他是进不去的，除非他想自找麻烦。

斯雷特垂头丧气，失望地往回走。要是今晚再见不到她，他就要担心了。

虽然下午还是阳光明媚，可是等到各种设施上的彩灯亮起，也就是游乐场开门迎客时，却下起了牛毛细雨。游乐场仍然稀稀拉拉地有人进来，不过大多是低龄的小孩子，十岁左右的，他们不在乎头发被雨水淋湿，也不在意地上的烂泥打滑。布莱恩最喜欢这种客人，他们会玩很多项目，还会缠着父母和爷爷奶奶要吃那些定价虚高的垃圾食品。他们不太感兴趣的就是算命。这天晚上刚开业的半个小时，斯雷特一直孤零零地等着，只有思绪与他为伴，他的心情也和这天气一样，又阴又冷。

她不在。她没来。

雨下大了，斯雷特觉得打着伞站在那儿不像是占卜师埃米利安应有的姿态，便用帐篷的一根桩子撬开窗帘扣，把门口的一片盖布掀开搭在上面，这样，他就可以把板凳端到门口坐着，既能避雨，要是布莱恩来巡视，也能清楚地看见他。

他在那儿坐着，无所事事——而翻看手机就和打伞一样，跟他的角色不太协调——他觉得无聊，便拿出小刀和一块木头削了起来。他的水平不怎么样，头脑里也没想好要做出一个什么来，但是至少手不用闲着了。

不幸的是，这也意味着当他头顶传来一声女生温柔的"嘿"时，他的手里还握着刀。

斯雷特毫无防备，手猛然一抖，刀从木头上滑落，一下子戳进拇指根部虎口旁边的肉里，疼得他吸了一口凉气。紧接着是一声惊恐的尖叫，比刚才的音调更高，随后只见安娜的手伸了过来，她把刀和木头拿开，让他好处理伤口。伤口虽然不大，但是很深，血飞快地涌出来，顺着手腕流到地上。

"真对不起！"安娜急得语无伦次，"我真是太笨了！我只是……我以为你听见我过来了呢。"斯雷特抬头看她时，已经把衬衫下摆扯上来紧紧地摁在手上止血，她似乎吓坏了。

"没事，"斯雷特说，"怪我自己。我一下子都忘了自己在哪儿。"他冲她苦笑了一下，"你能来，我真高兴。"

安娜跟之前看起来不太一样。她已经从看见斯雷特戳到手的惊吓中缓了过来，看上去神情紧张，一脸的迟疑。

"我不确定我会不会来，"她说，"但是我想，呃——"

"你有话要说。"斯雷特帮她说了出来。

安娜点点头。她的头发被雨水打湿了，显得更加乌黑发亮，湿气也带来了一丝寒意，她的脸看上去比平时更白了。她的两颊没有血色，嘴唇几乎有些发紫，只有眼睛里仍然闪着光彩——不过，同时也含着一丝戒备，还有警惕。

"快进来吧。"斯雷特一边说，一边站起来用空着的那只手抓起板凳。

安娜并没有跟进来。"你用不用去看看？"她问道，"这儿有急救箱吗？严不严重？用不用去医院的急诊室缝一下？"她内疚地红着脸，"看上去挺深的。"

"没事。"斯雷特安慰她。其实伤口痛得很，他能感觉到血已经渗进了衬衫，不过还好，只是划了一下，他有过伤得更重的时候，而且，现在安娜就站在他面前，在他们之间的误会消除之前，他是不会让她走掉的。得等事情重新理顺才行。

因为他已经烦透了胃里翻江倒海的焦虑，他怕自己把事情搞砸。

为了打破外面的萧瑟，斯雷特今晚多点了几根蜡烛。"这里面真冷。"安娜一边说，一边走进帐篷。

"今晚是冷。"斯雷特说着指指椅子，"坐吧。"

他并没有把自己的板凳放在桌子对面，而是在她旁边坐下了，几乎就挡在她和帐篷的出口中间，下意识地把她堵在里面。

"杰克怎么样？"安娜问。

斯雷特耸耸肩膀："他没事。胸脯上有几处瘀伤，脸上也挂了彩，不过能活。"安娜似乎很羞愧，不禁缩了缩身子，斯雷特冲她做了个鬼脸，对她说："这不是你的错。"

"但是我哥哥。"她反驳道，"是他干的，他和他的朋友，居然那样偷袭杰克——"她说不下去了，双手交叉抱在胸前，肩膀耷拉着。她似乎很痛苦。

"要是能让你心里舒服一点儿的话，杰克也是自找苦吃。"斯雷特想幽默一把，"是该有人杀杀他的威风了。"

安娜没理会斯雷特的话，怀疑地"嗯"了一声。接着，她叹了口气，稍稍直起身子，揉揉额头。"不过，后来……我跟他聊了。我不知道，我觉得我应该说通他了，让他看明白。总之，我希望是这样。"

她没有看斯雷特，而是看着桌子，他知道她又想起了那些贝壳，还有它们所揭示出来的征兆，他想着再算一次会不会得到不同的答案。他差点儿就要主动提出来，但是她的眼神里透出一丝坚定，于是他便把嘴边的话咽了回去。

终于来了。

"你想跟我聊聊。"

"是的，"斯雷特承认了，"我是想跟你聊聊。"他苦笑了一下，"你肯定有问题想问我。"

"你会回答吗？"

他点点头。

"诚实地回答？"安娜扬起一条眉毛。斯雷特见她不相信自己，不得不忍住胸中的义愤。他给她留下的印象似乎不太理想。

"我保证。不过，我自己也并不知道全部的答案，安娜。我……并没有一本能解答所有问题的手册。"

她微微点点头，表示接受。

"我希望你能向我解释，把全部都解释清楚。关于你的幻觉，还有你为什么不会变老。什么都别落下。"

这个要求很公平。虽然他能说的安娜大部分已经知道，但她都是零零碎碎听说的，而且受到当时情绪的影响。斯雷特竭力和盘托出，尽量解释得简单而又清晰：关于幻觉的每一个细节——截至目前他知道的部分；逃离命运；还有，慢慢惊讶地意识到自己没有变老，意识到虽然一年一年过去，他的脸和身体却没有变化，一直都是十六岁。

接下来是最后一段。回来面对自己逃离已久的命运，然后遇见安娜。新的幻觉给了他希望，让他认为也许有机会从这乱七八糟的状况里逃脱，而且这次的幻觉中，他并没有死在水里。

从头到尾，安娜静静地听着。她没有看他，而是盯着帐篷里杂草丛生的地面，皱着眉头，专注地听。除此之外，在他坦白的整个过程中，她的脸上都没有表情，没有透露任何能让他知道她在想什么的蛛丝马迹。

终于，斯雷特说完了。他陷入了沉默，等着安娜说点儿什么，做点儿什么，随便给他一点儿反应。她让他等着，时间一分一秒地过去，帐篷里静得让人难受。

"就是这样。"斯雷特再也忍不住了，便提醒她。

安娜这才有了一点儿反应。她深吸一口气，坐直身子，从他开口到现在，第一次真正看着他。

她的表情或许难以琢磨，但她的眼神不是。那双眼睛刹那间给了斯雷特一个警告，让他意识到，最糟糕的还远远没有结束。"假设说，我相信你——"她开口了。

"是真的，"斯雷特静静地对她说，"都是真的。"

安娜不屑地摇摇头，对斯雷特的保证置之不理。

"先不说你有多大年纪，因为我已经被搞糊涂了，根据你的幻觉，我应该把你从水里救上来。"

"我看见的是这样。"

"可是我们见面的时候，你甚至都不认识我，你从来都没见过我。"安娜顿了顿，用犀利的眼神盯着他，"见过吗？"

"没有。"斯雷特紧张地咽了一下口水，"我跟你一样吃惊。"他咳出一声笑来，"没准儿我比你还要惊讶。"

安娜不理睬他的幽默，她仍然死死地盯着他。

"所以，你跟我说，康纳的事你能帮我，还说要是我再过来，你会帮我再多看看，那是什么，是为了认识我而使出的伎俩吗？为了确保我会在你身边帮你？"

这个问题合情合理，而且答案也显而易见。可是斯雷特看着安娜绷紧的肩膀，看着她紧闭的嘴唇，真的不想做出这个回答。

不过，他答应过。

"是的。"

斯雷特看得出来，安娜被这句话刺痛了。虽然她肯定已经料到了这一点，但是现实仍然扇了她一个耳光。斯雷特心里仿佛有什么又尖又丑的东西在搅来搅去，突然间，答案似乎没那么简单了。

"可是还不仅这些。我是真的想帮你。还有，你记得我用贝壳做的占卜吗？还有抽签？这些都是真的，安娜。"

"还有假装喜欢我？"她的声音很小，轻得几乎听不见，但是斯雷特听见了。

斯雷特皱了皱眉头："这也是真的。是真的。你知道的，安娜。"

"我什么都不知道。"她回答说。刚才说话时，她下意识地朝他边上靠了靠，可是现在，她又缩了回去，跟他拉开了距离，斯雷特不喜欢这样。"即使我相信你刚刚跟我说的这些，我也没法再相信你了。我没法相信你做的任何一件事，也没法再相信你说的任何一句话。"

"你可以的——"

"我做不到！因为一切都变味了，因为你想要让我待在你身边，让我……让我对你好。这样我就会救你。"斯雷特摇摇头，她哼了一声。"当然是这样！怎么可能不是？"

"这不公平，安娜。我在幻觉里看见那两个小混混袭击你的时候，我放下一切，直接就从帐篷里跑了出去，就是为了帮你。昨晚你给我打电话，我也去了，不是吗？"

"是的，"安娜承认了，"可是为什么？"

"因为我想帮你！"

"因为你需要我。"安娜小声否定了他的回答。她站起身，虽然斯雷特也想站起来，想伸手把她拦住，可他的腿就是不听使唤。他只能坐在那儿，抬起头凝视着他，受伤的那只手紧紧地握成拳头。

完全没有按他预想的方向进行。

"从你嘴里说出来的任何一个字，我都没法再相信了。"她声音里的愤怒已经不见了，取而代之的东西让斯雷特更加受伤。那是悲伤，还有失望。"你只是在利用我。"安娜长长地吸了一口气，斯雷特感觉她像是在强忍住泪水。"离我远点儿，斯雷特。"她低声说，"别再来烦我。"

她扭头便走。斯雷特的两条腿终于恢复了知觉，他追了上去，一直追到帐篷门口。他想继续追，可是丹尼尔挡住了他的去路，他一脸严肃地堵在那儿，似乎在说，别想从他旁边绕过去。

"小子，让她走吧。"丹尼尔压低了声音。他用一只大手拍拍斯雷特的肩膀。"你还有更麻烦的事。"更麻烦的事？他不太相信。可是丹尼尔不肯让路，斯雷特只能眼睁睁地望着安娜飞快地跑走。这时，他回过头来，看见自己的这位老友满脸愁容。

"什么事？"他问。

"看来杰克是个大嘴巴，"丹尼尔说，"他那几个朋友准备一下班就过来找你，要问你几个不容易回答的问题。"他回头迅速看了一眼，"关于那个小姑娘，还有她哥哥。"

"不管是关于他俩当中的谁，我一个字都不会透露的。"斯雷特很激动。因为那将造成致命的一击，让斯雷特不可能再有机会与安娜和解，让她明白——

不，她是明白的。他想让她原谅自己，这是他所需要的。他需要让她信任自己。还有，为了达到这个目的，他得向她道歉，向她证明自己，而不是让一帮人渣去找她和她哥哥的麻烦。

"我猜到你会这么想。"丹尼尔回答。他在斯雷特手里放了什么东西，斯雷特先握在手心，然后才低头看去。是一把钥匙，是丹尼尔货车的钥匙。"你还是去驾驶室里睡吧，我不会跟任何人说的。至少可以先撑过今晚。"

"谢谢。"斯雷特说。他感觉舌头也变厚了，喉咙发紧，堵得慌。

"今晚可不好过，"丹尼尔说，"你早点儿去吧，把自己安顿好，免得晚了，后面晃悠的人就多了。"

斯雷特按他的话做了，甚至都没有先去买点儿东西当作晚饭。他挨过饿，也没饿死。但是如果他再次把跟安娜的关系搞砸了，也许会丢了性命。他知道，他们之间的关系还没有理顺，要是他现在试图去找她，只会让事态变得更加糟糕，达到无法弥补的地步。

货车的驾驶室里很冷。斯雷特怕引人注意，不敢发动引擎开暖风。

车里有一张长途旅行时当床用的垫子，他还找到一床叠得整整齐齐的羊毛毯子，于是，他蜷在又薄又硬的垫子上，裹上粗糙的毛毯御寒。

斯雷特以为自己会睡不着，会在硬邦邦的床垫上翻来覆去一整夜。他的鼻子和脚都冻得冰凉，因此无法集中注意力，可是有一个幻觉不停地向他袭来，让他无力抗拒。他抵挡不住，陷入了无意识的状态，他发现自己立刻开始往下坠落。

掉下来，翻滚着，继续坠落。
空气将他推来搡去。

恐慌感越来越强，斯雷特抗争着，不过他知道，一旦他落入水中——

冰冷，像冰一样冷，仿佛浑身上下都被戳进了钢钉。水没过他的脸，遮住他的眼睛，冲进他的鼻孔，涌入他的嘴里。他别无选择，只能吞下去，可是水太多，他窒息了。

没关系，斯雷特对自己说。没关系，这只是幻觉而已，并没有在发生。现在并没有发生。而且，你之前也看见过，你已经知道结果了。

时间一分一秒地过去，每一秒都很煎熬，他等待着，等待着。可是，安娜并没有跳进来。水面上并没有掀起浪花，也没有一道光闪过。没有手朝他伸过来。

就在这时，他的大脑停滞了。
在最后的时刻，他感觉麻木了，压在他胸口的巨石仿佛被移开了。

他的眼前直冒金星，可是随着他沉入更深的深渊，所有这些小小的星星都熄灭了，一颗接着一颗。

迎着早晨的阳光，斯雷特睁开眼睛，他浑身是汗，大口大口地喘着粗气。整个晚上，他都被困在那儿，一边沉没，一边窒息，一边死去。

安娜没有跳进来救他。

第二十章　静水
Still Water

"你把教练气得牙痒痒。"贾一边跟安娜说话，一边一屁股在她对面坐下，手里拿着一块帕尼尼，还有一块厚厚的焦糖脆饼，帕尼尼的边上，奶酪都快滴下来了。安娜看了一眼，努力让自己不要眼红。她不饿，出来之前已经吃过午饭了——纯粹是因为她兜里的钱只够买一杯饮料。她回避着贾的目光，拨弄着饮料罐的拉环。

"是吗？"她问。她想表现得不以为然，可是实际的表现却更接近于她的真实感受：担忧。

贾嘴里塞了满满的一口帕尼尼，点点头。

"他气坏了，"她说，"他问我你去哪儿了，可是我哪儿知道——"她犀利地看了安娜一眼。

"对不起。"安娜咕哝道。

"我说，我觉得你应该没生病，因为在学校的时候还好好的。"贾不再多说，等着安娜来补充。安娜没吭声。"所以他认为你在逃课。"贾又咬了一口帕尼尼，还吸了一口水果冰沙，"他说，下周的联队运动会，也许会把你踢出去。费依两眼都快放光了，因为要是那样，你在蝶泳和接力赛里的位置就归她了。"

好极了，安娜心想。为了能给教练留下好印象，让自己在第一梯队里赢得一席之地，她真的很刻苦。为了去见一个男生，这一切都毁了。一个白痴男生，为了他自己的目的，耍得她团团转。她强迫自己在椅子上端坐着不要扭来扭去，可是一想到这一点，愤怒和难堪就席卷她全身的每一根血管。

最糟糕的是，她相信他。她相信他的幻觉和占卜——占卜！——他用贝壳和那袋签子所做的占卜。她甚至相信他已经活了几百年，虽然这把她搞得有点儿糊涂。

问题是，她也相信，关于康纳的事，他帮她仅仅是因为他需要她，什么来着，跳进水里救他？他对她隐瞒了这一点，这是让她感到刺痛的地方。还有，真相能够大白——谢谢，外婆——完全是因为他被抓了个正着。

还有，最糟糕的是，这根本就不是最糟糕的事。最糟糕的是，她确定自己反应过度了。

最糟糕的是，她想回去见他，跟他谈谈，对于他是谁、能做什么，再多一些了解……而这根本不可能。

"你去哪儿了？"贾打断了她的思绪，问道，"我给你发了一万条短信，你都没回。"

是的，她的确没回，因为她心里太乱，困惑不解。这一切太出乎她的意料，让她不知所措。她一直到今天上午才回信息，当时贾给她发短信，问她是不是仍旧按照原先的约定在咖啡店见。

"我……"她不想对贾撒谎。

"你又约会去了，是不是？"贾瞬间激动起来，可是立刻又变得很受伤，"你为什么不告诉我？"

"我——"安娜苦笑了一下，"其实不是约会，而且也很不顺。"

"你俩是在谈恋爱吗？"

"不是。"安娜老老实实地回答，她对这个答案的不满程度和它的真实性不相上下，"我们从来就没约过会。真的，不是那样的。"

"哦。"贾皱了皱鼻子，没再接话茬。不过，她脸上的表情更像是同情，而不是在生安娜的气，更能证明这一点的是，她拿起脆饼一掰两半，一半递给安娜，然后把自己的那一半几乎全塞进嘴里了。"好吧，教练那儿，你应该还能弥补。只要你再听话一点儿，游得再快一点儿。你比费依强多了，他又不是不知道。不过，我知道你们有……特殊的安排。"看见自己最好的朋友如此小心翼翼地绕开这件事，安娜痛苦地皱起眉头。她知道安娜付了泳池的门票，就负担不起俱乐部的费用了。"我希望教练不会撤销这个安排。"

安娜耸耸肩，想听天由命："要是他想撤，就撤吧。反正我可以在校队游。"

"是的，"贾回答说，"可是校队太烂了！"

安娜不得不哈哈大笑。没错，校队差得无可救药，这也是为什么每次体育老师试图劝说贾和安娜加入校队，她俩都会拒绝。

"呃……你哥哥怎么样了？"贾问。她的语气更加迟疑了，相对于安娜永远手头紧张的局面，她的朋友在这个更加敏感的问题上也更小心翼翼。

"什么意思？"安娜问道。她跟斯雷特说过自己对康纳的担忧，可是从来没向吉玛和贾吐露过。吉玛是因为嘴不严，而贾虽然是很好的朋友，可是和安娜不住在同一个片区，对于那种生活状态一无所知，所以，虽然她很同情安娜，可她根本理解不了。

"我只是，呃，你好像有点儿担心他。而且我知道他已经好几次在放学回家的时候放你鸽子了……我也知道，他最近交了一些新朋友。"

"你是怎么知道的？"安娜的语气里带着一丝怀疑。贾明显不大自在，好像需要坦白什么似的。她那张脸，绝对藏不住事。"呃，"不，问题不是这个，"是谁在说起他？说到我们？"

贾坐立不安，她把最后一点儿脆饼掰成碎屑，躲避着安娜的目光。

"达伦告诉我的。"她终于说。

"达伦？"贾的脸红得像一辆消防车。"达伦·康纳蒂？"达伦是——曾经是——康纳最好的朋友。康纳最近行为上的变化，他肯定都知道。可是，让人想不通的是，他为什么会对贾倾诉呢？安娜看着贾在椅子上不安地扭来扭去，意识到她是因为自己的事才反应如此强烈。"你什么时候开始跟达伦·康纳蒂约会的？"贾的脸更红了，她用指尖把碎屑抹在盘子上。"我怎么都不知道？"安娜又顿了顿，"你清楚他已经六年级了吗？"

"不清楚。"贾终于抬起头，冲安娜翻了个白眼，"是吗？"

"你为什么没告诉我？"安娜追问道，"你俩在一起多久了？"

"我也不知道……几个星期？"

"几个星期？"安娜尖叫道，"为什么我才知道？"

"呃，"贾别过脸去，盯着窗外，"因为他是你哥哥的朋友，我觉得会有点儿尴尬，而我又不想只告诉你，不告诉吉玛，因为你知道她——"

"她是个大嘴巴。"安娜替贾把话说完。

"没错。而且，我觉得，"她叹了口气，"我觉得她可能会有点儿嫉妒，或者想方设法让我帮他搭上达伦的朋友。我本来是打算这周告诉你的。"她意味深长地看了安娜一眼，"可惜小姐您这周没空。"

"嗬，"安娜不知道还能说什么，"所以，那你喜欢他喽？"

贾点点头，她的脸依然红着。不过，接下来，她的目光有些逼人。

"好了，康纳怎么样？"

安娜用同样犀利的眼神回敬她："你是自己想问，还是在替达伦问？"

"我俩都想问，"贾立刻回答，"他担心他的朋友，我担心你。"

安娜思忖了一下。不过贾的脸上是大写的真诚。

"康纳——"她勉强挤出一点儿笑容，"我觉得他还好吧。呃，"她还没来得及细讲，就看见贾怀疑的表情，便接着说道，"我觉得他会好起来的。"她抿了一口饮料，"今天早上，我俩一起散了会儿步，还聊了一下。误会消除了，你知道吗？"

"你觉得他会变回原来的样子吗？我的意思是，"贾苦笑了一下，"达伦提到的有些情况还挺糟糕的。他倒不是想说你哥哥的坏话，"她匆忙补充了一句，"不过，他觉得……呃，他觉得他们的友谊也到此为止了。"

连康纳的朋友都注意到了他行为上的变化，安娜不知道是应该感到宽慰还是尴尬，因为，连他的朋友都注意到他和从前不一样了。她想的倒不是他们对他的看法会对她有什么不好的影响，而是她根本不希望他们对他有不好的印象！她不希望他们放弃他，把他当作"那一片"的街头混混那样丢弃。希望事态还能弥补，因为她今天早上跟康纳聊过之后，终于感觉有了希望。

是康纳提出来的。安娜吃早饭时，他下楼来，宣称河里来了两只天鹅，就在镇子的北头。

"就在溺水池那儿，"他说，"它们还生下了小宝宝，一共有四只，可爱极了。"

爸爸隔着报纸冲康纳皱了皱眉头："现在生小天鹅，早了吧，一般都至少要到五月底。"

"啊，是啊。"他挠挠头，显得有些不自在。他看了安娜一眼，眼神意味深长，也含着一丝犹豫。"你想不想散散步过去看看？我知道你喜欢那些。"

安娜从来没有表现过对天鹅，甚至是对野生动物有任何兴趣，她盯着康纳，一时没反应过来。

"你觉得怎么样？"康纳提醒她，"就咱俩。"

哦，散步——也是一个聊天的机会。

根本就没什么天鹅宝宝。正如爸爸所说，现在还早，不过这没关系。

天然形成的水池上方悬着一块巨石，他俩一起站在裸露在外面的岩层上，凝视着水面。走过来的路上，两人没怎么说话，大部分时候都沉默不语。此刻，安娜忍住心里的所有疑问，把所有想说的话都咽了下去。是康纳邀她来的，得让他先开口。

"你觉得这底下的水深吗？"康纳一边问她，一边冲下方的水池点点头。不过九米开外的地方，河水缓缓流过。大多数时候，水池就像一个平静的大碗——今天也是如此——但是安娜在大雨过后来过这儿，她知道当河水奔流汹涌时，水池就会变得像一个漩涡，奔腾翻滚，仿佛想躲避倾泻而下的河水带来的冲击。

"很深，"安娜肯定地说，"教练带我们来过一次，是救生课的训练。他说要是我们哪天在海边或者别的什么地方当救生员，就得知道跳进真正的水里是个什么样儿，不能只了解又暖和又舒服的游泳池。"

康纳冲她微微一笑："很冷吧，是不是？"

"冻死了，"安娜告诉他，"我刚一碰到水，胳膊和腿就彻底麻了——而且那时候还是六月。要是冬天，我可不想跳进去。"

"我看哪，深是必要的，"康纳温和地说，"考虑到它在以前的用途。"

安娜不禁打了个寒战："你觉得是真的吗？以前人们真的会在这儿淹死巫师？"

"教英语的查韦斯先生说是的，而且你知道，他对这儿的历史可是门儿清。他认为以前人在上面的石头这儿放了一把浸刑椅，说他在镇图书馆的某一本积满灰尘的旧书里看到过一张照片。"

"真可怕。想象一下，手脚被捆住，无助地从这儿被扔下去，全镇的人都看着，欢呼着。"

"你想不想也体验一把？"康纳突然语气一变，说着就调皮地把手伸向安娜的毛衣。

"你敢！我要是下去了，你也得跟着一起下去！"她一边说，一边抓住他的两只胳膊。

"巫婆！巫婆！巫婆！"他更用力了一点儿，安娜使劲儿跟他拧着。

"康纳！"

他松开手，笑了，安娜也冲他咧嘴笑了。就是这种感觉，这就是她怀念的。这才是她的哥哥，从前的康纳。过去的几个星期甚至是几个月，她就没怎么看见他。

康纳似乎读懂了她的心思，因为他脸上愉快的神情渐渐消散，接着，他突然变得很伤心、很尴尬。

"对不起，"他一边说，一边把手抄进口袋，凝视着远处的水面，"对不起，我最近太不像话了。"

他稍稍顿了顿，安娜在想自己是不是应该否认他的话，可她无法否认，便只是等着。

"你说得对，"康纳清了清嗓子，明显很不自在，"我居然会那样，让朋友帮我偷袭嘉年华的那个家伙——"

"杰克。"安娜报出了他的名字。

康纳不高兴了："你居然跟他这么熟，连名字都知道。我不喜欢这样。"

"我跟他不熟，"安娜反驳说，"是斯雷特告诉我的。"

如果说康纳有什么反应，那就是他脸上的愤怒更加明显了："我也不喜欢你跟他熟。"

"好吧，也许这事你不需要再担心了。"安娜嘟囔了一句。

康纳瞟了她一眼，现在轮到她躲避哥哥的注视了，好在他并没有深究。

"不管怎么说，"他说，"我的行为很愚蠢，而且是错误的。我不想成为那种人，做那种事。"

"那你的新哥们儿呢？"安娜问道。

"他们不是我的哥们儿，不算是。"康纳说，"我的意思是，我们是一起出去玩过，但是我觉得他们不会想我的。"

"可是，你不是在他们那儿有份工作吗？"

"我放弃了，"康纳说，"我昨晚发了短信，说我没法再做下去了。那份工作……"

"见不得人？"安娜试探道。

"不是什么非法的事，"康纳表示抗议，"真的不是，不过——"

"你要加这个'不过'，就说明见不得人。"

康纳龇牙一笑，假装要推安娜。安娜尖叫一声抓住了他："我说到做到！你要跟我一起下去！"

可是康纳没再推她，而是一把把她揽进怀里。

"对不起，"他说，"我会成为一个更好的哥哥。从现在开始。"

在咖啡店里，安娜冲桌子对面的朋友笑着，微微耸了耸肩膀。

"所以，嗯，我觉得……我希望，事情会有所改变。"

"哇，"贾说，"听起来……呃，好紧张。不过，是好事！"她灿烂地笑了起来，然后看了一眼手表。安娜意识到，刚才的十分钟里，她已经看了四次手表。

"你需要去哪儿吗？"贾的脸又红起来。安娜明白了。"你要去见达伦？"

"呃，昨晚我不确定你会不会来，而且咱们只说了见面吃个蛋糕，不太需要占用整个下午，正好他问我，我又真的想——"

安娜摆摆手，打断了她的长篇大论。"没事，"她对朋友说，"一点儿事也没有，你当然想去见他。"

只不过，安娜得想个办法打发下午剩余的时间。当然，她的英语作文还没写……

"还有，"贾狡黠地说，"我猜你会去见斯雷特？"

"我跟你说过了——"

"我知道你嘴上说了，"贾咧嘴一笑，"但是你喜欢他。"

"我才不——"

"你就是喜欢。你太不擅长撒谎了。"

"反正，我没要去见他。"

"嗯嗯。"贾一脸的不相信，还有些幸灾乐祸。她隔着安娜的脑袋望着什么，可是接着便把目光移到安娜脸上，扬起半边眉毛。"那——我想知道他来干吗。"

"什么？"安娜猛地回头一看，发现自己的脸正好对着斯雷特毛衣上的灰色抓绒。他刚才悄悄走了过来，此刻就站在她的椅子后面。

"嘿！"他说。

第二十一章　池中的涟漪

Ripples in the Pond

他的模样很吓人。贾溜了，把座位让给了斯雷特，斯雷特一屁股坐了下来。他的面色发灰，眼睛下面的黑眼圈发紫，头发油乎乎地板结在一起，肩膀也耷拉着。他好像累坏了，而且，怎么说呢，用"吓坏了"来形容似乎有点儿过，可是当安娜看着他的眼睛，看见里面漆黑一片时，他的确应该是"吓坏了"。

"你还好吗？"安娜问他。

"不好。"他说。这个回答安娜倒不惊讶——他看上去当然不太好。

她等着，防止他还有话要说，然而并没有。沉默，还是沉默，直到安娜终于开口了，她问："你来这儿干什么？"

"来找你。"他又顿了很久，"我去了你家，但是家里没人。我又去了泳池，然后凭直觉来了这儿。"

"你不用到处追着找我吧？"安娜说，因为他看上去有些不高兴，她猜是因为他不得不费了很大的力气才找到她，"你可以直接给我打电话。"

"我以为你不会接。"他直言不讳。

他说得有道理，她很可能不会接。斯雷特从她的沉默中解读出自己的判断是对的，微微笑了笑。

"我能给你买点儿什么吗？"他朝前面的糕点柜台走去，"三明治，

182

或者蛋糕——"他看了一眼她已经喝完的饮料，"要么再来杯果汁？"

"不用了。"安娜回答。

"你会不会——"他苦笑了一下，"要是我去买咖啡了，你还会留在这儿吗？你会等我吗？"她不应该……可是她想，真的想。斯雷特就像一块磁铁，一直吸引着她，可她知道，只要他给她一点点空间，她立刻就会跑掉。他也读出了这一点。"我打包带走，"他向她保证，"请你就等我一下，行吗？"

她无法拒绝。安娜微微点点头，斯雷特报以如释重负的笑容。

"我很快就来。"他郑重承诺。

斯雷特在柜台前面排队，安娜便收拾自己的东西。他前面只有一个人，是一个老太太，正在包里翻来翻去找硬币。安娜看着她把硬币一枚一枚数给柜台后面的女孩，然后拖着步子走开，她的饮料就在棕色的塑料托盘里微微摇晃，接着斯雷特上前到了柜台旁边。他点了单，这时，安娜忍不住飞快地朝咖啡店的后门看了一眼。她可以……

她回过头来，看见斯雷特正热切地注视着她。他看上去很害怕，似乎很怕她会离开他。也许她应该走掉，但是她又不想那样离开，而且，说心里话，她并不想离开他。

斯雷特端着咖啡径直向她走来。他示意她朝门口走，就在一秒钟前，她差点儿就要从那儿冲出去。"想不想去散散步？我散步的时候，思路会更清晰。"

"好吧。"安娜回答。

今天的天气不太好，但也不算太糟。安娜穿了夹克，一阵小风刮来，她感觉浑身一冷，便拉上拉链。她几乎希望刚才让斯雷特帮自己买了一杯热饮，不过，正如她哥哥好心向他指出的，她不喝咖啡，也不喝茶，或者，哪怕热巧克力也不行，除非你是把它当作甜点，加上奶油、棉花糖、巧克力块这些，可是散步时又没法这么吃，所以——

"闭嘴，安娜。"她自言自语地嘟嚷。她被自己没完没了的胡思乱想惹烦了，好在她没大声说出来……

"什么？"斯雷特问。安娜只摇了摇头。他叹了口气，作为回应。两人穿过商业街时，他们之间的对话仅限于此。到了商业街尽头，斯雷特领着她向小桥走去，嘉年华和安娜家也都在那边。不过，他们并没有直接朝那个方向走。斯雷特抄了一条小道，可以沿着河边走一段。安娜经常走这条路，其实她和康纳去看假想中的天鹅宝宝时，也是从这儿走的。一直到了溺水池边，两人都没怎么说话。

安娜感觉无法再忍受她和斯雷特之间如此漫长的沉默——走到石头和溺水池这儿，少说也有二十分钟——但是她在等斯雷特开口……说点儿什么。他得开头，因为要是她来开头的话，她就会道歉，可她又觉得这样不对。好吧，所以她觉得自己反应过激了——甚至是绝对反应过激了——但是斯雷特向她隐瞒了一些事，而且是很重要的事，即使他似乎真真切切地想就康纳的事帮她，即使他在幻觉中看见那两个男生袭击她时，立刻便放下一切跑去救她，也无法为之开脱——

"对不起。"她脱口而出。

"什么？"斯雷特扭头瞪着她，正好被一个树根绊了一跤，差点儿把手里的咖啡洒了一地。他重新站稳，但是目光始终停留在她的脸上。他似乎很诧异。"你道歉干什么？我才是应该道歉的那个！"他喝了一大口咖啡，困惑不解地哈哈大笑，"你不需要为任何事道歉，安娜。你不需要。是我搞砸了。我应该把幻觉的事告诉你的，一开始就应该告诉你——"

"那样我是不会相信你的，"安娜轻声说，"不会立刻相信的。"她冲

184

他苦笑了一下，"我会认为你精神不正常，或者是瞎编的，或者是有别的原因。但是，总之不会相信你。"

"那就晚一点儿再说。"斯雷特表示赞同，"那我也应该晚一点儿告诉你——但是，应该早一点儿。不管怎么说，"安娜被他这一连串乱七八糟的解释逗笑了，他也懊恼地咧嘴一笑。"重点是，在你迫使我说出来之前，我是有机会说的，但是我没有说。我等啊等，然后，不管怎样还是一股脑儿全说了，我知道那会给你留下怎样的印象，我知道你认为我只是在操纵你，但是我真的……"

"别说了。"安娜说。她伸手拉住斯雷特的胳膊，于是两人都停下了脚步，他也止住了话茬。"别说了。"她一边等一位牵着拉布拉多犬的老人从他们旁边过去，一边眺望着不远处的小河，河水懒洋洋地潺潺流淌着。"我不觉得你在操纵我，"她说，"虽然，是的，你应该早点儿说。不过，我处理得也不太好。或者说，"安娜做了个鬼脸，"我处理得一点儿也不好。我生气是因为我觉得——"她顿住了。

她坚定地告诫自己，别往那个方向走，休想动那个念头。

"因为什么？"斯雷特追问道。

"没什么。"

"安娜——"他用空着的那只手握住她的手，捏了两下，"请你跟我说说吧。我想搞定这件事。我需要搞定这件事。"

他的语气有点儿太强，安娜不太喜欢，她的内心深处产生了一种强烈的、带着警觉的怀疑。

"你'需要'是什么意思？"

幸好，斯雷特并没有试图用假话来哄她。

"我昨晚又产生幻觉了。"他说。

"是新的？"

斯雷特摇摇头，他的眼神又变回了刚才在咖啡店里坐在她对面时的那种空洞，黯淡而又心烦意乱。"还是以前的，"他咽了一口唾沫，"是我长久以来一直在逃避的那个。我又看见自己溺水了……但是没看见你。"

"我明白了。"安娜说。她为自己感到骄傲，因为她的声音没有发抖。她听起来很平静、很理性。而她真实的感受就和昨天从斯雷特的帐篷里逃走时一样，悲伤，而又愤怒。"你需要我重新成为你的朋友，因为我得救你，是不是？"

她迈开了步子，并不是继续朝溺水池的方向走，而是往回走。回家，她要离斯雷特远远的。

"安娜，请你别走，"他匆忙追上来，"我在竭力对你保持坦诚。"他伸手想拉她的胳膊，就像她刚才拉住他那样，可是安娜把他的手甩掉了。她不能停下，不能去看他，因为那样她肯定会哭的——她不想哭，至少现在不行，不能在他面前哭。

过了一会儿……

"求求你，你能不能停下来，咱们聊聊？"

"我们现在就在聊啊。"安娜回他。她加快了步伐，步子迈得很大。小桥就在前面，家也不远了。她做到了。她不会哭的。

"不是这样的……安娜！"他抓住她——使劲儿拉。与其说安娜停下了，还不如说是倒进了他的怀里。他用双手抓住她的上臂——他的咖啡哪儿去了？——一直走到小桥被河边小路上浓密的树丛挡住看不见了。"求求你，"他气喘吁吁地说，"我需要你听我说。"

"我听着呢！"安娜冲他喊。她的眼里闪着泪光，她知道自己和眼泪的抗争即将失败。"因为那个愚蠢的幻觉，你需要我跳进水里去当救生员，对不对？所以，直到那件事发生为止，你都需要我对你好。简而言之，不就是这样吗？"

"不是！"斯雷特激动地否认。安娜猛地躲开，或者说是试图躲开，但他把她抓得很紧，她挣脱不了。"不，不是那样的！"

"你把我弄疼了。"安娜轻声说。的确，他的手像钳子一样紧紧掐住她的胳膊，已经到了疼痛的程度。由于供血不足，她的指尖已经发麻了。

斯雷特似乎吓了一跳，她意识到他不是有意的，他不知道自己在做什么。甚至在他松手之前，她那突如其来的恐惧已经开始消散。

"对不起，"他对她说，"我不是有意的，我只是——"他懊恼地发出一个低沉的声音，简直像是怒吼，"我一直没解释对。我没——我不是——"

"我听着呢。"安娜轻声说，她的声音很平静。也许她静下来了，他也会静下来。"我在听。我保证。"

她不喜欢这样，不喜欢看见他被折磨成这样，好像他的感情受到了伤害，不仅仅是因为害怕她会抛弃他。

她看着他叹了一口气，紧紧闭上眼睛。看得出来，他在努力平复自己的心情。

"我不是因为你出现在我的幻觉里，才想把你留在身边，"他说，"或者是因为我看见你救了我。"他睁开眼睛，青灰色的眼珠凝视着她。他的眼神很真诚、很动人。"我在幻觉里看见你，是因为你对我来说很重要。我在幻觉里看见你，是因为你注定会救我，不是在水里，"安娜刚要开口说话，他匆忙加了一句，"只是……只是我。你注定要救我。你——"他顿了顿，安娜把刚才想说的话咽了回去，等他继续说。他还有话要说，她知道他还有话要说。

"我第一次产生幻觉时，"他解释道，"那时候，我还看不见结局。不，等等——"他举起一只手，因为安娜又想打断他。她闭上嘴巴，有点儿按捺不住。她感觉真相即将大白。"我只看见自己溺水了。于是我就逃跑了，逃了无数年，但我知道我还得回来，我必须得面对它。"他顿了顿，确认安娜全神贯注地在听，当然如此。"直到我回来，五百多年过去了，我一天都没有老过。我被困住了，身陷其中——我想，这是因为我曾经试图躲避自己的命运，而这样做是不对的。"

斯雷特又顿了顿，苦笑了一下。从他的眼神中，可以看出他的头脑里仿佛有一团乱麻，安娜感觉他也是刚刚才明白过来。在她面前，他获得了某种顿悟。

"我注定不会在那么多年前死在这里。"他对她说，"那个幻觉也许向我展示了一部分未来，但只是一部分而已。"他死死地盯着安娜，"直到现在，我才看见剩余的部分，因为我在等你。你，不是因为你会游泳，而是因为你是你。"

"我又没什么特别。"安娜摇摇头，慢吞吞地否认。

"你很特别。"斯雷特咧嘴一笑，"你能相信我可以看见幻景，怎么会不相信这一点？"

安娜无可奈何地耸耸肩膀。她只知道自己的确就是这样，没什么特别，就是安娜而已。

"你已经在救我了，"斯雷特对她说，"在我遇见你之前，全世界都在我身旁向前行进，而我却动弹不得。你已经纠正了这一点。"

"我什么也没做。"安娜不认同他的说法。

"你做了，"斯雷特压低声音，"你给了我希望。"

"也许我只是在让你飞快地奔向死亡，"她反驳道，"遇见我之前，你至少还在躲避死亡。而如果幻觉不停地变化，那么未来显然悬而未决。"

"是的，"他肯定道，"我从来没想过这一点。但我相信有些事情是注定的。我相信命运。我的意思是，该死的将近六百年过去了，我一点儿都没变老，所以我才能遇见你。这不可能，根本不可能——但是发生了。"

这番话安娜无法否认。外婆还是个年轻姑娘时，斯雷特就已经活在这个世界上，她不确定自己如何看待这个事实。在那之前很久很久，他也活着。还有，第一次世界大战之前……甚至，在莎士比亚之前。他看上去不老，他表现得也不老……对她来说，还是忽略这一点儿边边角角的信息比较容易理解。

"你注定会出现在我的生命里。"他说，"所以命运之神让我的生命暂时停滞，让你能有机会追上来。你也注定会救我。谁知道呢，"他耸耸肩，"也许的确是个隐喻。"

安娜哈哈大笑。斯雷特那段结结巴巴的解释是什么时候来着，一个星期以前？但又像感觉已经过去了好久好久。

斯雷特只是凝视着安娜，等着幽默的气氛淡去，他的表情很严肃，一本正经……但是很温暖，充满希望。

"要是我现在呼唤幻觉，"他轻声说，"你希望我看见哪一个？"

安娜能够给出的回答只有一个。"试试看。"她也轻声说。

斯雷特靠在她身上，他的脸离她不到三厘米，额头就要落在她的额头上。某一瞬间，她以为他是要吻她，心狂跳起来，但她只是喃喃地说："咱们试试吧。"然后便闭上了眼睛。

幻觉，他在呼唤幻觉。安娜一下子有些失望，但是她的失望只持续了短短的一瞬。他此刻正在做的，是和她分享自己的幻觉，这更加关乎他本人，也更加亲密。他向着内心深处呼唤自己的天赋，搂着她，他的太阳穴挨着她的，这比嘴唇的接触更有意义。

不过，其实，他也想吻她……

安娜刚要翘起嘴角偷笑，斯雷特在她怀里猛地动了一下，眼睛瞪得浑圆。他直直地盯着安娜，但是并没有看她，他在看别的什么，而且从他惨白的面色判断，应该不是什么好东西。

"血，"他的声音很粗哑，"一只手，上面全是血。天很黑。有人在喊，有人在骂。夜里，有很多身影在推推搡搡。安娜！"

"我在呢。"安娜回答，但他并没有反应，他的注意力不在她身上，她知道他没听见她的话。

他看见什么了？发生什么了？

她使劲儿摇他，可是虽然他的身体在摇晃，却没有给她任何回应，他还没回过神来。

"血，"他重复道，"一只手上全是血。康纳！康纳！"

听见哥哥的名字，安娜呆住了。康纳？他为什么会看见康纳？还有血？

"斯雷特！"她更加用力地摇他，他的头垂下来撞在她的头上，"斯雷特，回来！"

"康纳！"他又说了一遍，接着，"安娜，别！"他浑身战栗，迅速吸了一口气，"坠落。坠落。坠落。水。无法呼吸。踩水。无法呼吸。"

这是他之前有过的那个幻觉。斯雷特看着自己沉得更深、更深，可是安娜什么也做不了，只能等着。他又长长地吸了一口气，说道："黑暗中的一只手，很亮，闪闪发光。"她知道，自己进入他的幻觉了。他松开了她，开始挥手，尖叫着："这儿！这儿！"安娜抓住他的手，不知道自己还能做些什么。

她的其他举动都没有渗透进斯雷特迷雾般的幻觉中，但是这一次，他似乎突然警觉起来，注视着她。

"安娜。"他气喘吁吁，双腿瘫软，无力地跪了下来。

第二十二章　前行的路

The Path Forward

斯雷特头痛欲裂。他感觉像是被狠狠揍了一顿，浑身难受极了。真是可笑，好像他真的溺水了似的。但是安娜就站在他面前，叫着他的名字，她的声音里带着惊恐，因此他强迫自己打起精神来。

他刚一感觉腿上有了力量，便重新站了起来。他的身子还有点儿摇摇晃晃，但是能站直。他的脑袋里一阵剧痛，疼得他龇牙咧嘴，于是抬手揉了揉脑门。几根冰凉的手指轻轻把他的手推到一边，接着，安娜已经在帮他按摩太阳穴。

侵袭他的疼痛立刻减轻了，他这才得以抬眼看她，她看上去……惊呆了，吓坏了。看来，她都感受到了。

"斯雷特？"她的声音在发抖。

"我之前理解错了。"他说。其实他现在最想做的是躺下来闭上眼睛，再也不要爬起来，但他竭力打起精神。"我原本以为，遇见你那天，我产生的那个幻觉一定就是完整的版本，可是其实还没完。"

"你……"她清了清嗓子，"你刚才提到康纳。"

是的。他叫出康纳的名字时，正看见这孩子跪倒在地，两只手捂住肚子，猩红黏稠的血流得满手都是。

"康纳是在里面，"他承认了，"在幻觉里。有一场打斗，还有——"

192

他摇摇头，"我看不清还有谁，其他人大多只是模糊的影子，但是人不少。"

"康纳在里面怎么了？"安娜当然会问这个他不希望她提出来的问题。他绝不会告诉她。"你说的血，"她追问道，"是康纳的吗？"

这个问题他也不想回答，可他的身子仍在发抖，在冒汗，他仍旧感到眩晕，他知道自己没能很好地控制脸上的表情。

"天哪，斯雷特！"她的身子摇晃起来，他看出她快要倒下去了。斯雷特连自己能不能站稳都信心不足，可他还是把手向安娜伸了过去。在她瘫倒在湿漉漉的草地上之前，他一把抓住了她。

"没事，"他对着她的头发喃喃地说，"没事。我们已经看见了，所以，我们可以做点儿什么。"

"可是你说过的！"安娜大哭起来，她的情绪开始失控，"你说了有些事情是注定的。是命！"

"这个不是。"斯雷特信誓旦旦，"我发誓，我向你保证，安娜，我们会找到解决的办法。"

"什么办法？"她哭着喊，"我们能做什么？"

斯雷特的脸上露出痛苦的表情，但他知道，现在摆在他们面前的只有唯一一个真正的方案。

"我们得跟康纳谈，"他说，"我们得想办法让他看到，让他相信。没有他的参与，我们就没法帮助他躲避他的命运。"

"什么？"安娜似乎没太听懂，她目光呆滞，似乎惊恐地从他的描述里看见了自己假想的幻景。

不论浮现在她脑海里的场景到底是什么样儿，恐怕都不会比神灵呈现在斯雷特面前的糟糕多少：康纳，俯着身子，肚子上被刺了一刀，鲜血从伤口喷涌而出。

"我们得跟你哥哥谈，把真相告诉他。"

"可是，怎么让他相信我们？这根本就不可思议，斯雷特！他要是不听呢，要是——"

"我们会让他听的，"斯雷特坚定地说，"我会……我会展示给他看，向他证明我能做什么。那样他就必须得相信我们了。"

想到要让自己暴露在那样危险的境地，把自己的秘密透露给康纳这种他既不了解也不信任的人，斯雷特的胸口一紧，可是他想不到别的办法。要想救康纳，他们就需要康纳的配合，而如今，看到了必定是完整版的幻景，斯雷特终于意识到，自己的命运不但和安娜息息相关，也和康纳紧密地联系在一起。

要是他救了康纳，他相信——他希望——也能救他自己。

"好吧。"安娜似乎逐渐镇定下来，看到她相信自己能够有办法解决这个问题，斯雷特很高兴，同时也感到受宠若惊。他要全力以赴，阻止幻觉里的事发生——要是他能阻止康纳被刺伤，也许自己也就不用沉入水中了，但他不确定命运能否轻易被阻挠。"好吧，就这么干。"

"好吗？"

"好。"她点点头，"你说得对，我们必须得让他看见。今晚，"安娜眼前一亮，"我爸妈要出去，不回家住。要参加哪个人的五十岁生日聚会什么的，要出城，所以他们决定就在酒店住了。康纳负责照顾我，所以整个晚上家里就我和他两个人。"

"那太棒了，"斯雷特一边思索着，一边点头，"你先回去，确保康纳待在家里，我回嘉年华去拿东西。等天黑了，我去你家找你。"

安娜的身子贴着他，颤抖起来："你说康纳现在不会有什么事吧？"

"不会的，"斯雷特向她保证，"我俩也在幻觉里。"

"你确定？"

"六百年来，这个幻觉已经在我的生命里挥之不去，"斯雷特缓缓地对她说，"我试图躲避，命运之神就会让时间停滞。所以，如果我不在场，就不可能发生。我知道这一点，就像我知道明天太阳还会升起来一样。"

她似乎不太相信。

"这是最好的办法了。"他告诉她，"今晚之前，康纳不会有事，等他愿意配合我们的时候，控制事态就会容易得多。我向你保证。"

斯雷特从心底里希望自己能够说到做到，为了安娜，也为了他自己。

"好吧。"她说，"好，我知道你说得有道理，只是……"她用乞求的眼神看着斯雷特，"我很害怕。你看见的——"

"还没发生呢，"斯雷特提醒她，"还有时间。"

安娜点点头，可是她的脸上写满了忧虑。斯雷特很想把她搂在怀里，好好地安抚她，他没有抑制这个冲动。她偎依在他的怀里，度过了漫长的一分钟。斯雷特让自己沉浸在她温暖的怀抱里，从她的信任中汲取力量。接着，安娜抽开身子，深吸了一口气。

"咱们走吧，"她说，"行动起来。"

他陪她走到她家那片住宅区的边上。他想一直陪她走到家门口，一方面是为了确保她的安全，另一方面也是想多陪她一会儿，但是安娜拒绝了。

"我不会有事的，"她说，"走吧。你回去得越早，就能越早回来。"

她勉强挤出一丝微笑。他们回头朝小桥走的路上，她似乎好些了，有了明确的行动计划后，她的脸颊恢复了血色，说话时也重拾了信心，但是，到了分开的时候，他看出她又开始紧张了。

"不会有事的，"他对她说，"还没等你反应过来，我就已经回来了。"

她准备往前走，从他身旁离开时，斯雷特拉住了她的手，想让她停住。她疑惑地看着他，他告诫自己，时间紧迫，她必须得走了。她并非要离开他，预言并不会回到他孤零零死在冰冷黑暗的水里那个可怕的瞬间，但是尽管如此，他还是不愿意松手，不愿意放开她。

　　"一个小时。"他对她说。那会儿天应该还没黑，但他感觉自己无法同她分开更久。接着，他俯身在她的唇上飞快地轻轻一吻，在那个瞬间，他才意识到自己其实就是为了这个吻才拉住了她。

　　她一动不动，她的唇贴在他的唇上，绵软而又顺从，但是带着一丝迟疑。他感觉到了，便抽回身子。她看他的眼神——眼睛瞪得大大的，目光里带着惊愕，还有兴趣，绝对是兴趣——令他很想再吻她一次，好好地吻一次。

　　可是不行，现在不行。那光辉灿烂的一瞬间，他沐浴在安娜热切的目光里。接着，此刻面临的艰难处境重新闯入他的脑海。

　　极其短暂的喘息已经结束。

　　"走吧，"他说，"我回头去你家找你。"

　　安娜似乎并不想走。她不情愿地转身，而斯雷特也同样不愿松手让她离去。街上一个人也没有，没有会尾随她或是制造麻烦的男生，但是斯雷特一直目送着她，直到看不见了，才返回嘉年华。

　　他的篷车门没锁，说明杰克在里面。真不走运，因为斯雷特不想跟他打照面，不想在他提出那些不好回答的问题时被迫躲躲闪闪，例如那个来接安娜、打了杰克，并且安排了一次埋伏把杰克打得鼻青脸肿的臭小子叫什么名字。

　　他小心翼翼地开了门，客厅里没有杰克的影子，他松了一口气。当他走进去，踩上嘎吱作响的那块地板时——根据它的情绪不同，发出响声的区域似乎也会有所变化——他不由得皱起眉头。他竖起耳朵，听见卧室里传来轻轻的鼾声。斯雷特一下子感觉到，自从来到小镇的第一天起，幸运之神终于和自己站在了一边，他抓起一个背包就把东西往里面塞——几根蜡烛，那包占卜用的签。他犹豫了一下，又放进去一套换洗衣物，为了以防万一。他不知道事态会如何发展，也不知道在他的当下追上未来之前，还剩下多少时间。

五分钟后，他已经收拾好了，把装满衣服和其他零碎的包背在背上，把那个珍贵的盒子——里面装满了贝壳、小刀，还有为安娜卜卦时的那些碎片——夹在腋下，然后走出了篷车。

接着，他一头撞见了丹尼尔。

"你在这儿呢。"他对斯雷特说。他戴了一顶布帽，帽檐低低地压到眉毛，在眼睛上投下阴影，眼睛周围不满地皱在一起。

"你在找我？"斯雷特问。

"不是我找你，是布莱恩。他发现你的帐篷没人，就到转车这儿来了，八成是以为你又在帮我修那个该死的液压机。当然了，我没看见你，也没打算撒谎。"他顿了顿，仿佛在等斯雷特表示抗议，但他说得没错。丹尼尔一直没吭声，已经是在帮他了。"等他意识到你又……溜了……呃，他气坏了。估计他要让你滚蛋了。"他瞥了一眼斯雷特腋下的盒子，还有肩上挂着的背包带子，"看来他已经晚了一步，是吧？"

"我不是要一走了之。"斯雷特说，不过，虽然嘴上这么说，他也知道事实并非如此。即便真是那样，他留在戏团的日子也屈指可数了。"我有事。"

"很急，是吗？"丹尼尔问道，他似乎没有要给斯雷特让路的意思。斯雷特冲他笑笑，尽量耐着性子。他应该对丹尼尔客气点儿，但他要是再多说一会儿，斯雷特确定杰克会奇迹般地冒出来，接下来就是灾难了，他可不想那样。

"是的。"他说。他把盒子换到另一侧胳膊下夹着，调整了一下肩上的背包，希望丹尼尔能明白他的暗示。

丹尼尔即使明白了，也没有理他。

"我敢说，跟那个姑娘有关吧。她叫什么名字？"

"安娜，"斯雷特吐出这两个字，接着，见丹尼尔站在那里等着，一点儿都不着急的样子，他又加了一句，"是的，跟她有关。"丹尼尔咕哝了一声，他的脸扭曲起来，似乎很不高兴。

"你知道，"他平静地说，"那些小子，他们不会轻易让这种事过去的。发生在杰克身上的事。他们一心想要报复。"

"他们应该就此收手。"斯雷特喃喃地说。

"换作是你，你会吗？"丹尼尔问道，接着，他吸了吸鼻子，"我看哪，你也许会的，但是杰克和他的那帮哥们儿都是暴脾气的人。他们觉得自尊心受了伤害。"

对于丹尼尔的看法，斯雷特并不那么确定。要是安娜那个笨蛋哥哥也那样偷袭他，他也会想要报复。不过，他并不打算给自己的老朋友泼冷水。

"要不了多久，他们就会离开这儿。你们都会走。在那之前，我们只需要让他们离康纳远一点儿就行。"

斯雷特倒吸了一口凉气，这句话不但泄露了安娜哥哥的名字，还证实了一个事实，那就是等戏团离开镇子时，他不会跟着一起走。

直到话从嘴里说出来，他才意识到自己已经做了决定。

他不知道他会怎么办——和丹尼尔一样，他只知道当下的这段人生——不过，他现在想不了那些。

"这儿我会留意的，"丹尼尔向他保证，"等你回来，先过来找我，我会把情况告诉你。好了，"他后退一步，把路让了出来，"走吧，别等到让人看见。"

斯雷特没有反对，只是挤出一丝微笑表示告别，接着便往外走去。

第二十三章　彼此靠近

Moving Closer

安娜拧开门把手走进去，差点儿绊倒在康纳身上，他正单膝跪在地上系鞋带。

"看着点儿！"他咕哝了一句。她踉踉跄跄地站定时，他抬起一只胳膊，一边帮她稳住身子，一边也为了保护自己。"走路看着点儿，行吗？"

"又不是我蹲在大门口！"她气愤地回击，这时，她想起自己还得讨好康纳，于是深吸了一口气。现在惹他生气，可不利于之后让他听自己和斯雷特的话。

说老实话，对于能否让康纳相信斯雷特，安娜一点儿把握也没有，可是他们必须得试试。

"妈妈在冰箱里留了一个比萨，"康纳一边对她说着，一边伸手隔着她的头顶去拿门边挂钩上的外套，"包装盒上写了操作步骤，别把屋子点着了。"

"我再重申一遍，上次想要做饭，结果却让烟雾警报器响起来的那个人可不是我！"她激动地大叫。

她就是控制不住自己。

这时，她回过神来。

"等等，你什么意思？你今晚不在家吗？"

康纳正在穿外套，他停了一下，夸张地抬起眉毛。

"我要出去，"他说，"晚点儿回来。"

"多晚？"

"我也不知道。很晚吧。估计你都睡了。我带钥匙了，你不用给我留门。"

"康纳——"安娜一下子慌了。她得把康纳留在家里，必须把他留住。而且，不仅仅是因为斯雷特要来。万一就是这次呢，万一他在外面卷入什么争端，然后弄得满手鲜血呢——是他自己的血吗？

万一幻觉里的事就发生在今晚呢？

她想求他不要走，可她能做的只是呆呆地站着，像木头人一样挡在门口。

"安娜，让开！"康纳气鼓鼓地说。

她在心里斗争了一下，犹豫着要不要赖在那儿，用自己的身体把他拦住，不让他出家门，不让他离开自己。可是，康纳肯定会一把把她拖开，或者再简单一点儿，直接从后门出去。

"我要告诉妈妈！"她脱口而出，伸手就去抓他的胳膊。

"你敢！"康纳怒吼一声，低头瞪着她，"除非你想让她知道你和你那个新男朋友的所有细节。"

"我就要告诉她！"安娜回击道，她希望自己能把他吓住。因为她的恐吓其实没用，康纳肯定会反过来报复她。

"别像个小孩子似的，安娜。你不会有事的，就几个小时而已。"

安娜担心的其实不是自己。

"求你别离开我，康纳，求求你。"

他站住了，因为她的语气，而不是她的话。由于绝望，她的腔调近乎恐慌。他迟疑了一下，转过身来面对着她，脸上的表情也变得温柔起来。安娜燃起了希望，可是，接着他便做了个鬼脸，伸手捏捏她的肩膀。

"你不会有事的，安娜。我向你保证。我知道你害怕那些蠢货，但是他们不会到咱们家附近来的。"他松开她的肩膀，拽了一下她的辫子，这是他表示亲密的动作，"我只是去达伦家。有事就给我打电话。我十分钟就能回来，行吗？"

"你要去达伦家？"

"是啊。"康纳的眼神黯淡了一下，"你以为我又要和马克出去？去工作？"他撇撇嘴巴，松开她的辫子，"我跟你说过的，我不会再那样了。"

她没想到他的语气会那样受伤，没想到自己的怀疑会让他这么愤怒。他是要跟学校里的朋友待在一起，而不是最近结交的那些鬼鬼祟祟的家伙，安娜无法否认这一点让她感觉好些了，但是，他留在家里，和她待在一起，会更安全。而且，她需要他留下来，这样她和斯雷特才能试着跟他谈谈幻觉的事，让他明白有危险正在不远的未来等待着他。

这次交谈可等不起。

"康纳，求你了——"

可他已经生了她的气。由于她的主观臆断，康纳很恼火，他不再理她，铁青着脸往外走。

"回头再说，安娜。"说着他便使劲儿关了门，安娜被孤零零地留在家里。

"该死，"她小声说，"该死，该死，该死。"

她可以去追他，可是这样做不会有什么好处。她的哥哥很固执。安娜感觉头一抽一抽疼得厉害，她一边揉，一边朝厨房走，开始预热烤箱。

爸妈留的那个比萨很大，明显是给他们两个人准备的。好吧，安娜不会跟康纳分享了。她要确保自己和斯雷特把这一大个比萨都吃光，哪怕撑到想吐。这个念头让她哼笑了一下，可这点儿声响在空荡荡的厨房、空荡荡的家里发出刺耳的回声，紧接着便是一声轻轻的抽泣，然后又是一声。安娜还没反应过来，她已经趴在厨房的桌子上号啕大哭。

等斯雷特过来时，她已经重新打起了精神，可是脸上的泪痕一定还在，因为她刚把门打开，他脸上明媚的笑容便很快消散，眉头皱了起来。

"怎么了？"他问，"出什么问题了？"

"康纳这个笨蛋！"她的声音在发抖，眼泪又要涌出来，被她吸了回去，"他出去了。我想方设法想要让他留在家里，可他就是不听。"

斯雷特一边往里走，一边拉起她的手，安慰地捏了两下。他把带来的盒子放在地板上——安娜认出这是他存放那些贝壳和家伙什儿的盒子——把背包也放在旁边。不过，他没有脱鞋，也没有脱掉厚厚的毛衣，他身后的门仍然开着。

"他有没有说要去哪儿？"

"没说，斯雷特，"安娜摇摇头，"我们不能去追他，万一我们，你知道的——"

"正好进入了幻觉？"斯雷特问。

安娜点点头。

"而且，"她说，"要是我们硬拉他回来，他也不会平心静气地听我们说。"

斯雷特抿着嘴唇，觉得她说得有道理。

安娜差点儿就想对斯雷特说，他要是想走，就可以走。因为康纳不在，所以斯雷特也没必要在这儿待着，如果他有事要忙的话……

可是话到嘴边，她又咽了下去。

"进来吧。"她一边说，一边往门厅里退，"晚饭我准备好了。而且，家里只有我们两个人，我们可以……我们可以待一会儿。"

要是斯雷特需要去见什么人，或者要去什么地方，他可以告诉她。她希望他能留在这儿，但愿他自己也想留下来。

斯雷特迫不及待地跟着她走进温暖的厨房，于是，她得到了自己想要的答案。

安娜刚吃了三片比萨就已经饱了，但是斯雷特一口气吃了一多半才停下来。

"我们需要给你哥哥留点儿吗？"他问，"或者你要不要再吃一点儿？"

虽然嘴上这么问，他的眼睛却盯着比萨。安娜觉得好笑，忍不住扬起嘴角。她幸灾乐祸地对他说："不用，康纳会在达伦家吃。你可以都吃完。"

斯雷特开心地咕哝一声，便开始消灭剩余的比萨，最后盘子里只剩下一点儿饼屑和番茄酱。

安娜不太习惯家里有个男生（康纳不算），也不习惯一个人在家，等她洗完盘子，就不知道该做什么了。为了平复心里的紧张情绪，她给哥哥发了条短信，问他是不是已经安全到达伦家了。他生她的气了，所以，其实她并没有指望他会回她，但是没过几秒钟，她的手机里便弹出一个惜字如金的回复："到了。"她舒了一口气。

奇怪的是，虽然知道康纳暂时不会有危险，但是安娜却并没有像自己以为的那样平静下来。

"你想不想过去看看电视什么的？"她问。

斯雷特几乎是迫不及待地同意了，安娜看着他舒舒服服地在沙发上坐下，遥控器已经握在手里，这才意识到，也许她家这个简陋的客厅在他看来还挺奢华的，至少还算宽敞。

"这儿比篷车大一点点。"她表示。

"这儿好极了。"斯雷特一边说一边做出伸腿的动作，"我们那儿简直就是一堆垃圾，连电视都没有。"

安娜坐在爸爸的扶手椅上，只坐了一点儿边。斯雷特飞快地看了她一眼，表示征得允许，便开始调台。

"你有什么想看的吗？"他嘴里问道，眼睛仍然盯着屏幕。

"我都行。"安娜说。

斯雷特选了一个画面是皑皑白雪的频道，看着有点儿像纪录片，然后回头看了安娜一眼。他的视线停在她的脸上，温柔地笑了。他的笑容里带着鼓励。

"这儿有的是地方。"他一边说，一边拍拍自己旁边的座位。

安娜更紧张了，不过她还是起身迈着笨拙而又不协调的脚步，穿过小小的房间。她挨着斯雷特坐下，转身把腿跷起来隔在两人中间，让彼此之间有一点儿喘息的距离，同时自己又能看着他。他微微一笑，仿佛知道她在做什么，接着便把手伸了过来，最后落在她的膝盖上。遥控器还在他手里，但她隔着牛仔裤依然能感觉到他手的侧面热乎乎的。

"你没事吧？"他歪着头，面带忧郁地看着她，轻声问道，"要是我在这儿让你觉得不自在，我可以——"

"没有！"安娜的反应有点儿太快，声音也有点儿太大了，但是作为回应，斯雷特的目光暖了起来，肩膀也不那么紧张了。

"我想跟你聊聊，"他轻轻地说，"你第一次来帐篷时问我的那个问题。

那份工作，"看见安娜一脸茫然地瞪着自己，他又补充道，"面包房的那份工作。"

"哦。"安娜咳出一声笑来。那似乎已经是很久很久以前的事了。

"那是真的吗？"他问，"还是你为了找点儿事情问我，心血来潮随口瞎编的？"

"是真的。"她回答说，"那家面包房就在商业街上，他们要找一个周末的帮工，不过，没错，就像我之前说的那样，我父母不太感兴趣。他们把我保护得很好，有时候几乎到了控制的程度。"她有点儿窘迫地微微耸耸肩，"他们希望康纳和我能得到比他们已经拥有的更好的东西。他们希望我们能离开这个片区，所以……"她的声音越来越小，肩膀也自我保护似的耷拉下来。

"他们当然希望给你俩最好的，"斯雷特表示赞同，"毕竟他们是你们的父母。但是，这并不意味着他们永远是对的。我在帐篷里说的话，的确是我的真实想法，如果你想得到这份工作，那么就满怀信心地去争取。"

"你说你看见我在那儿，浑身都是面粉，还把自己烫着了。"安娜提醒他，斯雷特咧嘴一笑，他的眼睛里神采飞扬。

"那是我想象出来的，不过，"他的语调沉了下去，认真起来，"我并没有在幻觉里看到这个场景。我其实并没有去试，因为很长时间以来，除了看见自己溺死，其他我什么也看不见。不过，现在情况不一样了……"他耸耸肩，注视着她，目光直抵她的内心深处，"我现在可以试试，要是你想这么做。"

她想吗？安娜舔舔嘴唇，飞快地思索着。坐在卧室里盯着社交媒体上的职位提醒，似乎已经是很久远的事，可是，那个职位的截止日期要到下个星期，而且，等到康纳的问题解决，等到嘉年华奔向下一站，斯雷特也离开这儿，她的生活就会恢复到以前的样子，上学、游泳，还有，没有足够的钱去做自己喜欢的事，去做她所有的朋友都能做的事。

"好吧，"她说，"我是说，好的，请试试吧。"她调整了一下坐姿，"呃……应该怎么做？"

"很简单。我要握住你的手——"斯雷特把遥控器放在沙发的扶手上，伸手去拉安娜的手，于是她不得不往前挪了一下，同时把腿从两人中间移开，"然后我会闭上眼睛，提出问题。看看命运之神会给我什么样的答案。"

安娜看着斯雷特闭上眼睛，神情也变得放松，接着，因为坐在那儿盯着他感觉有点儿怪怪的，于是她也闭上了眼睛。

过了极为漫长的几秒，斯雷特握住她的手突然一抖，安娜立即睁开眼睛。斯雷特正微微皱着眉，从他的表情上看不出来什么，接着，他喘着粗气，低声叫道："安娜！"

然后……安娜不知道发生了什么。前一秒钟她的眼睛还睁着，下一秒钟已经闭上了，一张热烈的嘴吻了上来，一只手摩挲着她的头发。她站在那儿，外面很冷，但她无法睁开眼睛看看自己在哪儿，因为有两片嘴唇在她的唇上吻来吻去，粗糙的胡茬戳着她的下巴和脸颊。

安娜惊得倒吸一口气，接着便一边喘着粗气，一边使劲儿睁开眼睛。她把手从斯雷特的手中抽了回来——他依然闭着眼睛，像刚才那样坐着。她抽回手时，他也睁开了眼睛，一向犀利的目光不知怎么竟呆滞起来。

"你还好吗？"他皱着眉头问安娜。安娜已经抬手捂住嘴巴，她的嘴唇依然麻麻的，好像那个吻是真的一样。

"不是在面包店。"她终于气喘吁吁地说了出来。

"不是……？"斯雷特抬起头，"你看见什么了吗？什么——"他瞪大眼睛，"你也进入了我的幻觉？"

"我……我不知道。你看见什么了？"安娜没办法坦言自己刚才经历的那扣人心弦的一瞬，直到她意识到这并非仅仅是自己的想象，并不仅仅是因为斯雷特在这儿，在她家里，所以她才浮想联翩。

斯雷特清了清嗓子，把脸别了过去，不过他几乎立刻又看着安娜，仿佛无法将视线从她的脸上移开。

"我在吻你，"他说，"我感觉我们在外面，除此之外，其他的我也不知道。"

"还有，是站着的。"安娜总结道。

这一回，她看见斯雷特的脸都白了。"你也看见了？"他问，"你和我一起在幻觉里？"

"我想是的，"安娜小声说，"这不……不正常吗？"

"不，"斯雷特摇摇头，一脸的惊诧，"不正常。我从来没遇到过这种情况。"

"这是什么意思？"安娜问。

斯雷特没有回答，他的脸却红了，于是她明白了他的心思。她也在竭力不让自己往那方面想，也不去想什么时候会来。

"不是——我不是在说……接吻的事。"她酸溜溜地说。

"我知道，"斯雷特觉得好笑，便安慰她，接着又耸耸肩，"我不知道。不知道为什么，我俩被联系在一起，步调一致。"他又小心翼翼地握住她的手，动作很温柔，"这不是一件坏事，安娜。没有什么邪恶的东西在里面。我们会搞明白的，好吗？"

安娜连忙点头。她仍然觉得眩晕，因为突然像那样沉浸其中……还有，因为刚才的吻。这一点她还是应该承认。

"我没看见什么关于你工作的事。"斯雷特苦笑着告诉她，"但这并不意味着命运之神不会帮助我们。幻觉，通常都是重要的事。"他热切地看了安娜一眼，让她如坐针毡。"我们可以试试占卜。我带了签来，不过我觉得——"

话还没说完，他便起身离开客厅，不一会儿便捧着盒子回来了。他掀开上面的盖布，在里面乱摸一气，拿出一截又短又粗、绿得很难看的蜡烛头，放在茶几上的一个杯垫上，然后把它点燃。

"流程你都知道，"他一边说，一边把盒子捧到她面前，但是微微倾斜，不让她轻易看见里面的东西。

安娜抿紧嘴唇，一边想起上次摸到的那根骨头，一边把手伸了进去，用指尖感受着各种凉丝丝、滑溜溜的贝壳表面，还有其他斯雷特放在里面的不知道是什么的东西。上一次，当她触到自己注定要选的那只螃蟹壳时，手指麻了一下，可是这次什么也没发生，除了——

"哎哟！"安娜感到手上一阵剧烈的刺痛，但她不仅没有立刻把手收回来，反倒颤抖着握住了刚才摸到的那个东西，把它拿了出来。

不用说，就是那根骨头，很长，是难看的灰色，上面还有土黄色的斑点。

"告诉我这不是人的骨头。"安娜哑着嗓子。

斯雷特哈哈大笑。"是羊的，"他一边说，一边从她手里接过来，"我向你保证。"

他握着小刀，安娜看着他用又细又长的字迹刻下她的名字，有整个骨头这么宽，还画了一小团圆乎乎的东西。

"那是什么？"安娜问道。

斯雷特看了她一眼，明显有些不高兴。"是蛋糕。"他说。

安娜又仔细看了看，还是没觉得像蛋糕。

"你把它想成蛋糕就行，"见她怀疑的表情，斯雷特嘟囔了一句，"只要你心里这么想，就没问题。"

"好吧。"安娜说，接着，看见斯雷特仍然一脸的不高兴，她又加了一句，"不好意思。"

他咕哝了一声，没再回答，而是全神贯注地把骨头放在蜡烛的火焰上方，骨头表面被烤成了黑色，爆出细细的裂纹。等到表面裂开，安娜想象着自己几乎听见了迸裂的声音。

"好了。"斯雷特说。他小心翼翼地把骨头放在茶几上，接着便带着歉意看着安娜，那把刀不知道什么时候出现在他手上。"还记得这部分吗？"

安娜不太情愿地伸出手，让斯雷特在她的指尖划了一下。挺疼的，不过很快就不疼了，她更感兴趣的是看着血珠冒出来，从手指侧面流下。斯雷特指导她把血均匀地滴在骨头上，接着，他便用指尖把血在骨头表面抹匀，尽量把所有的裂痕都涂满。

蜡烛的火苗微微旺了一下，安娜吓了一跳，但是烛火并没有像上次那样熄灭。

"行了吗？"安娜凑过去，她的头几乎贴着斯雷特的头，"你能看见什么吗？"

"信息不多，"斯雷特承认道，"但是很清楚。"

"是吗？"安娜惊讶地眨眨眼睛。这种事当然是需要接受训练的，因为除了斯雷特刻下的字，还有涂在上面的她自己猩红的血使这个可怕的东西更让人毛骨悚然以外，别的她什么也看不出来。

"看见那个了吗？"斯雷特用手指着一条线，这条线从安娜的名字一直到他画的"蛋糕"那儿。安娜看见这条线又长又直，似乎把两头的东西连在一起，她的血已经渗进了裂纹里，而且斯雷特用指尖把周围的骨头都擦干净了，所以现在看得很清楚。

"那条线吗？"

"对。它把两个连在一起了，"他抬头看她，咧嘴一笑，"我猜你注定是要当糕点师了。"

"如果那是蛋糕的话，"安娜撇撇嘴，"我还不太确定。"

"是蛋糕。"斯雷特瞪她。

安娜故作怀疑地"嗯"了一声。要想保持表情严肃，她就得把脸别过去不看斯雷特，于是她便转向电视。她突然想搞点儿恶作剧，于是偷偷伸手把斯雷特刚才当作宝贝似的遥控器拿了过来。他愤愤地叫了一声"哎"，她咧嘴一笑，而他的回应是一把把她揽进了怀里，安娜吓得惊声尖叫。

"别！"她尖着嗓子，因为他的手已经放在她的腰上，她知道他肯定要胳肢她——她可不擅长被胳肢——但斯雷特只是让她换了个位置，让她直直地坐在他边上，然后自己也坐了回去。

"是蛋糕。"他的口气不容反驳，接着又偷偷把遥控器拿了回去，开始看频道预览。

"你说是就是吧。"安娜小声嘟囔着，不过她的脸上带着笑，身子也朝斯雷特那边挨得更近了一点儿。

什么都没有变。他们还是得跟康纳聊，前途依然未卜，但是此时此刻，仅仅此时此刻，安娜感到踏实、温暖、幸福。那就享受当下吧。

第二十四章　黑暗中的宁静

The Quiet in the Dark

十一点零二分了。

安娜提醒过他，十一点是父母要求他俩必须回到家里的时间，现在已经过了两分钟——而她的哥哥康纳还没回来。

安娜和斯雷特在看一部电影，不过，在刚才的至少十五分钟里，安娜的注意力已经开始变得混乱，很可能还不止十五分钟。她甚至已经不再假装在看屏幕里的惊悚片，而是忙着一会儿看看手表，一会儿看看手机，一会儿再望望门口，坐在沙发这里，可以看见细细一道的大门。

"绝对是他。"斯雷特突然说了一句，惊得她跳了起来。

"什么？"

"那个警察。他鬼鬼祟祟的。我跟你打赌，就是他杀的她。"

安娜回头看了一眼电视，里面的侦探正居高临下地俯视着坐在椅子上的犯罪嫌疑人，一副咄咄逼人的架势。

"估计是吧。"安娜喃喃地说。

斯雷特叹了口气，把电影暂停了。

"你没事吧？"他问。

安娜冲他眨眨眼睛，长满雀斑的脸上带着懵懂的表情，很讨喜："我没事。"

"你明显没在看电影。那个警察循规蹈矩得简直荒唐，他才不可能是谋杀犯。"

"哦，"安娜的脸红了，"对不起，我刚才走神了。"她带着歉意冲他笑笑，"康纳现在该回来了，可是——"

她摊开双手，示意家里明显空空荡荡。

"我们还会有机会跟他谈的，"斯雷特向她保证，"我们明天可以再试一次。"

他并没有继续看电影，而是摁下了遥控器上的待机键，屏幕一下子黑了。

"很晚了，"他说，"我该走了。"

不过，他并没有做出起身的动作。相反，他舒舒服服地陷在沙发里，他的一只胳膊从电影一开始就搭在安娜的肩膀上，现在则开始摆弄她脖子后面没有扎进辫子里的碎发。他不知道自己要去哪里，不知道能在什么地方安全地睡上一觉。他会先去找丹尼尔——如果路上没有人突然过来跟他搭讪的话。要是杰克那边仍然蠢蠢欲动，也许他今晚可以在丹尼尔的篷车里睡，或者再去他的卡车驾驶室里熬一夜。

两种选择都没什么吸引力。

"你……你必须走吗？"安娜支支吾吾地问。她瞥了一眼早就已经全部关上的百叶窗，还有外面的夜色。"我一个人会害怕，而且我不知道康纳什么时候能回来。"

斯雷特一动不动地在她旁边坐着，思考着。这个提议很诱惑，非常有诱惑，但是，他不想强迫安娜做让她觉得不舒服的事。

"你希望我留下来？"

"我……是的。"安娜转过脸来对着他，正好和他的目光相遇，满脸通红，"我的意思是，不是要——"

"我可以睡沙发。"斯雷特明白她在往哪方面想，便向她保证，"反正我也习惯了。"

"不用，"安娜小声说，"我的床足够我们两个人睡。而且，康纳有可能会回来。要是他看见你睡在沙发上，肯定会疯掉的。"

"我觉得他要是发现我在你的房间里，会更生气吧。"斯雷特笑笑，"沙发就很好，安娜。"

她朝客厅的门望去……那边就是门厅……再上去就是她的房间，还有她的床。等她重新回头看他时，她的目光变得坚定起来，语气也变得果断。

"我想要你在楼上睡，跟我一起。"她脸上坚定的表情闪了一下，"仅仅是——"

"我知道。"斯雷特回答。他们只是睡觉，不做别的。或者说，比睡觉多不了多少。安娜也许能接受他晚上偷偷摸摸的那种拥抱，接受他轻抚她脖子上裸露的皮肤、她的手腕，还有她上衣和牛仔裤裤腰中间时隐时现的那一片肌肤。也许，她甚至可以接受他为在幻觉中——好吧，说"看见"似乎不对，更应该说是"经历"的那个吻做些铺垫。那个吻让他很兴奋——他已经很久没有吻过了。"但是我什么也没带。我没打算在这儿过夜。"

"我可以给你找几件康纳的衣服。"安娜说。斯雷特不确定她哥哥会不会喜欢这样——他根本就不会喜欢斯雷特待在他家，更别提在这儿过夜了——不过，既然他在安娜明显害怕一个人在家的时候把她丢下不管，那么斯雷特也不在乎他会怎么想。

他们需要跟康纳说说幻觉的事。但是对于他对自己妹妹的态度，斯雷特还想再多说几句不好听的话。万一她在嘉年华遇到的是杰克，现在跟她在一起的也是杰克呢？想到这里，斯雷特不禁打了个冷战，这个念头让他浑身抵触。

斯雷特绝不会把他妹妹一个人丢给——

他不愿再往下想，因为他做过的事比康纳现在的行为要糟糕得多。但是，关键就在这里，正因为如此，斯雷特才知道康纳犯了大错。

"我上楼去康纳的房间给你拿几件衣服。"安娜一边说一边从他的胳膊下面溜出来，逃也似的跑出客厅。斯雷特想笑，但是忍住了。她很紧张，但是她希望他留下。

斯雷特慢吞吞地爬上楼梯，用粗重的脚步声告诉安娜自己上来了。等他上到楼梯平台时，并没有看见她，不过他判断自己经过的第一个房间肯定是她的。门开着，他能看见墙壁是柔和的紫色，上面还贴着几张他叫不出名字的乐队海报。

他进去了，由于不想在她回来时吓着她，他没有坐在床上，而是在她书桌旁边的椅子上坐下了。书桌很旧，有点儿不稳，木头上到处都是刻痕和划痕，但是桌面上摆着各种各样的书和本子，向斯雷特表明，安娜是个好学生。

"衣服不多。"说话间，安娜已经出现在门口。她似乎有些窘，一只手里拿着一条运动裤，原先穿在身上的牛仔裤和毛衣已经换成了粉色的背心和睡裤。

"我连自己的卧室都没有，"斯雷特提醒她，"就睡在别人篷车里的折叠床上。"她默不作声地点点头，目光有意避开床，让斯雷特心生怜惜。"我去换衣服。"他说。

这不仅仅是让她有机会一个人静一静。斯雷特发现自己也待在浴室里磨磨蹭蹭，努力想让紧张的情绪平静下来。

太不可思议了，他对镜子里的自己说。看来他们要睡在同一张床上。他们要盖上被子，然后睡觉，仅此而已。斯雷特本应该满脑子想的是随时可能会冒出来的另一件大事，但他此刻似乎无法再去操心溺水的事，因为在那之前，他得在安娜旁边躺上八个小时，而且两个人都衣衫不整。

他考虑了一下自己那件T恤，他叠好塞在牛仔裤上面了。他应该把T恤穿上，穿着它睡觉，可他知道，那样他肯定睡不好。T恤的领子会让他喘不过气，而袖子又会拧上去扯着他的肩膀。而且他会很热。他会翻来覆去，那样两人就都别想睡了。

决心已定，他便悄悄从浴室里出来，康纳的裤子大了一号，很低地挂在他的屁股上。他不想让安娜反感，便拎起裤腰往上提了一把，可是刚走一步，裤子又落回原处。

他刚一回到她的房间，便后悔自己刚才应该不管三七二十一把那该死的T恤穿上。他站在门口，感觉就像没穿衣服一样，空气凉丝丝的，让他浑身起了鸡皮疙瘩。

"你好了吗？我关灯了？"他问。床上已经缩在被子下面的那个身影咕哝一声表示同意，于是他按下开关，屋里立刻漆黑一片。

他摸索着走到床边，掀开被子钻了进去，小心翼翼地只睡在自己的那半边。他仰面躺着，盯着天花板，外面街上的光从奶油色的窗帘透进来，正好能让他看见老式的阿泰克斯涂料[1]。他试着放慢呼吸，放松，但是床垫很薄，他感觉背上到处都被弹簧戳着，很烦躁，没法踏实躺着。他想翻身，找一个更舒服的姿势，但是又不想打扰安娜，怕她已经睡着了。

---

1 阿泰克斯涂料，英文为Artex，涂在墙壁和天花板上使图案有立体感的黏稠涂料。——译者注

他叹了一口气，原地侧了一下身子——这下更糟糕了，有什么东西正好戳在他的肩胛骨上，是某个凸到外面的讨厌的弹簧，似乎很锋利，估计是把床垫表面的织物戳破了。

该死，他肯定要翻来覆去了。

他小心翼翼、迟疑缓慢地侧过身来。现在，他面朝着窗户，外面的光线很亮，他隔着眼皮也能感觉得到，于是他皱着眉头睁开眼睛，发现自己的视线被安娜玲珑有致的侧影吸引了。她就在眼前，近在咫尺。

当斯雷特意识到自己的手已经快要伸向安娜修长的后背时，不禁吃了一惊。他一把把胳膊塞到枕头下面，正好把压扁的靠垫抬高一点儿，免得脖子疼。

还有，也是为了确保他的手不要乱动。

老天，他又不是从来没跟姑娘同床共枕过。他不是杰克那种浪荡公子，但是这么多年，他也征服过合理数目的女人，况且，他曾经想都不用想，就把她们搂得更近、更紧。

不过，那些姑娘，她们都有经验。她们会笑眯眯地跟他调情，对于接下来要发生的事心知肚明。对她们来说，有些危险，但嘉年华一走，这段露水情缘也会宣告结束。

他们都不是安娜，她甜美、善良，她看他的眼神里既有恐惧，又有兴奋。她们不是安娜，安娜能"看见"他。

斯雷特在心里骂了一句。没等他反应过来，他已经哆哆嗦嗦地向安娜靠近了一点儿，那只该死的手又从枕头下面溜了出来。他想要挪回去，可是由于身体的重量，他稍一动弹，床垫就吱呀作响，而安娜很可能已经要睡着了——

"斯雷特？"

他惊得跳了起来，脖子终于还是疼了。"什么？"他一边揉着脖子和肩膀之间那块被抻疼的肌肉，一边应道，嘴里发出来的声音更像是在呻吟。

"你的真名叫什么？"

斯雷特完全没有防备，便回答了她的问题："恩尼斯。"

"恩尼斯。"安娜一边念出他的名字，一边轻柔地翻过身来面朝着他，她的眼睛忽闪忽闪的。

"是的，"他说，"呃，曾经是。"

"我更喜欢斯雷特。"她对他说。

"我也是。"

"这个名字适合你。是因为你的眼睛吗？就像石板一样的灰色[1]。"

"对。"斯雷特表示赞同。除此之外，还有一个原因，那就是他在同过去那个胆小的自己告别。现在的斯雷特是一个全新的生命，正在走向未来，走向他穷尽一生在逃避的幻境。

"那我就叫你斯雷特了，要是你不介意的话。"她稍稍动了一下，叹了口气。

"怎么了？"斯雷特问，他只是想再听听她的声音。他喜欢这样，在黑暗中和她联结在一起。

"你有点儿挤着我了。"安娜可怜兮兮地说，"而且我把我的枕头也给了你。这只太扁了。对不起，我知道是我邀请你留下来的，我也不是在抱怨，但是——"

"过来，"斯雷特主动说，"不管怎样，我可以改进一下你的枕头。"

---

1 斯雷特，英文为 slate，有石板、蓝灰色的含义。——译者注

他伸出胳膊，"你可以靠在我的胳膊上。"

安娜一时没动，斯雷特不知道自己是不是说错话了，但他耐心地等着——他的心又狂跳起来——终于，安娜开始慢吞吞地朝他这边挪过来。

"我不确定这样行不行。"等他俩几乎就要面对面，近得让斯雷特的下巴能感觉到她的呼吸时，她喃喃地说，"我俩的重量一起压在中间，没准儿床会塌掉。这张床很便宜的。"

"别老动就行，"斯雷特指挥道，他突然感觉口干舌燥，"不会有事的。"

安娜用手摸索着斯雷特的肱二头肌，帮自己找准地方，慢慢地把头放下。等她躺好了，又朝他跟前微微靠了一点儿。她的两只胳膊合在一起放在胸前，正好碰到了斯雷特的胸脯。他听见她吓得惊呼一口气。

"斯雷特，"她说，"你没穿上衣！"

她的声音里满是愤慨，斯雷特忍不住笑了。她的头抵在他的下巴上，所以她看不见他笑。

"对。"他承认了。他伸出一只手，放在她的腰上。在她的腰线凹下去的地方，背心微微弹了上去。"你穿了，"他说，"所以咱们没事。"

安娜花了点儿时间平复心情，她身体里的紧张感也逐渐消散。她的左手原先握成了拳头，现在微微舒展开来靠在他的腹部，轻轻掠过他的皮肤。一下，两下，太刻意了，明显不是不小心碰到的。斯雷特深吸了一口气。

自从遇见安娜，他就感觉仿佛重获新生，简直不可思议，好像逃亡的这些年在他的生命里按下了暂停键，而如今他又能按下播放键了，好像那些年从来就没有发生过一样。

安娜的手开始向上移动，划过他胸膛的皮肤，让他一阵战栗。

"安娜。"他轻轻叫她。她没吭声，但是他能感觉到她在听，他知道她在听，在等待。他知道，她和自己感受到了同样的冲动、同样的吸引。

"我真的很想吻你。"

话一出口，他便感到难为情，他知道这话听起来就像砂纸擦在晒伤的皮肤上，突兀得很，可他似乎满脑子都想着自己和安娜的身体在哪些地方触碰到了彼此，根本想不出更巧妙的话术。

他屏住呼吸，等待着，等她说行——或者不行，或者直接跑掉。

她什么都没说。斯雷特的肌肉紧张起来，准备鼓起勇气向她道歉，可接着，安娜的手又开始动了。她的手拂过他的锁骨，掠过他的喉咙，直到托住他的下巴。他的眼睛已经适应了屋里的黑暗，于是能看见她正面朝着他，微微侧着头。他感到如释重负，心跳也恢复了，他把嘴唇贴了过去，轻轻地吻她。

他提醒自己，要轻，要温柔。他不想让她觉得自己太心急然后缩回去，接下来——

那是她的舌头吗？

斯雷特被她的举动惊呆了，猛地往后退了一下。

"怎么了？"安娜在他的耳边低声问道。她现在跟他贴得更紧了，她的胳膊已经不再是两人之间的屏障，而是主动拥着他。

"没事。"斯雷特说。他立刻咧嘴笑了，盼着她在昏暗的灯光下能看见自己的表情，接着，他又把头伏了下去。他还想吻她。

第二十五章　表面之下
Beneath the Surface

她吻了斯雷特。

呃，好吧，是他吻了她，但是反正都是一回事。他俩的嘴唇贴在一起接吻。他们的舌头也在某种程度上加入了这一行动。

安娜仰面躺在床上，听着身旁低沉缓慢的呼吸声。斯雷特侧躺着，下巴轻轻靠着她的肩膀。他的一只胳膊轻轻放在她的肚子上，搂着她。

运气不太好，因为她真的很想撒尿。

不过，她又不想吵醒他。现在还早得很，她感觉比自己平时上学起床的时间还要早，而且，他要是醒了，她又不知道自己该跟他说些什么。她已经想了好一会儿，可是什么也没想出来，所以，先把内急放在一边，她情愿再多忍一会儿。

"你醒了。"斯雷特打破了宁静，把安娜吓了一跳。她并没有注意到他的呼吸已经不再是原先那样轻柔的鼾声，午夜过后很久，她就是听着那个声音沉沉睡去，可是当她扭头看他时，斯雷特已经睁着清澈的灰眼睛，一点儿也不像睡意蒙眬的样子。

"嘿。"她跟他打招呼。她看出了他脸上的疲惫，便冲他笑笑，接着立刻开始搜肠刮肚想出来一大堆疲惫背后可能的原因，大部分都不是什么好事。她咬住嘴唇，不让自己随口说出什么愚蠢的话来，而是下定决心要让他主动。他得赶紧再说点儿什么，不过，因为沉默对她来说就是一种惩罚，只消五秒钟，她就会想方设法地打破沉默。

"你还好吗？"斯雷特终于开口了，他做了个鬼脸，"昨晚——"

"昨晚好极了，"安娜打断了他，"我的意思是，我觉得很好。"

藏着掖着就太孩子气了，不是吗？安娜索性厚着脸皮说了出来，大胆地迎着斯雷特的目光，他神情里的戒备渐渐消失了，取而代之的是如释重负。

"是的，很好。"他倚了过来，安娜一慌，以为他又要吻她——她已经忘了自己想去撒尿，她得刷牙！——不过，他只是把嘴唇在她的眉心轻轻一点，便起身下了床。

他的动静太大，床垫发出刺耳的声音，安娜紧紧抓住床垫，心想自己肯定要滚到地上去了。斯雷特惊恐地看了一眼，然后摇摇头。"这东西真是个安全隐患。"他嘟囔道，接着，他提高了一点儿音量，"我很快就回来。"

他一溜烟出去了，安娜听见浴室的门紧跟着关上了。

"该死！"她在心里骂，"插队！"

这张床是二手的，而且出厂价就不高。她小心翼翼地爬下来，开始整理床单。

她正在衣橱里翻来翻去，想找一身干净的衣服换上，这时，她听见浴室的门开了，紧接着又是另一扇门的声音。

"糟了！"她倒吸一口凉气，狂奔出去到了走廊上，眼前的场景似乎是双方互不相让。康纳和斯雷特面对面站着，两人的眼睛里都冒着怒火。安娜贴着墙过去，挤到他俩中间，背对着斯雷特，面朝着哥哥。

"康纳？"

"他在这儿干吗呢？衣服都没穿好！"康纳上前一步，他身上穿着一件已经洗得发白的涅槃乐队的 T 恤，两只手都握成了拳头。

"什么？"安娜摁住他，问道。

"他在这儿干什么，安娜？"

"他昨晚住在这儿。"她努力让自己的话听起来毫无邪念。

"这我看出来了。"康纳冷笑道。他又上前半步，于是安娜不得不仰着脖子看他，而与此同时，出于对康纳的敌意的回应，斯雷特也上前了一些，她的后背都能感觉到斯雷特身上的热气。她像一只矮矮的小猪，被堵在两人之间越来越窄的空当里。康纳的下一句话是隔着她的头顶说的："这儿没你的事。她对你来说，年纪太小了点儿，你也别癞蛤蟆想吃天鹅肉了。"斯雷特很大度地没有对他的攻击拍案而起，接着，康纳把视线从斯雷特身上移开，转而瞪着安娜，眼睛里喷出怒火。"你跟他睡觉了吗？"

"你说什么，康纳？"

"睡了没有，安娜？"

"不关你的事，还有，没睡！"

"那就好。"康纳愤愤地说，接着重新瞪着斯雷特，仿佛安娜已经成了空气，"滚。滚出我家，现在就滚。"

"康纳，别这样！"

"安娜想让我走的时候，我会走的，"斯雷特在他身后不温不火地说，"在那之前，我是不会走的。"

"休想，你现在就给我滚。"康纳顿了顿，接着，他气得语无伦次，"你穿的是我的运动裤吗？我得把它烧了！"

"康纳！"安娜推了哥哥一把，要求他注意听自己的话，"够了！斯雷特在这儿过夜是因为我一个人在家害怕。"

"别拿这个忽悠我，安娜。要是有事你可以给我打电话，但是你没打。"

"我跟你说过，康纳。你走之前我就告诉你了，可你还是走了。斯雷特过来陪我，等我准备睡觉了你还没回来，所以他才同意在这儿过夜。但我们仅仅是睡觉而已，康纳，所以别再扮演那个像保镖一样的大哥哥了！"

他们不仅仅是睡觉，但是安娜觉得现在没必要让康纳知道这些。或者，他永远也没必要知道。

"爸妈知道吗？"

又来了，他休想得逞。

"他们知道你昨晚去了达伦家，没管我吗？他们知道你半夜还没回来吗？"安娜回击道。

"这不是重点。"康纳不耐烦地说。

"不是？"

康纳没有回答，只是火冒三丈地戳在她面前。安娜能感觉到身后的斯雷特浑身的肌肉都绷紧了，要是康纳让矛盾升级，他立刻就会出手。安娜并不希望他动手，因为她基本上确定斯雷特跟杰克一样厉害，她可不想让他伤害她的哥哥，至少别伤得太重。

"别大惊小怪了，"她求他，"求你了。"

"我很不高兴，安娜。"康纳终于说。见他不打算告发自己，她这才舒了一口气。"过两天，咱们得再聊一次。"

"我等着呢。"安娜回答，她的声音里满是讽刺。

康纳哼了一声。他又恶狠狠地瞥了斯雷特一眼，故意撞在他的肩膀上，从他旁边挤了过去，然后进了浴室。二号插队选手。

该死。

"你要迟到了吧？"他在浴室门口站住了，问她。

"迟到？"安娜一脸茫然，"迟什么到？"

康纳白了她一眼："游泳比赛？"

上帝啊，游泳比赛！她忘得一干二净。

第二十六章　见鬼
Confronting Ghosts

嘉年华在小镇边上占了一片绿地，斯雷特走回去的时候，那里静得出奇。他认为是天气的缘故——雨很大，头顶上，难看的乌云不停地翻滚。雨刚下不久，不过看上去一时半会儿停不了。

运气不错。

斯雷特并不认为自己的好运能持续多久，因此他避开嘉年华的主要区域，而是在停得像迷宫一般的车辆中间绕着走。他在他们刚到这儿时丹尼尔停车的地方顿了一下。从那时到现在，一切都没有动过——在他们打包完毕，向下一个镇子进军之前，所有的车哪儿都不会去。

但是斯雷特不会走了。

过去的这几天，他在无意中已经做了决定。不论他最近的行为是否得到了宽恕，他和这班人马在一起的旅程都已经结束。实际上，他开始思考自己这种漂泊的生活方式是不是也该结束了。他觉得，要是自己能从幻境里保住性命，也许就该安顿下来。

他在脑海里回忆着一个又一个小镇的场景，把自己和这个团一起还有之前去过的无数地方分门别类。没什么特别的，没有哪个地方吸引他，除了……

也许应该选这儿。他想起安娜，她匆忙跑去参加游泳比赛时那副慌张的模样真是可爱。要是让他选一个地方定居——如果他能活得足够长、能有机会选的话——那么留在这儿，留在她所在的地方，有着绝对的吸引力。

他在倾盆大雨里站着，脸上带着傻笑，这时，卡车的角落里突然冒出一个人影。斯雷特立即转身，同时抬手护住自己，不过，从滴着水的帽檐下方抬眼看他的那张脸很面熟——是自己人。

"你回来了，"丹尼尔说，"我一直在帮你看着。"

"发生什么事了？"

丹尼尔的表情很严肃，甚至可能是满面愁容："有人找你。"

"什么？"有谁会来找斯雷特呢？他在这个镇子上唯一认识的人就是安娜，而他刚刚才从她家出来。况且，她要是想找他，可以给他打电话。

"嗯，有人找你。姑娘是昨天夜里来的，说要找你。"

姑娘？斯雷特皱起眉头，满脑子空白。

"她有没有说她叫什么名字？"

丹尼尔摇摇头："她不肯说。只说要见你，还说是很重要的事。"丹尼尔抬起手腕，夸张地看了一下手表。"我可不会让她一个人待太久。是个娇小的姑娘，还挺漂亮的。我送她去你的篷车等你，那时候杰克还在睡着，但他应该快起了。就算是特雷莎修女，我也不会让她单独跟杰克待在一起。"

丹尼尔的玩笑让斯雷特咧嘴一笑，可他心里仍然在想这个神秘的女人究竟会是谁呢？

"谢谢，丹尼尔。"他拍拍老人的胳膊，便迈开步子，想赶紧弄明白是谁找到了他，又是谁会想要找他。

虽然丹尼尔这么说，但是斯雷特的篷车里灯并没有亮着，说明杰克昨晚肯定喝高了。同时也说明来找斯雷特的这个人应该还没被他骚扰。这是好事，因为斯雷特能想到的仅有的人选就是安娜的两个朋友，而她俩年纪太小，杰克不太可能有多大兴趣。

不过，她们不会这么晚过来，或者，一直待到现在。

斯雷特抓住把手把门拉开，仍然想不出里面会是谁。他进去之前没打招呼，进去之后却有些失落，因为篷车里的客厅区域一眼望去空无一人。接着，斯雷特的折叠床上，一个人影从一堆毛毯后面坐了起来——

他便和一个鬼魂面对面了。

"瑞秋？"

"你好呀，斯雷特，好久不见。"

她抬手捋了捋浓密的鬈发，和斯雷特的记忆深处一样，她的头发还是乱蓬蓬的。

斯雷特并不奇怪丹尼尔看出了他俩长得很像，是一家人。瑞秋的头发和斯雷特一样乌黑，眉毛都粗粗的，很有棱角地横在眼睛上方。他们两个肤色都有点儿黄，都很瘦，特征很明显。

瑞秋的眼睛和斯雷特一样，都是暴风雨般的灰色——警觉地盯着他，斯雷特的心里瞬时百感交集：震惊、意外，还有内疚，始终是满满的内疚，不过，还有一丝温暖。瑞秋迟疑地冲他笑笑，斯雷特强迫自己也报以微笑。

"我相信五百年的时间可不短。"斯雷特哑着嗓子说。接着，他脑袋里唯一的念头脱口而出："你怎么还活着？"

"你是在开玩笑吗？"瑞秋瞪着他，她把被子甩到一旁，一个转身便坐在床边，不再像刚才那样半躺着。

"我——"斯雷特清了清嗓子，低头看着脚下的地面，然后又一次

228

迎着瑞秋咄咄逼人的目光，"因为问你怎么样、在做什么，好像有点儿不对。"

又是一声冷笑，但是这一次并不好笑。

"见到你真好，"斯雷特嘴上这么说，心里也是这么想的，"我很想你。"

瑞秋没有回答，她不必回答。她心里的想法都清清楚楚地刻在脸上，斯雷特一眼就看得出来。

"我知道，"他说，"我知道我走了，可是我不得不走。"

"你可以带我一起走的。"

斯雷特郑重地点点头，承认了这一点。

"你知道你把我丢在什么样的境况里吗？"

"对不起，瑞秋。"

"你以为道歉就能抹平一切？不可能。"她回击道，"你抛弃了我！"

"对不起。"悲哀的是，道歉根本无济于事，可是斯雷特不知道自己除了道歉还能说些什么，过去的事已经无法弥补，"后来，我的确想办法去找你了。我回来找你，可是你已经走了。"

瑞秋似乎并不买账，听他加了一句"你来这儿干什么？"她脸上的表情更难看了。

这句唐突的问话刚一出口，他就倒吸了一口凉气，可是现在已经收不回去了，而且，他的确也想听听她的回答。五百多年过去，他不相信她来只是为了跟他聊聊天。

"你觉得是为什么？"瑞秋回敬道，不过，她并没有给他机会回答，"那个幻觉。"

斯雷特浑身都僵住了。幻觉？她怎么会知道？瑞秋的功力从来没有达到——

"你看见了？"

"也就是每天晚上看见吧，天知道已经多少年了？"她反唇相讥，"我做了这个可怕的噩梦，我就站在那儿，一筹莫展，眼睁睁地看着你被淹死。"她胳膊交叉抱在胸前，噘着嘴，一副无动于衷的样子。

"对不起，"斯雷特喃喃地说，他低下头，躲开她愤怒的目光，"对不起，我的表现不太好，我只是……我没想到你会来。"

她冷笑一声："我猜到了。"

斯雷特忍不住了，他感觉愤怒和懊丧在身体里腾地起来了，他俩每次吵架都是这样。"那你一定很煎熬，"他气狠狠地说，"不得不这么眼睁睁地看着。"

瑞秋张开嘴巴，想说点儿难听的、残忍的话，可是接下来，她一定是明白了他的弦外之意，因为她的表情变得温和，她睁大眼睛，因为理解，还有悲伤。

"我讨厌这样。"她主动说，"我愿意放弃一切，只要能不用再听到你尖叫，听见你落水的声音，知道你再也上不来。"

斯雷特苦笑了一下，她温柔的语气和她声音里明显的痛让他也平静下来，但他仍然感到措手不及，不确定，不自在。她来找他，他为什么没有看见？

因为他不知道要去看，就是这个原因。

"你是怎么找到我的？"他问。他突然冒出一个奇怪的念头。"你一直在关注我吗？"

瑞秋冷笑一声，尽管在斯雷特看来，眼前的情形一点儿都不好笑。

"没。"她很肯定，她的语气先是觉得好笑，接着便化成了苦涩，让斯雷特感到不安，"要是我知道你在哪儿，我早就会计划这场重逢了。"

斯雷特的喉咙哽住了。"要是我知道你还活着，我会去找你的。"他说。他也不知道自己会怎么找，因为直到短短几天前，他的天赋始终在固执地拒绝回应他的呼唤，但他会想办法的。

瑞秋疲惫地冲他笑笑。她笑得很浅，而且须臾即逝，但是那笑容里含着第一丝真正的暖意。

"你是怎么找到我的？"他又问道。其实他可以问其他更得体的问题，可是所有那些问题都会引起凌乱的情绪，而他还没有准备好。

"我一直在做梦，"瑞秋承认了，"一闪而过的梦。很长时间以来，我一闭上眼睛，唯一看到的就是那个幻景，可是最近，我也不知道。我开始会零星地看见一眼你的模样。你没在做什么，只是在过你的日子。但这也足够让我知道是在这个小镇，于是我就过来了。我不知道你会不会在这儿，不知道我看到的那些画面是不是以前的，或者……或者是还没发生的，但我还是来了。等我看到嘉年华，就认出来是我梦里的样子，于是我就知道了。我知道我找到你了。"

"多长时间了？"斯雷特问。

"什么？"

"你说你只是最近才开始看见这些一闪而过的画面。"

"哦，"瑞秋做了个鬼脸，"几天吧。我想，应该不到一星期。"

"然后你就放下一切过来了？"

"如果是你看见我，你不会这样吗？"

他会的，斯雷特知道。可是，瑞秋的话里还含着点儿别的什么，她说出来的时候动来动去，一副心神不宁的样子。他应该漏掉了什么信息。

瑞秋站在那儿，下巴绷得紧紧的，然后开始踱来踱去。斯雷特几乎能看见她在思索头脑里冒出来的每一个念头，然后又打消了。他没有试图打断她，也没想去阻止她，尽管她被可笑地局限在篷车狭小的空间里，踩得地板不停地嘎吱作响，很可能会把杰克吵醒。

她终于站定了，又伸手拢了拢头发，手指头插在发卷里。

"我不是为这个来的，"她轻声说，"我不想吵架。"

"我也不想跟你吵架。"斯雷特回答。

"我只是……我需要一点儿时间，需要一点儿空间来思考。所有的这一切太不可思议了。我以为我准备好了，可是现在，看见你——"

"别走。"他向她伸出手，可她像一条惶恐的小狗，躲开了，"求你了，瑞秋。"

"我需要一点儿时间，"她重复道，"我不会……我哪儿也不会去的。我不会抛弃你。"

正如她所期待的那样，斯雷特畏缩了。

"留下吧。"他求她。

"我不——我不能。"她摇摇头，在某个可怕的瞬间，他以为她要哭起来，"我得走了。"

"等一下。"就在她要出门时，他伸手抓住她的胳膊，拉住了她。"你为什么来这儿，瑞秋？"他轻声问道，"你是想救我吗？"

她看着他。她那年轻的脸上没有皱纹，却有着与之不相称的成熟："我来救咱们俩。"

说完，她就走了。

第二十七章　北爱尔兰，1421 年

Northern Scotland, 1421

他偷了一匹马。那牲口在凹凸不平的泥路上飞奔时，肌肉就在他的屁股下面绷得紧紧的，有节奏地抽动着。之前短暂的寒冷天气把路上的坑坑洼洼和马车轧过的车辙都冻得硬邦邦的，简直就像钉子。如果他在思考什么问题，那他应该担心马被绊倒，摔断了腿，还有他的脖子。

不过，他并没在想什么。由于恐慌，他的大脑已经不转了，在他脑海里不停盘旋的只有一个念头：跑，快跑。在未来追上他之前，跑得远远的。

虽然并不是他自己迈着两条腿在路上狂奔，但斯雷特还是感到上气不接下气，肌肉也直打哆嗦。飞驰而过的空气不断地把他皮肤上由于紧张而喷涌出来的汗水吹干，可他仍然感觉衣服都湿透了，像石膏一样糊在身上。

他感觉自己仿佛溺水了。

亲爱的上帝，这是怎么回事？

斯雷特看见过一些事，也无数次听见命运之神在他的耳边窃窃私语，但他从来没有产生过幻觉，直到他一边喘着粗气，一边干呕着惊醒之前，他甚至都不知道那是幻觉。不，前一秒钟，他还坐在那里吃晚饭，想着要回房间去，下一秒钟，他已经在向下坠落。他砰地砸进水里，水花拍

打在他身上，然后将他整个吞噬。他被水流裹挟着翻来滚去，无法呼吸。斯雷特不禁打了个寒战，寻觅空气而不得的那种痛苦，他永远也忘不了。

只要他还活着，就永远也不想再经历一次。

在浓重的夜色里，斯雷特伏在马鞍上，催马跑得再快一点儿。

直到天边露出了鱼肚白，他才停下来。他在一块长满青草的土墩上仰面躺着，尽可能离水远远的，专心致志地感受着自己的呼吸，感受空气被吸进肺里，然后又被呼出来。神圣的空气，那是上帝的福泽。他慢慢回过神来，慢得让他痛苦万分。随着让他大脑一片空白的恐惧和慌张感逐渐消退，随着他的神志逐渐恢复，他开始意识到自己做了什么，丢下了什么。

丢下了谁。

第二十八章　沉到水底
Sinking

安娜的肺快要炸了，脑门上直冒汗。她的腿也酸得不听使唤了，因为她一路都是跑过来的。她在大门口停了一下，一边喘着粗气，一边把早餐——一根谷物棒——塞进嘴里。这一口有点儿大，于是她接下来不得不研究该怎么嚼，因为她喘得上气不接下气。

好在，没人看见她这副狼狈的模样。因为他们都在里面，在泳池里热身——她也应该在里面的。

安娜还在喘着粗气，刚刚硬吞下去的食物卡在喉咙里，她一把把门推开，冲到接待台前，啪的一下把季票摁在传感器上，她急得像热锅上的蚂蚁，等了足足三秒钟，机器才识别出她的卡，放她进去。绿灯终于亮了，安娜飞奔上楼，冲进更衣室。

这里并不安静。更衣室里挤满了已经做完热身的选手，他们正在擦干身子，准备穿上俱乐部的 T 恤和运动服。有一个男生胳膊上挂得满满当当，正手忙脚乱地想把东西放进柜子，安娜喊了一声"抱歉"，接着便啪地关上柜门，把他的地盘抢了，惊得他目瞪口呆。她用有史以来最快的速度换上泳衣，把硅胶泳帽使劲儿朝头上一套，然后匆匆忙忙把露在外面的碎发往里塞，弄得头皮一阵刺痛。

"你到底跑哪儿去了？"她还没到泳池，半路上就撞见了教练。他的脸红通通的，因为泳池这里的温度很高，非常闷热，被他身上那件醒目的艳红色俱乐部队服一衬，更是红得吓人。安娜从他的目光看得出来，他的脸红还有另一个原因：愤怒。

"对不起，"她喘着粗气，"我的闹钟没响。"

谎言轻而易举就从她嘴里说了出来，但是教练似乎并不买账，或者，他似乎并不相信。

"赶快进去，"他低声吼道，"你的时间只够放松了。"

他转身背对着她，气冲冲地往看台上其他队员集合的地方走，安娜赶紧溜进最近的一条泳道。水让她烧得通红的脸凉爽下来，但是对她身体里的感受并没有起到什么作用，她又愧又窘，刚才匆忙吞下去的早餐也在胃里翻腾，难受极了。

破天荒地，水让安娜感到陌生起来。她伸出去的手指感到笨拙，身体也非常别扭，在其他选手游出来的波浪里晃来晃去。她坚持游着，想等自己的呼吸均匀下来，等肌肉回忆起水流的感觉，可是，还没来得及等到那一刻，刺耳的哨声响起，标志着这一环节已经结束。

安娜感觉浑身僵硬，烦躁得很，她从浅水区爬上来，用毛巾把身子擦干。她刚把俱乐部的 T 恤套到脖子上，就听到一个熟悉而又不太高兴的声音在说："好家伙，你在这儿呢！"

贾站在她身后，身上已经穿着泳队的运动服，头发半干，双手抄在屁股上。

"我知道！我知道！"安娜摘下泳镜和帽子，用毛巾擦着头发，"教练已经对我吹胡子瞪眼了，你就不用这样了。"

"对哦，好吧。"贾一个转身，气鼓鼓地走了，安娜一头雾水地瞪着她的背影。

其他队员在泳池边上占了整整一排座位，安娜过去之后并没有机会跟贾说话，问她为什么会有如此怪异的行为，因为她的朋友故意坐在队伍中间，还选了紧挨着教练的座位，安娜可不想再去听他尖酸刻薄的责骂。

安娜在队伍边上最矮的那排找了个位子坐下，耷拉着肩膀，竭力不让自己感觉像被抛弃了一样。这种感觉糟透了，她可不喜欢。她一只手托着下巴，等待第一个项目开始。她扫视了一圈楼上的观众席，很想能看见斯雷特的影子一眼。他不在——她早该知道他不会在。在她手忙脚乱地准备出门时，斯雷特告诉她，他要回嘉年华办点儿事。他没有细说，安娜当时也没空细问。

她可以给他发短信，但是教练有规定，比赛期间不允许用手机，所以她至少得等到开头的环节结束。安娜叹了口气。今天上午会很难熬。

贾还是对她很冷淡。她气呼呼地过去参加50米仰泳时，安娜轻轻对她说"祝你好运"，她连理都没理。虽然受了冷落，安娜还是和其他队员一起来到泳池边，为朋友呐喊助威——贾赢了，大家一起欢呼起来。

"六分！"其中一个年纪小一点儿的男生尖叫起来，"那我们就是第二名了！"

看台上情绪高涨，可是安娜感觉自己像个局外人。她回到座位上，远离大部队，有点儿孤零零的。1500米自由泳公开赛开始了，她闷闷不乐地盯着一漾一漾的水面发呆，感觉这个项目无比漫长，总也结束不了。早上赶过来的慌张和与康纳争执的难堪场面让她心烦意乱，也让她想起昨晚和斯雷特在一起的情景，那些画面不知怎么变了味儿，于是安娜一想起自己和斯雷特的那些轻柔的吻还有他的胸膛在自己手心下面的温度就浑身焦躁。她满脑子都是刚刚过去的十二小时，又满脑子都在让自己不要去想，以至于连贾坐到她旁边来，她都没注意。贾已经换了一套新的泳衣，重新穿上了俱乐部的运动服，准备参加下一个项目。至少，在贾开口说话之前，安娜都没注意到她。

"我昨晚给你发了无数条短信，"贾顿了顿，"还有今天上午。"

安娜扭头看着自己的朋友，注意到她嘴唇紧闭，眉头紧锁，眼圈也红红的，不像单纯是因为泳池里氯气含量太高。

"对不起，"她说，"我看见了。我只是没机会回你。"她苦笑了一下，"或者说，我都没机会仔细看。"

贾别过脸去，盯着泳池里的选手。他们正一上一下奋力划着，每一下都划得很远，这种流畅的动作是专门设计的，有助于他们坚持游完这个距离最长的项目。

"对不起。"安娜又说了一遍。她努力让自己不要拉下脸来，可是贾有点儿小题大做了。不过是几条短信而已，而且应该也不是什么重要的事，八成就是作业什么的。

不过，贾也不像是为一点儿小事就勃然大怒的人。

"你还好吧？"

贾没有立刻回答，安娜以为她又不理自己了。她刚想大声哑哑嘴，或是换一个位子，这时，贾扭头望着她，安娜看见她的眼里含着泪水。

"不好，"她的声音有些沙哑，"其实并不好。"

"怎么了？是你爸妈吗？是家里发生了什么事吗？"

贾摇摇头，一滴眼泪夺眶而出。

"你跟吉玛吵架了？"吉玛也给安娜发了一条短信，她也没来得及看。

"不是。"贾哽咽道。

哦。

"是……达伦？"

贾眨眨眼睛，抽抽鼻子……接着，她的脸哭丧起来。

"我——我觉得他有别人了。"她结结巴巴地说。

"什么？你为什么这样想？"安娜吃了一惊，笨手笨脚地伸出一只胳膊把贾搂住，帮她挡着脸，不让队里的其他人看见。尽管如此，看台周围还是传来了窃窃私语的"贾哭了"。安娜扭头狠狠瞪了声音最大的那人一眼，让她不敢继续八卦。

"他昨晚应该跟我出去的，"贾又开口了，于是安娜的注意力重新回到这位明显已经心如刀绞的朋友身上，"然后他突然给我发短信，说他有事去不了了。"

"说不定他真的是临时有事。"安娜安慰她，"他跟没跟你说是什么事？"

她不明白贾为什么愤愤不平地白了自己一眼，直到贾回答："他说他要跟康纳出去。"贾的声音里有一种不太好听的苦楚，安娜忍不住感觉是针对她的。她本能地想要辩解，但是忍住了，接着，贾一边摇头一边说："可是他俩都好久不在一起了，所以我知道他在撒谎。我一向他提出这个问题，达伦就变得不可理喻，然后我就给你发短信想要对证——"她狠狠地瞪了安娜一眼，满眼都是责备，"可是你没回。"贾响亮地吸了吸鼻子。"他是跟别的女生出去了，我就知道。我敢肯定是他们年级的女生。他的朋友总是拿我俩的年龄差来笑话他——"

"康纳昨晚是跟他在一起。"安娜插了一句。

"什么？"贾眨眨眼睛，"是吗？"她的眼睛里燃起了一丝希望，"你确定？"

"康纳跟我是这么说的。他本来应该在家陪我的，但是把我一个人丢在家里。他说他要去达伦家，我信他了。"

康纳脸上愤怒的表情，还有他声音里传达出来的他所受到的伤害，都让安娜无法怀疑。

"真的吗？"

"真的，是真的。"安娜凝视着自己的朋友，她看出贾仍然是一脸错愕，但是其中也含着一种渴望，甚至都没有试图去掩盖，"你真的很喜欢他，是吧？"

"是的，"贾小声说，"是的，我——"她在座位上动了动，羞涩地垂下眼睛，"我觉得我爱他。我是说，我们还没有对彼此说过什么，也没有做过什么，但是，我爱他。"

"那太好了。"安娜从心底里为她高兴。

贾先是眉开眼笑，接着又变得严肃起来："不过，这事很复杂。他的朋友确实会笑话他，因为我年纪小，而且我父母也担心这个年龄差。其实我自己压根儿没注意。你知道吗？我们在一起的时候，他就是达伦，我就是贾。"

安娜的笑容变得苦涩。要是她和斯雷特的关系——不管能不能称之为"关系"——有那么"复杂"，就好了。

"会好的。"她在对贾说，也是对自己说。

贾开心地笑了。

"我要给他发条短信。"她突然说。她狡猾地扭头，飞快地看了一眼，教练正跟一位即将参赛的选手聊得热乎。"陪我去趟厕所，咱们从储物柜那儿走一下？"

"不行，"安娜说，"再过几分钟就到我了。而且，我今天可不想再惹教练生气。"

"也是。"贾做了个鬼脸，"你说得对，你可不能去。"

"是啊，就是。"安娜微微耸耸肩，不过，这一回被提醒自己现在这样完全是由于教练的慷慨，不像每次那样让她感到刺痛。她不想跟贾一起去的真实原因，是怕自己会经受不住诱惑，抓起手机也给斯雷特发短信，让他觉得自己就像某些烦人的少女，离开他四个小时都受不了。想到这里，她苦笑了一下，贾现在不就是这样吗？

"行，好吧，轮到你之前我一定回来给你加油。"贾最后一次小心翼翼地瞄了一眼教练，然后一骨碌从座位上跳下来，朝更衣室奔去。

安娜刚有机会喘一口气，教练的手已经落在她的肩膀上，下一秒钟，他已经在她旁边坐下了。

"准备好了吗？"教练的眉头习惯性地锁着，问道，"叫埃文代尔的那个女生，最近几个星期进步真的很大，上次比赛几乎赶上你了。不能自满啊，安娜。现在，你要……"

教练在做她的赛前动员，安娜顺从地点头。她拼命想让自己全神贯注地听，又是深呼吸，又是回味自己只差一场就赢了本赛季所有蝶泳项目时的那种状态，可是平静和沉着的感觉就是不肯出现。相反，她的心怦怦直跳，她感觉自己在抢夺空气，可是却没能正儿八经地呼吸到一口。

她晕晕乎乎地从泳池边上过去，突然间发现自己已经和参加这个项目的其他选手一起坐在了裁判旁边。接着她又站到了起跑器后面，可是感觉身体好像不是自己的。在荧光灯的照耀下，水面波光粼粼，泛着涟漪，在她的眼前伸展开去。

"打起精神来，安娜。"她对自己嘟囔了一句。

"什么？你说什么了吗？"负责她那条泳道的官员诧异地看着她。

"没有。我很好。"安娜不再说话，把脑门上挂着的泳镜拉下来，卡住眼眶，确保水进不去。没有什么比瞎着眼睛比赛更可怕的了，水会在这密闭的空间里晃来晃去，辣得她眼睛疼。

第一声哨响了，她在起跑器后面站好，一只脚踩在粗糙的表面上。第二声哨响，她单脚跳起，最后一次坚定地遥望泳池最远的地方，然后便俯下身子，直到手指抓住起跑器的边缘，双腿弯曲，准备能量迸发的一刹那。

"各就各位。"发令员喊道。安娜的肌肉紧张起来，手也抓得更紧了。

电子枪的声音短促而又响亮，她往前一跳，划入水面，就像一把滚热的刀切在黄油上……可是，刚一进入水里，一切都不对劲儿了。

她感到很笨重，胳膊甩出水面的每一下都很费劲儿。而且，她的身子也漂不起来，高度几乎只够用嘴呼吸。水就像空气一样从她的指缝间溜走。她用余光看到两边的选手都游到了自己前头，她们拍打出来的水花时高时低，几乎要把她沉下去。

安娜拼命踩水，想让自己浮上去，想要深吸一口气，可是吸进来的却是一大口水。

她被呛住了，肺也痉挛起来。她的泳镜依然清晰，里面并没有雾气，也没有水来遮挡她的视线，可她什么也看不见，她仿佛陷入了无边的黑暗。水凉冰冰的，比正常状态下要冷得多，而且似乎在她周围形成了漩涡，裹挟着她，把她往深处卷，越卷越深，直到池底……

她溺水了。安娜惊讶地意识到这一点，更慌张了，慌到她以为自己会尖叫——要是她还有一口气，还能叫出声的话。她在往下沉，汹涌的水流在她的耳边轰隆作响。在这黑乎乎、空荡荡的水里，她不停地沉下去，再沉下去，这样她会死的。

她要死了。

这个念头刚从安娜的脑袋里冒出来，她就撞上了一个硬邦邦的东西。

她的胳膊疼得动弹不得，头也猛地撞在一堵墙上。

墙。

她沉到池底了。她重新浮起来的时候，朝泳池边上迅速瞄了一眼，然后才转身往前游。教练站在那儿，气冲冲地朝她喊。谢天谢地，她听不见他喊的是什么。

面对一望无际的水面，她又沉了下去。突然间，泳池上方的灯光，旁边人群的加油呐喊声，还有恒温泳池的热气闯进了她的大脑，她猛吸一口气，感觉四肢终于恢复了知觉。

她在比赛。她在比赛，她得动起来。出于本能的反应，安娜从池底弹起来开始踩水，她的胳膊——现在更沉重，也更无力了——从她的身体下方划出水面，然后又向上抬起，向前伸开。接下来往下划水时，她的头抬了起来，吸入了比实际需要的更多的氧气，还扫了一眼其他选手。

她垫底。

而且，泳池不过五十米，她已经无力回天了。

疼痛和针扎一般的麻木感让她的四肢软绵绵的，但她还是一头扎下去，强迫自己咬牙坚持。她的肺里火辣辣地疼，需要她每划一下都起来呼吸一次，但她并没有这么做，而是定下一个节奏，每划三次才抬头呼吸。她从来没有游得这么拼命——她要追上她们了。她是全区最好的选手，她只需要再多一点儿时间，再远一点儿的距离……

池壁来得太快。安娜第二次撞上了绑在泳池两端的电子计时板，她知道，尽管她已经竭尽全力，但还是不尽如人意。她靠在那儿停了几秒，只顾大口喘着粗气，接着，她绷紧肌肉，一个转身，去看成绩公告板——第二名，比她的个人最好成绩慢了整整三秒钟，更糟糕的是，打败她的就是那个叫埃文代尔的女生，那娘们儿整个赛季都瞄着她，此刻正笑嘻嘻地冲她龇牙咧嘴，一脸的得意。

"游得不错，"她一边说，一边摘下泳帽，撒下一头瀑布般的金发。

"是啊。嗯。"安娜咬紧牙关，"干得漂亮。"

安娜转身过去背对着她，躲到泳道之间的绳索下面，一直触到台阶。她起身时，胳膊不停地颤抖，她都不确定自己的两条腿还能不能撑得住身体。其他选手排队离开，而她则靠在旁观席下方铺着瓷砖的池壁上，竭力让自己保持镇定。

到底发生了什么？她在泳池里，在参加比赛，然后……她又没在这里。她在别处，在某个又黑、又冷、又可怕的地方，就像——可是，那不可能。安娜摇摇头，打消了这个念头。她又不是斯雷特，她不会产生幻觉。她只是一时恍惚分散了注意力，仅此而已。

只有这一种合理的解释。可即便她这么想，她也知道这不是事实。

她的身子还不太稳，可是工作人员和志愿者们关切的表情促使她赶快回到看台上自己的队伍里。她每一步都摇摇晃晃的，两腿发软——是因为惊恐，而不是因为刚才太用力，尽管她的确费了太多的力气。第二段时，她把全身的力气都使出来了，她拼命想要迎头赶上，可还是未能如愿。

教练站在看台旁边，两只手抄在屁股上，一脸的怒气，他看见她，便忙不迭地指出了这一点。

"到底是怎么回事？你第一段是睡着了吗？"

"我的泳镜进水了。"安娜小声嘟囔，目光死死地盯着地面。

"转身的时候融化了，是吧？真是怪了，你都那样碰到池底了，他们居然还没取消你的资格。你能双手触地，纯粹是走了狗屎运。"

"对不起。"

教练深吸了一口气。安娜壮着胆子抬头看他，以为最糟糕的已经结束。

可是并没有。

"我看你就没把心思放在比赛上，安娜。接力赛你就不要上了，让费依顶替你。"

"什么？不行！我可以的，我能做到。我可以的！"

"就这么定了，安娜。今天没你的事了，换衣服去吧。"

安娜感到眼泪就要夺眶而出，赶紧向更衣室奔去，赶在第一滴泪水滑落之前把自己锁进一个隔间里。她用毛巾擦干身子穿上衣服，动作笨拙而僵硬。被氯水泡过的头发乱成一团，不过，她之后会洗的。她无法忍受站在淋浴房里被人看见，因为淋浴房正好对着整个泳池，她只想赶紧离开这儿。

她在镜子旁边把乱蓬蓬的头发绑到一起，这样她至少在回家路上还能见人，这时，贾过来了。

"你没事吧？"贾问道，"教练真是太小气了。你差点儿就能追上第一那个女生了，就差几米。"

"可是没有那几米了，不是吗？"安娜不耐烦地回了一句。她看见朋友脸上受伤的表情，便深吸一口气，抑制住自己的愤怒。"对不起，我只是……"

"没事。"贾立刻说。她看见安娜已经套上牛仔裤，外套也披在肩上。"你不准备回去看到比赛结束吗？"她顿了顿，又说，"我觉得教练会希望你这么做。"

"看着费依在接力赛里把我那一棒搞砸吗？不用了，谢谢。"

安娜一点儿也不想看到那一幕……而她同时热切地想去见另外一个

人——斯雷特。她需要见他，跟他说说话。看看他能否解释刚才在泳池里发生的怪事，刚才她突然什么都看不见了，也搞不清自己在哪儿——比赛当然也输了。

"我回头给你发短信。"安娜一边对贾说着，一边已经转头向更衣室的门口逃也似的走去，"祝你在接力赛里表现出色。我希望你们能赢……不过，仅仅是因为你的最后一棒特别棒，把费依落后的那一程追了回来，因为她实在是太烂了。"

贾的笑声追着她出了门。

第二十九章　对峙
Confrontations

安娜并没有回家，她压根儿就没打算回去。她去找他了。

斯雷特。

她想告诉他刚才在泳池里发生的事，看看他能不能理解，看看他会不会知道发生了什么。可是，还有一点，她就是想要见他。一方面，想起昨天夜里的事，她感到又羞又窘……另一方面，她又更加希望他也想和自己有更多亲密的接触。

今天的空气湿乎乎的。安娜走进嘉年华的营地，工人们戴着风帽，裹着厚厚的外套缩成一团，正开始做下午开门营业前的准备。她从他们身旁绕过去，心里的兴奋黯淡了一些。她尽量避免和他们的目光交会，可她还是偷偷瞄着经过的每一个人。她可不想跟杰克迎头撞上，尤其是在前面的事发生之后。

她来到嘉年华后面的篷车区域，没看见他——经常有工人停下手中的活计，好奇地看她两眼，但也没有任何人阻拦她。她径直朝斯雷特的篷车走去，中间的活动区域现在显然是一片泥泞，让人不忍直视。她穿过去，看见门开了，仿佛在迎接她。由于门的角度，她在外面看不见斯雷特，不过她深吸一口气，笑容已经挂在脸上，准备叫他。

只是，里面的人不是他。

一个女生从台阶上跑下来,迈着轻快的步子开始往外走,背对着安娜。看到这一幕,安娜肺里的空气都凝固了。

她的脑袋乱成一团,她对自己说,杰克,她刚才肯定是跟杰克在一起。可是追在她后面跳下篷车的,是斯雷特。他追着她跑过草地,一直追到伸手能触碰到她,抓住她的胳膊。他说了一句什么,安娜看见那个女生摇了摇头,接着便温柔而坚定地甩掉了他的手。她伸手摸了摸他的脸颊,那动作哀婉而又充满爱意,然后又转身走了。这一回,斯雷特没有再追过去,只是目送着她离开。

安娜站在那儿,两条腿仿佛灌了铅,眼睁睁地望着他。

她该走了。她应该转身回家,可是,她仿佛被钉子钉在那儿,于是,当斯雷特转身回车里去时,她依然在那儿站着,微微张着嘴巴,好像一条呆掉的凤尾鱼。他没看见安娜。

门刚砰地关上,那个女生——不管她是谁——便站住了。她回头望着篷车,脸上的表情……很矛盾、很挣扎。

那个眼神里含着内疚,让安娜动了起来。那个女生又迈开了步子,安娜感到自己摇摇晃晃、笨手笨脚,但还是快步追了过去。跟踪她很容易,她低着头,似乎对周遭的一切并无察觉,她的脚步也很慢,几乎有点儿不情愿的样子,仿佛在和刚才吸引她回去的那块磁铁做斗争。

斯雷特,他就是那块磁铁。

这个女生是谁?肯定是他的女朋友。而这让安娜感觉自己像个白痴。从一开始,她就好奇斯雷特为什么会对她这么感兴趣。接着,等到关于幻觉的真相大白,她以为自己找到了答案——直到他向她证明,她错了。直到他向她证明他俩之间有一些特殊的东西。

上帝啊,她真笨。斯雷特一定从头到尾都在嘲笑她,笑她多么好骗、多么天真。她想起昨天夜里的情景，想起自己吻他，紧紧地靠着他，只想赶紧缩成一团，尴尬地死掉。

现在，一切都能解释得通了……除了那个小小的眼神。那个眼神是那么不同寻常，安娜无法解读，也正因为如此，她跟上了那个女孩，而没有回篷车去和斯雷特对峙。

一直到了桥上，等到安娜根本无处可去，也无处可藏时，那个女生才转过身来，面对着她。安娜还在费劲儿地跟着她磨磨蹭蹭的步子，这下子被抓了个正着。两人离得很近，安娜听见她用低沉的声音问："你跟着我干什么？"

她甚至都没给安娜机会回答，便眯起眼睛怒吼一声："说你呢！"

"我……什么？"安娜本想结结巴巴地道歉，可是那个女生脸上的表情，还有她的声音，都让她把话又咽了回去。

那姑娘走近了一些，近到安娜能看见她眼神里的怒火，还有决心。

"离恩尼斯远点儿。"

"我没——"安娜刚要分辩，可又不知道自己到底想说什么，"你是说斯雷特？"

他昨晚告诉了她他的真名，可是，听见有人这样叫他，还是感觉怪怪的。

"斯雷特。"那姑娘讥讽地笑了。她轻蔑地摇摇头，然后死死地盯着安娜。"别给我捣乱，"她警告道，接着，她又隐晦地加了一句，"我需要这样做，我不会允许你坏我的事。"

"我不明白你是什么意思。"安娜一脸的无助。

那个女生并没有解释，只是冷笑了一下。她抿着嘴，把安娜上上下下打量了一番，让安娜感觉自己就像显微镜下的一条小虫——一条没能通过检测的虫子。

"我不知道他从你身上看到了什么，"那个女生冷冷地回答，"你只是个小姑娘。"

安娜被激怒了。刚才她被这个女生的突然袭击搞得措手不及，可是现在，惊诧已经迅速被愤怒所取代。

"你看，"她说，"我不认识你——"

"是啊，你不认识我。"那个女生的眼里直冒火，"你不知道你心爱的斯雷特——"说到这个名字，她嗤笑了一下，"他和我是什么关系。你什么都不知道。"安娜的怒火刚才来得很快，现在同样飞快地平息下来，她发现取而代之的是某种更柔软的东西，更像是面前这个姑娘刚才回头去看斯雷特篷车时的那个眼神，让她为之动容。"我不喜欢这样，"她说，"但是，我必须得这么做。总而言之，这件事得完成。"她又上前一步，确保安娜在全神贯注地听着。"所以，别给我捣乱。"

安娜一头雾水，她目送那个女生离开，今天的一系列事件让她的心灵很受伤。她依然没有找到答案，而且比之前更加摸不着头脑。她心里有一个小小的、怀着希望的声音在催她回嘉年华去，去和斯雷特谈谈，把她的问题提出来，然后相信他的回答。

然而，她身体里的另一个声音在让那个小小的声音闭嘴。

她回家了。她想洗个澡，把今天上午那场糟糕透顶的比赛从头发上洗掉，她想坐在床上，重温昨天夜里的情景。她怀疑自己实际会做的，是把冰箱里所有的垃圾食品都拿出来，大吃一顿。

不过，等她踏上家门口的车道，才意识到自己想要静一静的愿望破灭了。父母的车停在那儿，他们已经从婚礼上回来了。她开门时听见康纳低沉的声音，于是反应过来大家都在。哦，好吧，也许她可以偷偷溜回房间，忘掉冰箱里的零食，还有，她的肚子咕咕叫了，仿佛在提醒她，她还没吃午饭呢。

这点小小的愿望也迅速破灭了。

"安娜，请你过来一下好吗？"

妈妈的语气还算和蔼，不过安娜感觉到了令人不安的苗头，尤其是接下来爸爸轻声说："康纳，你回房间去。"

康纳抗议起来，不过妈妈解决了这个问题，她坚定地说："我觉得他应该留在这儿。"

安娜感觉自己就像监狱里的死囚，正走向执行死刑的电椅——尽管她完全不知道自己为什么要被处死——安娜慢吞吞地走进厨房，另外三人都在那儿。

"什么事？"她问，"出什么事了？"她的脑袋里突然冒出一个可怕的念头，"是外婆出什么事了吗？"

"外婆很好。"妈妈安慰她，可是安娜并没有得到安慰，因为妈妈接着又说，"我们关心的是你。"

妈妈坐在桌子旁边，表情很严肃，爸爸则站在水池边上，胳膊抱在胸前，眉头紧锁。不过，安娜的注意力集中在康纳身上。他靠着厨房的台面，似乎对眼前的场景很得意。"你说什么了？"她问他。

"别怪你哥哥！"妈妈说，"他做得对。"

"对？"

"安娜。"爸爸用警告的语气低声叫她。

她咬紧牙关，努力压住涌上来的怒火，今天的倒霉事接二连三，此刻她最不需要的就是这样的场面了。

"你哥哥是担心你。"妈妈接着说。安娜只想歇斯底里地哈哈大笑，好不容易才忍住。她强迫自己一言不发。"我不得不说，从他告诉我们的情况来看，他的担心是有道理的。"妈妈摆弄着面前桌子上的茶杯，但是并没有喝，相反，她用母亲特有的眼神盯着安娜。"是真的吗？你有男朋友了？"

"没有。"安娜没好气地回答。

妈妈瞥了一眼康纳，他一脸的愤怒。"那你说，这算什么，嗯？"他咬牙切齿地问。

"不关你的事！"

"安娜！"这一回，爸爸的声音更像是在吼了。安娜闭上嘴巴，不过仍然瞪着哥哥。她不敢相信他居然会告她的状，亏她还为他保守了那么多秘密。好吧，她再也不会帮他了。

"好了，好了。"妈妈摆摆手，想要平息兄妹之间的紧张态势。她站起身，挡住安娜的视线，让她看不见康纳，巧妙地把她的注意力转移到自己身上。"康纳告诉我们，你和来镇上巡演的一个男孩子走得很近。他叫斯雷特，是吗？"她回头向康纳求证，康纳忙不迭地狠狠点头。

"就是这个问题吗？"安娜尖锐地反问，"要是跟我在一起的是达伦，还会有这场全家出动的干预吗？"

"问题不是这个。"妈妈耐心地回答。

"问题是这小子在这儿过夜了！"爸爸爆发了，"而且是在你的床上！"

屋里陷入了沉默，妈妈叹气的声音显得格外刺耳。她闭上眼睛，用鼻子深吸了一口气。显然，这次谈话没有按她设想的方式进行。不过，隐藏在沮丧背后的，是失望。等她重新睁开眼睛注视着安娜时，这一点已经很明了了。她很失望。

安娜坐立不安，不知所措。她想道歉，想逃走，想躲起来，不想继续这个话题。（性！爸爸妈妈说的是性！）还有，哥哥居然这样在背后给她捅刀子，她杀他的心都有了。

"什么也没发生。"她咬着牙说。她朝边上晃了一下，于是又一次看见康纳得意的表情。"我邀请他过来，是因为我一个人在家害怕——因为康纳走了！"

让安娜气恼的是，这番话并没有产生她所希望的效果，康纳的表情更惹人厌了，但他并没有畏缩，也毫无内疚之色，而爸爸妈妈也没有喊一声"什么？"或是"康纳！"……看来，他们已经知道了。

"不，安娜，"妈妈一边摇头一边说，"这并不能成为你的理由。你可以给我们打电话，我们会让康纳回家，或者你也可以邀请贾或者吉玛过来，或者去她家。可是你选择了利用我们对你的信任。没错，你的确利用了这一点。"安娜想要插嘴，妈妈继续说，"你知道的，我们从来也没有允许过你跟男生单独待在一起。"

"而且是在你的房间！"爸爸咆哮起来。安娜小心翼翼地看了他一眼。一直是妈妈在说话，可是安娜现在开始怀疑，那是因为爸爸气坏了，妈妈怕他会大发雷霆。乍一看去，他似乎漫不经心地站在那里，靠在水池边上，胳膊交叉抱在胸前，可是，胳膊尽头的手紧紧握成了拳头，紧得连手上的关节都发白了。他似乎在竭力克制胸中的怒火，所以才会短暂而又激烈地爆发。

"康纳有没有告诉你们，他还做了什么？"安娜问道。

这句话让康纳警觉起来，不过妈妈似乎并没有在意。

"别转移话题，安娜。我们在说你呢。你伤害了我们的信任，你没有遵守我们的家规——"

"我们并没有关于男生在这儿过夜的规矩啊。"安娜抗议道。

"那是因为我们默认这压根儿就不用说。"妈妈立刻反驳，她的语气里第一次流露出愤怒，"安娜，你被禁足了！"

安娜本能的反应是说这样不公平，但她咽了回去。反抗也没有用……可是她不能被禁足，不能被困在家里。现在不行！

因为康纳的未来仍然悬而未决。

而且斯雷特在这儿待不了多久。

……不过，想到斯雷特，今天下午看见他和那个神秘女孩在一起之后，安娜对他又感觉不确定了，她有了戒心。不过，禁足将使她几乎不可能探明真相。

"多长时间？"她用沙哑的声音问。

她为自己祈祷，心里想着一天，最多两天。

"我不知道。"妈妈严厉地说，"我现在想的是永远。当然，至少这一周是肯定的。"

"妈！"

"安娜，行了，这是你自找的。还有，你也不用这么得意，"妈妈一边说，一边扭头犀利地看了康纳一眼，"你今晚哪儿也别想去。作为对昨晚的补偿。你应该在家的，要是你在，这件事就不会发生。"

康纳的表情非常生气，他咳了一声，急得语无伦次，但是安娜一点儿也高兴不起来。她唯一觉得安慰的，就是康纳不能出去做蠢事了——比如，被人刺伤！——要是他像她一样被关在家里的话，至少，今晚是安全的。

太不公平了。

"为什么我要禁足一星期，而他只有一个晚上？"

"别跟我争论，安娜，否则就改成两个星期。"

"这不公平！"

"我根本就不应该被禁足，"康纳恨恨地说，"我都快十八岁了！"

"够了！"爸爸吼了一声，他俩都安静下来，"你们真是不懂事，你俩都是！我们为了养活你们，忙得累死累活，还不是为了让你们的日子更好吗？行了吗？"

大家都不吭声了。安娜羞愧地盯着地板。

"你俩走吧，别让我看见你们。"妈妈疲惫地摇摇头，最后又说，"回房间去。晚饭好了，我会叫你们下来的。"

一开始，安娜没动，她在心里挣扎着，想着要不要再去争论一番，试着哄哄父母开心，减轻对她的惩罚。可是康纳立刻从台面上跳下来，大步流星地从她旁边经过，使劲儿推着她走到门厅。她只好迈开了步子。她跟在他后面爬上楼梯，在最上面一层追上了他。

"真谢谢你！"她压低嗓音，厉声说，"你干吗非得这样？"

"你不应该跟他那样的人在一起。"康纳回敬道，"我是在帮你。"

"对。"安娜讥讽道，"因为你是这样一个无私有爱的哥哥。你还是关心关心你自己吧，康纳。"

"我还能说什么？他们发现我在达伦家了——"

"哦，原来如此！你自己被抓到了，所以就把我往火坑里推！"

他还算有些风度，似乎有些难为情，但是并没有道歉。

"见鬼去吧，康纳。你就是个浑蛋。"

"回——房——间——去！"听见爸爸在楼下的怒吼，他们立刻散了，不过在那之前，安娜又狠狠地瞪了康纳一眼。

"浑蛋！"她压低声音吼道，接着便一把推开房门，气鼓鼓地进去了。

她扑倒在床上，又羞，又气，又委屈。今天真是有史以来最倒霉的一天，可是还没结束。

第三十章　翻旧账

A Reckoning

斯雷特手中的刀戳进盘子上那块肉最厚的部分。鲜血涌了出来，漫过整个盘子，一直流到他堆在薯条旁边的红得更艳的番茄酱旁边才停住。

"好吃吗？"瑞秋问。

很硬，而且没熟，像铅一样堆在斯雷特的胃里，他努力吞下的每一口都让他感觉要被噎住。

"很好。"他轻声说，"你的呢？"

"很好。"

两人陷入了令人尴尬不安的沉默。

即便这样的沉默让瑞秋感到烦恼，她也没有表现出来。她一小口一小口文雅地吃着自己的三文鱼，表情很平静、很镇定。

呃，不过，斯雷特的心里并不踏实。五百多年过去了，难道他们彼此无话可说？他们有无数的回忆、无数的人、无数的地方，还有无数生活的点滴可以分享。可是他们没有这么做。因为，其实他们真正要谈的只有一件事——而他俩都还没有做好准备，暂时没有。

不想在两人之间有片刻宁静的时候谈。

"我很高兴咱们能像现在这样。"他说。

"吃饭？"

"聊天。"斯雷特纠正道，他努力让自己不要因为瑞秋的讥讽而生气。尽管，说句公道话，他们并没有聊什么。

瑞秋又吃了一口鱼，然后放下手中的银质餐具。

"我也是。"她轻声说，声音里的那丝嘲讽已经不见了，"我今天上午不应该那样走掉。我不是有意的，我只是——"她把话咽了下去，"我知道自己重新见到你会情绪激动，但是我以为我能处理好的。我没想到情绪会这么激烈。"她挤出一点儿笑容，"我真蠢。"

"我觉得我俩处理得都不太好。"

"嗯。"她表示赞同，一丝发自内心的幽默让她脸上的笑容灿烂起来，"你看见我，一定很震惊，因为你以为我死了五百多年。"

不仅仅是震惊。即便现在，斯雷特仍然有一种冲动，想要握住瑞秋的手，确认她是真的瑞秋，此时此刻，活生生地在他面前。

"我要是知道——"

"可是你不知道。"他刚想道歉，瑞秋就打断了他。

"不应该那样，"他喃喃地说，"我们不应该失去联系的。"

瑞秋没有回答，不过她内心的想法清晰地写在脸上。

他们失去联系是因为斯雷特，因为他的所作所为。

"对不起，"他说，"真的，真的对不起。"他深吸一口气，"我知道这弥补不了我的过错，可是我改变不了这个现实。真希望我能改变它。"

"你就……你就这么走了。"她的声音几乎听不见，"等我醒来，发现你已经走了。我开始还不敢相信，可是等我看到你的东西都不见了……"瑞秋死死地盯着他，"你有没有想过去看看后来发生了什么？"

他没有。他飞快地跑了，再也没有回头。斯雷特的心中满是羞愧。

"你想知道吗？"

这个问题很沉重，瑞秋凝视着他，目光里带着挑衅。斯雷特不想，绝对不想，可他还是强迫自己点了点头。

"我被抓了，钱被发现了，恩尼斯。"她顿了顿，等他充分领会这句话的含义，接着轻轻冷笑了一声，"要是你把钱带走，一分也没留给我，那倒还能好点儿。可是我……唉，我不相信你真的走了，起初不相信，所以我就在那儿等你。我不应该待那么久的。等我振作起来离开的时候……用他们的话说，我被抓了个正着。"

这活儿风险很大。当时的小镇不过是一条街，街上主要的建筑就是瑞秋和斯雷特打工的那家旅店，瑞秋在厨房里干活儿，斯雷特则负责马厩。抢劫那个从小镇路过、要去爱丁堡的商人，是斯雷特的主意。他钱包里装的钱比他们一年，甚至两年挣的还要多。要不是因为那场雷雨，他们肯定就按原计划在夜深人静时走了。可是瑞秋害怕闪电，于是他让她先睡一两个小时。在天亮之前，在他们的偷盗行为被发现之前，他们本应有足够的时间逃跑。

要是他们没有等，斯雷特还会产生那个幻觉吗？

"对不起。"他说。他意识到自己已经道过歉了，便苦笑了一下，可他不知道自己还能说些什么。"我看见自己被扔进河里，我以为这说明我会被抓。但我在幻觉里没看见你，所以，我就想着要是我走掉，也许——"

在瑞秋凌厉的目光里，他的声音越来越小。

"对不起。"他轻声说，既是为自己的行为道歉，也是为自己的谎言道歉。

其实，他什么也没想。他只是慌了神，头脑一片空白，只想在自己被扔进水中葬身鱼腹之前离开那儿。

"我以为我会死。"她的眼神里藏着万般痛苦，而声音却异常平静，

"我以为他们会当场割断我的喉咙。"瑞秋深吸了一口气,"我真希望他们那样做了,那样反倒好些。"

"瑞秋,求你了。"听到她承受了如此的痛苦,他再也受不了了。

"什么?你现在不想听了?"

斯雷特畏缩了,她是有意想让他难过。

"我要是知道——"

"你知道的。至少,在你抛弃我之前,要是你能停下来稍微想想,你就会知道!"

斯雷特张开嘴巴……然后又闭上了。他还能说什么呢?他可以没完没了地道歉,可是事情早已无法挽回。

即使六百年过去,依然不可饶恕。

瑞秋突然呼出一口气,她不想吵了。

"咱们别吵了。我不是来翻旧账的,恩尼斯。"

"那你是想干什么?"他轻声温柔地问。他想和好,不想指责。

她叹了一口气。她脸上的表情突然悲伤起来,斯雷特感到自己心里也砰的一声,久久回荡着。

"过去很久了。"她轻声说,"太久了,该放下了。"

第三十一章　身份搞错了

Mistaken Identity

门铃响时，安娜正闭着眼睛躺在床上，试图分辨到底是自己的想象，还是她真的能在床单上闻到斯雷特用的须后水的气息。

她好奇地坐了起来。就在她刚才躺着的这段时间，外面的天已经黑了，此刻在她的房间里投下了浓重的阴影。安娜飞快地下床，啪地把灯打开，然后把头探出门外。从这个位置她正好能看见进门的通道，妈妈正在那儿隔着猫眼往外看。

会是谁呢？康纳的朋友已经不再来找他，爸爸妈妈也没提过他们邀请了谁过来。当然，也可能只是慈善募捐的人，不过现在上门又稍微晚了点儿。

也不是他。不是，应该不是。

门打开时，安娜还不确定自己希不希望是斯雷特。从今天上午到现在，她还没跟他说过话，自从篷车外面的那一幕，自从安娜跟着那个女生走到桥上，然后她警告安娜不要坏她的事一直到现在，安娜还没见过他。他之前给她发了一条短信，问她游泳比赛的情况，但是她没回。她能回什么呢？

糟糕透顶，我输了。然后，我还被从接力赛里撤下来了。我现在被

禁足至少一星期。哦，对了，顺便说一句，我早先看见的跟你在一起的那个女生是谁？

尴尬的是，安娜还真的把这条短信打了出来，然后又删掉了……然后她又打了出来，接着又整个取消，直接关了手机。

其实，不关她的事。

呃，关她的事，不是吗？

不过，这事不是能在短信里随便提起的。既然她出不了家门，不能跟斯雷特面谈，那她可以给他打电话——而且，坦白地说，她其实也不确定自己到底想不想当面跟他谈——但是，经历了这样的一天，她不确定自己会不会做出什么令人尴尬的蠢事来，例如号啕大哭。

现在，要是他过来了……

妈妈开门让等在外面的人进来，贾进来了，她摘下头上的风帽时，安娜感到一股强烈的失望。不用想，她的父母很可能不会让斯雷特进门，即使真的让他进来了，也会是把他押进厨房，好好地审讯一番，可是，即便如此……

"安娜被禁足了，贾。"妈妈一边说，一边朝楼梯上看了安娜一眼。

"哦。"贾也抬头看看安娜，接着她举起一个厚厚的文件夹，在妈妈面前晃了晃，"只是……我们得做艺术课的项目。"

"艺术课的项目？"

"是的。我们要选一位著名的画家，给他写一篇传记。我们选的是安迪·沃霍尔。"

"沃霍尔？这个选择有点儿与众不同哦。"

"嗯，我们不想跟别人做的一样。估计有五个人都选了莫奈！"

"哦。"妈妈又抬头朝楼梯上久久地凝视一番，"要是作业，那就进来吧。"

"谢谢，托马斯夫人！"

贾飞快地脱掉湿漉漉的外套，然后连跑带跳地上了楼梯。安娜冲朋友笑笑，闪到一旁让她挤进屋子，可她忍不住朝楼下望了妈妈一眼。她没选艺术课，她压根儿就不会画画，而且妈妈也知道。安娜的整个课表妈妈几乎都能背出来。让安娜惊讶的是，妈妈只是迅速做了个鬼脸，朝她咧嘴笑笑，然后便耸耸肩膀，回客厅去了。

安娜只听见爸爸发表他的意见："我以为她被禁足了！"又听见妈妈小声解释家庭作业的重要性，接着客厅的门就关上了。

"沃霍尔？"安娜一边关上房门，一边转身问贾。

"天才吧，是不是？"

安娜没有回斯雷特的信息，但她给贾发了条短信，告诉她自己被禁足了……当然，这就意味着她得坦白被禁足的原因。不难猜到她的朋友为什么会不请自来。她几乎急得在床上蹦来跳去。

"说说说。老实交代！"

"先跟我说说比赛的情况。"

贾吃了一惊，夸张地瞪大眼睛。"你没搞错吧？你现在想说这个？"她叹了一口气，"我告诉你了，我们赢了。"

"是的，可是……费侬游得怎么样？"

贾犹豫了一下，做了个鬼脸："她大获全胜。比她的个人最好成绩快了整整一秒钟。她的成绩几乎跟你一样好了。"

"该死！"

"对不起。"贾小声说，"不过你还是比她好。她耀武扬威地把教练给气坏了。他不会把你踢出泳队的。"

"也许吧。"安娜不敢确定，嘟囔道。

贾握了握她的手。

"我真替你难过。"她又说，"咱们说点儿别的吧。"

贾的表情告诉安娜，她现在感兴趣的只有一件事。安娜苦笑了一下。

"好了。"安娜喃喃地说，"你想说什么就说吧。"

"我真不敢相信，他居然在这儿过夜了！"贾脱口而出，"你得把所有的细节都告诉我！"

"没什么可说的。"安娜窘得很，她装出若无其事的样子，耸耸肩膀。

"嗯呢，对。看看你这张脸！你太不擅长说谎了。行了，老实交代！"

安娜终于让步，咧嘴一笑："他过来，我们吃了比萨，然后又看了一部电影。"

"什么电影？"

"是……"她似乎记得看了，但是细节已经记不清了。

"不记得了？我猜你是心不在焉了。"安娜感觉贾的表情已经高兴得忘乎所以，可是她错了。"他的吻技不错吧？"

"我们没接吻。"安娜纠正她。她顿了顿，欣赏着贾脸上失望的表情。"至少那时候还没接吻。"

"我就知道！说吧，直接说他过夜那一段！"

"好啦，你知道，我爸妈不在家，去参加婚礼了。康纳本来应该在家陪我的，可是他去达伦家了。"安娜记起赛场上贾失落的样子，顿住了。不过，贾显然已经跟达伦和好了，因为现在她脸上的表情只有热切。她不耐烦地示意安娜接着说。"太晚的话，我一个人在家会紧张，你知道的——"

"对。"贾做了个鬼脸。

"于是斯雷特主动提出留下来。"

贾盯着安娜,等她说下去。半秒钟后,她厉声问道:"还有呢?"

"没了。"安娜很难面不改色,可她还是努力克制着。

"才不会没了!"贾推了安娜一把,"老实交代!"

"好吧,好吧!所以我们接吻了。"安娜回味起昨晚的情景,立刻感到脸红耳热,"吻得还不少。"

"还有呢……?"

"我们没做那个!"

贾翻了个白眼:"我希望也是,你才认识他一个星期!他真的在这儿过夜了?"

"嗯。"

"你是怎么被抓到的?"贾倒吸了一口气,"告诉我,你爸妈不是在床上抓到你们的吧?"

"不是!"安娜想象着那样的场景会是多么可怕,不禁打了个寒战,接着,她的脸上露出怒容,"今天早上康纳在,他把我们卖了。"

"真讨厌!"安娜不打算反驳这一点。"那现在呢?你今天下午跟他聊了吗?"贾感到屋子里的气氛变了,竖起脑袋,"怎么了?"

"比赛之后,我去见他了。"安娜解释说看见他在篷车里,和那个神秘的女生在一起。她描述了那个女生怎样在桥上严厉地指责她,警告她离开,贾听得瞪大了眼睛。

"那你向斯雷特问起她的时候,他怎么说?"她问。

安娜在床上坐立不安,尴尬地耸耸肩膀。

"你问他了吧,问了吗?"

"没……"

贾一边咂嘴，一边摇头："好吧，可以有无数种可能。"

安娜往前挪了挪，想去够书桌上的手机："你觉得我应该给他打电话吗？"

"打！"

安娜把手机握在手里，感觉有千斤重。她开了机，直愣愣地盯着屏幕："他之前给我发了一条短信，我还没回。"

不仅仅是因为她不想回。她一方面希望斯雷特对自己坦诚，另一方面又不确定想不想听见自己的怀疑得到证实，听到那个女生真的和斯雷特有关系。

她对他的感觉是真的，她希望他对她也一样。要是他骗了她……

安娜猛吸一口气，感觉心里堵得慌。

"喂？安娜，醒醒？你要不要打这个电话？要么，我来帮你打过去，你只需要说话就行。"

贾伸手去够手机，安娜死死地摁住。不过，她们之间免了一场关于手机的拼死争夺，因为房门开了。

"哦，没看见有作业呀。那你们肯定是做完了吧？"妈妈站在那儿，微微扬起一条眉毛问道。她抬起胳膊，看了一眼手表。"已经很晚了，贾，你该回家了。"

"我们再有五分钟就行，"贾请求说，"我们还没做完。"

妈妈并不相信她的话："好吧，要是那样的话，你们只需要跟艺术老师解释说，你们假想出来的家庭作业没有做完，因为一直拖到最后一刻才做。安娜被禁足了，时间也到了。"

"好吧。"贾最后一次试图从安娜手里把手机抢过来，可是没有成功，

"我就给我爸爸打个电话。"

"我已经帮你打了。"妈妈的表情颇为得意，"他在外面等着呢。"

妈妈把门敞开，贾别无选择，只好爬下床，走到过道里。贾在楼梯口站住了："明天学校见？"

"嗯。"

然后贾就走了。妈妈关上房门，屋子里只剩下安娜一个人，手机还握在手里。她听着贾小声向她的父母告别，接着是大一点儿的关门声，然后是低沉的金属撞击声，是妈妈把防盗链扣上了。安娜没听见上楼的脚步声，说明妈妈肯定回客厅去了。

安娜看了一眼手表，已经快九点了，有点儿晚，但这时候打电话还不至于显得不礼貌。

问题是，她想打吗？

贾离开前那个意味深长的眼神向她表明，她最好的朋友期待着她明天上学时把斯雷特的回答原原本本地告诉她。安娜不得不承认自己很紧张、很焦虑。除非她能消除这个误会，否则今晚就别想睡了。

趁自己还没改变主意，她在联系人里找到他，拨了过去。

"安娜？"刚响了一声，他就接了，让她措手不及，"你在吗？"

"嘿。"她好不容易应了。

斯雷特舒了一口气："你没回我的短信。"

"我知道。我……我很忙。"安娜知道自己的回答很蹩脚，不禁皱了皱眉头。

斯雷特的语气里透着警觉："你还好吗？"

"我——嗯，"她把话咽了下去，"我很好。"

"游泳比赛怎么样？"他似乎不太相信她的回答。

"很糟糕。我不想说。"安娜闭上眼睛，努力让自己振作起来。现在该讨论她真正想聊的话题了。"我后来去了嘉年华。"

"是吗？我不在吗？你应该给我打电话的。"

"你在。"

一声沉默，静得刺耳。

"安娜？"

"你从篷车里出来了……和另外一个人。"不，这么说不太对，"和一个女生。"

"和瑞秋吗？"斯雷特问道，他明显吃了一惊。

瑞秋，看来她叫瑞秋。

"我猜是吧。"

安娜等着斯雷特的解释，电话那头是更长的沉默。她已经把能说的都说了。

"是……你是不是生气了？"他扑哧笑了，"你以为瑞秋和我有关系，是不是因为这个？"

"有吗？"安娜只轻声问出这么一句。

"她是我妹妹，安娜！"

"你的……什么？"

"瑞秋是我妹妹。她只是顺便来看看我。你要是过来，我肯定会介绍你俩认识的。"

斯雷特的声音里似乎透着责备，还是安娜自己幻想出来的？她觉得不是。

而且，这仍然解释不了桥上那个怪异的场景。安娜咬着指甲，在心里纠结着要不要提起这件事。要是提出来，她就得承认自己跟踪了瑞秋，而她又想回避这一点。

"对不起，"她小声说，"我是因为游泳比赛的事心里不痛快，我没……我想歪了。我真笨。"

"你才不笨。"斯雷特叹了一口气，"我现在过去看你，是不是太晚了？"

"我被禁足了。"

"什么？"

"我被禁足了。康纳把你昨晚在我家过夜的事告诉我爸妈了。我这一周都不能出门，也不能请人到家里来。"

呃，通常而言是这样。妈妈刚才让贾上来了，尽管她明显不相信那个关于作业的故事。可要是斯雷特，那又是另外一回事了。

"我想抱抱你。"安娜没吭声，他又接着说，"我感觉咱们俩之间有点儿怪怪的，我不喜欢这样。"

"要是你愿意的话，放学的时候可以陪我走回家。"她一边说，一边又皱起眉头，因为这句话并不能让她听起来少些孩子气，"如果你不用上班的话。"

"嘉年华周一不开门，"他提醒她，"而且，我觉得我跟这个团在一起的时间也屈指可数了。"

安娜皱起眉头，想再多问几句，可是楼下的门厅传来一些响动，说明爸妈当中至少有一个人要过来了。

"我得挂了。"她赶紧说，"明天见吗？"

"我会去的。"他向她保证，"安娜，我们之间没事吧？"

"嗯。"她一边嘴里咕哝着，一边心里也希望如此。楼梯上吱呀一声响，接着又是一声。"晚安，斯雷特。"

"晚安，明天见。"

安娜挂了电话，刚刚来得及把手机塞进羽绒被里，爸爸便推开了房门。

"我想你现在该睡觉了。"他说。

"才九点。"安娜表示抗议。

"没错。"他没有否认，"而且你现在在受罚。上床睡觉。"

十分钟后，安娜在黑暗里躺着，羽绒被一直盖到下巴，她闭上眼睛，让若有若无的斯雷特须后水的气息陪她进入了梦乡。

第三十二章　强迫命运的手

Forcing the Hand of Fate

"康纳，康纳，等一下！"斯雷特听见有人叫安娜哥哥的名字，吃了一惊。

瑞秋正从桥的那头向他小跑过来。

"我认识你吗？"从他嘴里出来的声音不对了，比他爱尔兰口音的语调要柔和一点儿。

瑞秋走到他跟前，停住了，他俩离得很近，近到斯雷特能感觉到康纳想要退后一步。不过，她笑了，因为刚才一路小跑，她的两颊绯红，她注视着他的眼睛，目光暖烘烘的。他站着没动。

"我是丽贝卡。"她说，"我……我在学校见过你。我是安娜的朋友。"

"哦。"他的声音里含着一丝戒备、一丝困惑，"你想干什么？"

"我只是……"瑞秋咬住嘴唇，移开视线，望着桥下的河水。等她把目光移回来，她的脸更红了，一副羞涩的表情。"我只是想跟你打个招呼。我从安娜那儿听说了好多关于你的事，感觉好像认识你一样。"她尴尬地笑了一声。

"你跟安娜同年级？"斯雷特能够理解康纳的困惑。没有什么明显的问题，只是瑞秋看上去多少要年长一点儿。

"不是。"瑞秋摇摇头，这个动作使她扎在马尾里的鬈发迎着水面上吹来的微风来回舞动，"我比她高一级。"她尴尬地耸耸肩膀。"我俩都在游泳俱乐部。"

"哦，对。"

瑞秋又上前半步，依然笑盈盈的，这一回，斯雷特没有感觉到康纳想要退后跟她保持距离的冲动。

"我在想……安娜说你现在没有约会的对象。"

斯雷特的脑海里闪过一个脸庞，他不认识，是一个女生，坐在教室里的一张书桌前，正在哈哈大笑。那张脸一晃而过，等它消失了，他感觉到一种坚定。他决定了。

"是的。"

"真的吗？"

对于他的回答，瑞秋的反应有点儿不太对劲儿。她的表现不像是单纯的挑逗，还有点儿更阴暗的意味。不过，康纳显然没看出来。

"我们可以……去喝杯咖啡什么的？没准儿电影院会放电影。"

瑞秋的眼睛亮了，可是接着，她瞄了一眼手表，神色黯淡下来："呀，现在不行。"

真尴尬。"当然，没问题。"

康纳本来打算走了，可她伸手抓住他的胳膊，让他站住了。

"不，请你等一下。只是……我现在得去一个地方。"她满怀希望地仰脸注视着他，"你待会儿去见我行吗？也许八点半左右？我知道有点儿晚，不过——"

"嗯，可以。"

"太好了！"瑞秋又朝小河看了一眼，朝着上游河边小道的方向，"我知道一个很酷的地方，在那边。"她冲自己视线的方向点点头。"这条河有一个弯，在那儿形成了一个小水池。还有些大石头，可以坐在上面。真的特别美。"她用余光狡黠地看了他一眼，"而且很私密。"

"溺水池吗？我知道那儿。"康纳立刻回答。

"你可以在那儿见我吗？"

"八点半？"

"对。"瑞秋冲他咧嘴一笑，一脸的喜悦。

除了喜悦，还有点儿别的东西，有些凶险。

"好的。到时候见——"

有什么东西撞了斯雷特一下，使得他一下子趴在旁边的商店橱窗上，那冲击力太猛，以至于店里的理发师都停下了手中的活儿，不再帮顾客吹头发，而是瞪着他。

"对不起。"一个女人吃力地拽着两个小孩子，回头看了他一眼，"可是你戳在人行道中央。"他听见她一边匆忙往前走，一边嘴里嘟囔着解释。

是的。他是站在这条繁忙的大街中央，可他想不起来自己刚才为什么会在那儿，是在做什么。幻觉依旧在他的脑袋里回荡。

"瑞秋，你到底在搞什么？"他低声说。

他从口袋里掏出手机，拨了她的电话。铃声刚响了一下，就转到了语音信箱。

"该死！"他把手机塞回牛仔裤的口袋，开始朝妹妹住的那家快捷酒店走去。

刚才的幻觉让他忧心忡忡。她在搞什么？她为什么要这样做？

她不在旅店，帮斯雷特开门的那位和蔼的女士告诉他，她从早餐开始就没看见瑞秋。他又给瑞秋打了个电话，但是没人接。不过，这一次，

272

铃响了两声之后被摁掉了。他又打了一次，又被摁掉了。说明手机就在她手里，而且她知道是他打的电话，只是故意不接。

这可不是个好兆头。昨天的晚餐是在友好的气氛里结束的。过去没能被遗忘，也无法得到宽恕——他给瑞秋造成的伤害太深了——可是，至少误会解除了。她在餐厅外面拥抱了他，抱得很紧，饱含真实的情感。

那么，为什么才过了不到二十四小时，她就不理他了呢？

这一点和他刚才的幻觉加在一起，绝不是什么好兆头。

斯雷特接下来应该去嘉年华找找看，可等他过了桥，便发现自己往左转弯，走上了河边的小路。河岸边湿漉漉的——昨天的雨一直下到深夜——河水不再像从前那样温柔地流淌。水面至少上涨了三十厘米，深邃的河水波涛汹涌。

不一会儿，他已经到了上次跟安娜吵架的地方，就是在这儿，他产生了康纳浑身是血的幻觉。斯雷特上前一步，然后又走一步，他慢慢领悟到这是他距离自己的葬身之地最近的一次了。

他在脑海里看见过无数次，但是从来没有去过。

他感到胸口发紧，两条腿也怪怪的，仿佛不是自己的，可是，开头促使他走上河边小路的那股决心，此刻又催着他继续向前。

继续走，那个声音说。别停下，你得去看一个东西。

他像梦游似的走着，突然间就到了。

这里很美、很静谧。一小片空地被树木环绕，几块大石头挤在一起，石头底部都坐落在水里。因为汹涌的河水在水池尽头掀着波浪，池里也泛着涟漪，但并不是斯雷特在幻觉里看见的那种漩涡。不过，说句公道话，的确是黑漆漆的，和他脑海里的一样，旁边叫喊推搡的人群只剩下一些轮廓。直到他落入水中，他才看见那水，拍打在他身上的，就是下面的水流。

溺水池。究竟为什么叫这个名字？当然，这个名字很贴切，不过只是对斯雷特而言。

要是巧合，那这巧合未免太诡异了。

斯雷特努力控制住呼吸，踩在石头上，往下凝视着。水面离他并不远，还不到三米，但他知道，当你在自由落体，等待那巨大的冲击力时，时间会变得多么漫长。而且，他也知道这水有多深，多么有欺骗性。要是他现在跳下去，跳进水里，底下的暗流就会等着他。

这股冲动是如此强烈，以至于他脚下一滑退到了草地上，心怦怦直跳。他一边在心里骂着，一边用手挠挠头，把视线投向地面。

一道忽闪忽闪的金光跃入眼帘。

斯雷特皱着眉头，弯腰捡起夹在两块小石头缝里的那个东西。他立刻就明白这是什么了，一根写有如尼字母的签子，不过不是他的。木头的颜色很深，因此签上的符号是用金叶子刻进去的，而不是用黑色的墨水印在上面。

这不可能是巧合，它的主人只可能是一个人，而且，它为什么会在这里，也只有一种可能，不会是不小心掉在这儿的。

他用手指转了转这根签子，盯着上面刻着的两个时隐时现的如尼字母。

命运。死亡。

"你在搞什么，瑞秋？"他低声说。

空气很凝重，仿佛神灵们也出来看热闹。斯雷特感觉到他们的目光

274

灼着自己的后背，感觉到签子上跳动的那些字符的力量。瑞秋是在上面施了咒语吗？把他引诱过来？她还有这个法力？

她之前是做不到的，不过，毕竟已经过去很久了。

斯雷特突然借着一股力量站了起来。他用两只手攥住签子，把它一掰两半。完美，木头啪的一声裂开了。他还不满足，又把碎片扔进水里。没等它们沉下去，他已经怒气冲冲地沿着小道往回走了。

他又给瑞秋的手机打了个电话，可是还跟之前一样。她没接，不过她好歹让铃声响了，于是斯雷特简短地留了个言。

"你在哪儿，瑞秋？我产生了一个幻觉，我知道你在搞鬼。给我回电话，现在就打！"

也许他应该更圆滑一点儿，也许不应该就这么摊牌，可是，背叛、困惑和愤怒夹杂在一起，产生了强烈的反应。

斯雷特往嘉年华走了。瑞秋不太可能在那儿，不过在去学校见安娜之前，他也没什么别的事可做，除了漫无目的地在镇子上瞎逛，而且，乌云似乎很快又涌动起来，这种天气也没什么可逛的。

进门时，他吃了一惊。今天是星期一，是嘉年华工人两天休息日的第一天，可是场地里一片繁忙的景象。斯雷特放眼望去，男男女女都在拆摊位，收各种游乐设施，准备拴到车上去。

"咱们是要走了吗？"他问戴维，后者正匆忙地把旋转木马的指示牌摘下来，八成是想赶在坏天气来临之前把电子设备先收好。已经开始有雨滴下来了，凉丝丝的，重重地砸在斯雷特的肩膀上。

"是啊，布莱恩坐不住了。"戴维一边说，一边埋头把厚厚的电线绕在胳膊上，"收入不太好，这周接下来的几天估计天儿也好不了。他觉得我们应该去下一站做准备，正好周末开门。"

"咱们要去哪儿?"通常而言,他都很关注戏团之后的去向,可是他从来没留意过这一站后面要去哪儿,因为他根本就没打算离开这儿。

"哦,呃,"戴维突然绷紧了肩膀,他抬头看了斯雷特一眼,接着又低头继续忙他的线圈,"这你得去跟布莱恩聊。他在找你呢。"

"好的。"

这将是一次不太愉快的谈话。斯雷特想把它尽量往后推,至少推迟一小会儿,便挥手跟戴维告别,然后往篷车那边走,准备从他的帐篷那儿经过一下,想着要先把帐篷拆下来。要是能赶在帐篷被雨水淋湿之前把它收好,拖来拖去就会轻松很多,而且里面也不容易长霉。帐篷虽不值钱,但是他的生计。

可是等他到了跟前,却发现帐篷已经没了踪影。他的地盘上只剩下一片被压平的草地,他的招牌已经被拔了出来,留下一个凹坑。

斯雷特产生了一种不祥的预感,雨开始下大了,他朝营地中心走去。

"斯雷特!"他还没进入半圆形中心的社交区域,就听见有人叫他。他朝声音传来的方向扭头一看,发现布莱恩正从他的篷车上下来。泥水已经开始渗进斯雷特脚上的运动鞋,而他则穿着皮靴,踩着泥浆走过来,头顶还高高地举着一把伞,显然是为了保护他那件华丽的衬衫和量身定制的外套,这两件衣服和他的防雨裤搭在一起,显得很滑稽。

"终于找到你了!"布莱恩瞪着他,在离他足够远的地方站住,于是雨水继续淋在斯雷特身上,而布莱恩则躲在雨伞下面,干干净净,清清爽爽。斯雷特双手抄在口袋里,对于这种微妙的权力游戏,他并没有做出什么反应。

"听说你找我。"他说。

"哦,你听说了!"布莱恩大笑一声,笑得很难听,他的声音很大,以至于其他篷车的门口也探出两三个头来，其中就包括杰克。他瞧见了是谁，便倚在门框上看热闹，还朝斯雷特狡黠地龇牙一笑。

斯雷特没理他，只盯着布莱恩："是的，我在这儿呢。你找我有什么事吗？"

"我找你什么事也没有。"布莱恩立刻回答，"没你的事了。"

"什么？"

"这儿没你的事了。结束了。"布莱恩向前探了探身子，邪恶地微微一笑，"我已经不需要你的服务了。"他顿了顿，"你以为我没注意到你周三玩失踪吗？周末又玩？还是你在给年轻姑娘提供免费的算命服务？"布莱恩又把身子往前倾了一点儿，"还有，杰克那件事，跟你有很大关系，我一点儿都不奇怪这整个就是你一手策划的。不，我这儿不需要你这样的麻烦。"

斯雷特盯着这个自命不凡的小个子男人，他整天颐指气使，像对待奴才似的统治着这个戏团——布莱恩又在看着他，期待着他的反应——他意识到自己什么感觉也没有，既不吃惊，也不失落，当然更不后悔。只有一种使命感在飞快地向他奔过来，让他感觉好像要重重地撞到自己身上。

"好吧，"他的声音波澜不惊，"没问题。"

布莱恩似乎有些失望，他期待的显然是更富戏剧性的效果，不过，很快他便恢复了原先的架势。

"请你现在就离开这儿。给你一个小时时间收拾东西，一个小时之后，我不想再看见你这张脸。听明白了吗？"

斯雷特四下望了望，发现又有几个人围了过来，热切地看着他被炒鱿鱼。他才不会大吵大闹，正中他们的下怀。

"一个小时？"他压低声音回答，"你开玩笑呢吧。你得给我时间找个去处。你们明天早上才走呢，至少让我待到那会儿吧。"

那样的话，他至少还能有机会去镇子上找个地方住下，一直住到他决定自己想做什么，想去哪儿。斯雷特飞快地看了一眼手表，皱起了眉头。要是想赶在放学时到达安娜的学校，他得赶紧走了。

"一个小时。"布莱恩重复道。他有意拉高音调，让整个社交区域都听得到他的声音，甚至连远处的杰克都能听见，那家伙现在已经是春风满面，得意得很。"一个小时以后，要是这儿还有你的东西，我们就把它烧掉。"

斯雷特意识到，他真的会说到做到。

他咬牙切齿地瞪着这位戏团老板。他的东西虽不值钱，但那是他的全部家当。尽管已经活了六百年，可由于他一直不太会理财，所以没攒下多少钱，而且顶好的衣服他也不舍得丢掉。至于占卜的签子与那盒小心翼翼收集起来的贝壳和骨头，他是绝对不会留给布莱恩的。还有那把跟随他多年的小刀，如今已经和他的胳膊形影不离。

"好。"他说，"好。"

他转身背朝着布莱恩，径直向杰克和他共住的那辆篷车走去，不过，没走几步，他又站住了。他转过身来，发现布莱恩正得意地望着他的背影。

"我的帐篷哪儿去了？"他问。

"帐篷得留下，"布莱恩一边回答一边挑衅地扬起半边眉毛，"我要把它留给你的接班人。"

"帐篷可是我带来的。"斯雷特提醒他。

"嗯，可是它不能跟你一起走。"

就在一刹那，他不想大吵大闹的决心几乎烟消云散，但他绝不能让布莱恩看自己的笑话。

"随你的便。"他低声吼了一句，又转过身子。

等他走到篷车跟前，杰克依然站在门口，某一瞬间，斯雷特感觉他就没打算动弹。杰克慢吞吞、故意奚落似的挪了一下，空出只够斯雷特侧身进去的当儿。不过，斯雷特才不会让他得逞，径直撞在杰克身上，闯了进去。杰克疼得嘶的一声然后又强忍住，看来他撞到了这小子受伤的肋骨，很好。

"你要站在这儿看着吗？"他一边抓起一个塑料袋，开始把衣服往里扔，一边问道。

"只是为了确保你只拿你自己的东西。"杰克又神气活现了。

"你觉得我会看得上你那些垃圾？"

"我来看着。"传来一个熟悉并且友好得多的声音，是丹尼尔，他的出现把杰克原本可能想说的其他风凉话堵了回去。老人爬上来，篷车发出嘎吱的响声。"你该去帮你那些矮马准备上路了吧？"

杰克似乎还想争辩，但是丹尼尔已经跟了这个团五十年，不论杰克是不是喜欢他，他都得尊重丹尼尔，于是杰克抓起一件外套，又朝斯雷特瞪了一眼。

"谢天谢地，我终于要甩掉你了。也许我终于可以让这臭味散掉了。"

说完他便套上夹克，跺着脚冲进雨里，朝他那群心爱的矮马走去。

篷车里安静了。过了一会儿，丹尼尔终于轻轻吹了一声口哨，在长沙发上坐下。

"你没事吧？"他问。

"没事。"斯雷特一边回答，一边继续整理他的东西。

丹尼尔咕哝一声:"你有地方去吗?"

"我会找到地方的。"斯雷特放下手中的袋子,又抓起另一个。

"准备再去找个巡回戏班待着?"

"不了,"斯雷特立刻回答,"我跑够了。"

吐露出来,他突然感到一阵轻松。他早就预感到了,这难道不是他终于允许自己回到这里的原因吗?他已经厌倦了现在的状态,不论未来怎么样,都该去面对了。

他沉浸在这个决定的重大意义里,差点儿没注意丹尼尔的反应。

"什么?"他问。

"我说,我也在考虑同样的问题。我年纪大了,这么跑来跑去,跑不动了。该找个地方安顿下来了。"丹尼尔吸了吸鼻子,朝门外小镇的方向望去,"这地方不错,我估摸着我会在这儿留下来。"

斯雷特停下了手中的事,惊讶地盯着丹尼尔。

"那你要走?真的吗?你跟布莱恩说了吗?"

丹尼尔漫不经心地耸起半边肩膀。"我会找时间跟他说的,估计今晚吧。先等一会儿,等他平静一下。"他用余光瞄了斯雷特一眼,"我已经给自己找了个小窝。今天上午签了租约。"他有意顿了顿,然后又加了一句,"有两个卧室。"

"啊?"斯雷特屏住呼吸,希望丹尼尔将要提出来的和他预想的一样。

"记住了,你得用你的方式来付房租。我可不需要一个懒汉。"

"当然。我……是的。那太好了。"整个下午,斯雷特第一次露出了笑容,他感觉正义终于来了。他能感到这是命运的安排,他不会笨到去质疑这一点。

"好。那就这么定了。"丹尼尔站起身,掸了掸裤子上假想的毛絮,

"我等你把你那些零碎收拾好，然后我们就过去。我自己也有一些东西，需要你帮我搬过去。"

斯雷特心里苦笑了一下，但是没有表露在脸上。他不能拒绝帮丹尼尔的忙——他不会拒绝丹尼尔——可是这就意味着他没空去见安娜了。

斯雷特把手伸进口袋——要是他现在给安娜打电话，也许她还能让哥哥陪她走回家——可是他摸了一气，什么也没摸到。手机去哪儿了？

他越发疯狂地拍打衬衫和牛仔裤的口袋，意识到手机不见了，一定是他在城里疯跑找瑞秋的时候掉在哪儿了。

"该死！"

没办法了，他没有其他办法能联系上她，希望她能理解吧。

而且，他努力不去理会胸中的紧张感，安慰自己说，如果有什么不好的事将要发生，他会有幻觉的，不是吗？幻觉总该也有点儿好处。

第三十三章　命运之神的援手

The Helping Hand of Fate

安娜走出学校的双扇大门，来到外面的台阶上，没有注意到已经下雨了。雨在她身旁落下，有节奏地打在她的风帽上，可她丝毫没放在心上。她的全部注意力都在忙着扫视眼前这片繁忙的区域，寻找斯雷特的影子。

一开始，她还很期待，接着，她担心起来……再后来，就变成了失望。

他不在。

"你没事吧？"吉玛见安娜站在最上面的台阶上，任由其他同学在她身旁蜂拥而过，便扭头瞪着她，问道，"下雨了！"

"没事，我——"她还没跟吉码说过斯雷特的事，也不想现在提起来。

"你在等康纳吗？"这时，贾出现了，她站到安娜旁边问了一句，帮她解了围，否则她一定会吞吞吐吐，回答得别别扭扭。

"是的，"她肯定道，"爸妈让他务必陪我走回家，因为，你们知道的……"她苦笑了一下，"我被禁足了。"

"真倒霉。"吉玛同情地噘起嘴巴，把帽子又往前拉了拉，不想让雨水淋到她脸上的妆，"你走吗，贾？"

"要不要我陪你一起等？"贾主动小声问安娜，但她摇了摇头。

"你们走吧。"她说。要是斯雷特放了她的鸽子，那她也没有心情和别人一起。

"那回头见。"

吉玛也冲安娜挥挥手，接着两人便缩着脑袋快步走下楼梯，就差在雨里跑步前进了。

安娜叹了一口气。她已经快被雨淋湿了，可她并不在意。斯雷特没有来。她闷闷不乐地从口袋里掏出手机，开了机。也许，他有事耽搁了？

过了一会儿，手机才开机成功，可是并没有斯雷特的消息。没有短信，没有语音留言，没有任何消息显示他曾经试图给她打电话。

安娜垂头丧气地把风帽往前拉了拉，开始往台阶下面走，回家的路显得无比漫长。她心想，还是有人陪好，可是现在去追贾和吉玛已经来不及了，她只能——

"你还在啊！我还怕你不等我呢。"

安娜转身抬头看见是康纳，他满脸都是雨水。他低头冲她一笑，雨滴已经打湿了他的头发，校服衬衫上也开始出现湿漉漉的斑点。

"你的外套呢？"她问。

康纳耸耸肩。"就是水而已。反正我一到家就要换的。"他重新低头盯着马路，"咱们走吗？"

"我才不跟你一起走。"安娜生气地回他，"你都把我卖了。"

"你必须得跟我一起走。"康纳似乎一点儿也不在意她冷冰冰的语气，"妈妈说了，我得确保你放学直接回家，并且待在家里。"

"她没说。"

"她说了。你要不要打电话问问？"

安娜气鼓鼓地叹了一口气，不再争执："那走吧。"

他们在倾盆大雨里走着，基本没怎么说话，康纳哼着小调。虽然没几分钟他就被雨淋透了，但他似乎心情很好，步履轻松，连走带跳。

"你干吗这么高兴？"等他们终于走到家门口的车道上，安娜气鼓鼓地问。她那件号称"防雨"的外套没顶得住瓢泼的大雨，她感觉自己跟眼前康纳的样子差不多。

康纳一边开门，一边毫不羞怯地冲她龇牙一笑，还扶着门等她进去。

"没什么。"他虽然嘴上这么说，但是眼里却闪过一丝光亮。

"懒得管你。"安娜愤然从他旁边走过去，心里只想着赶紧冲个热水澡。

她刚给头发打上护发素，就听见一声巨响。她把头伸到淋浴房外面，意识到有人在使劲儿敲浴室的门。唯一的可能就是康纳，因为爸妈还没回来。

"干吗？"她喊。

"快点儿！"传来一声沉闷的回答，"我也要用！"

"你去楼下上厕所吧。"她翻了个白眼，重新把头缩回花洒下面，享受着热水冲在身上的暖意。

"安娜！"又是砰砰的拍门声。

安娜气急败坏地拉开淋浴室的门："干吗？"

"你能不能快点儿？我也要洗澡！"

"那你只能等着了。"安娜重新关上门，努力专心致志地让水流舒缓自己的神经。等她听见康纳噔噔噔走开的脚步声，便感到更加轻松。

直到三十秒钟过后，热水突然停了。

取而代之的是一股冰水，安娜尖叫一声，手忙脚乱地把花洒往旁边一推，让冷水流到铺着瓷砖的墙面上，接着便去拧龙头。在突如其来的安静里，她听见康纳在嘎嘎笑，没错，是他。

"你这个浑蛋！"她喊道。听到这句话，他笑得更响亮了。

对康纳来说，不幸的是安娜已经占了浴室，门也锁着，所以安娜需要花多长时间才能出来，并不是他能左右的，任他怎样满腹牢骚也无能为力。安娜有意磨磨蹭蹭，又是梳头，又是朝身上抹乳液，那瓶高档的身体乳是她圣诞节时得到的礼物，一直用得很省。她甚至还把浴室打扫了一下——不是为了在康纳面前显得好看，而仅仅是为了再多花五分钟时间。等她终于带着一身草莓奶油的香气从浴室里出来，康纳已经气得说不出话，几乎恨得要跳起来。

不过，她还没忙活完。她留在门厅，确认他已经开始洗了，然后蹑手蹑脚地走下楼梯，玩了一把他刚才的恶作剧：把厨房的热水龙头开到最大。楼上传来愤怒的喊叫，于是她知道，她成功了。安娜笑着回到卧室，把头发吹干。其实她通常懒得吹头，但是斯雷特还没打电话来，她只想打发时间，给自己找点儿事情做，免得盯着手机祈祷铃声赶快响起来。

康纳从浴室里出来时，她正坐在书桌前，数学作业已经写了一半。她以为他会闯进来冲她大喊大叫，可他径直回了自己的房间，砰地把门关上了，这是在清清楚楚地告诉她，他懒得理她。

过了一会儿，妈妈回来了。安娜做完数学作业，开始做课上没做完的法语习题。

十分钟后，法语习题做完了，爸爸也回来了。已经过了六点，晚饭的香气开始飘到楼上，而斯雷特还是没打电话来。安娜怀疑是自己的手机出了问题，努力克制住下楼拿家里的座机给自己打电话的冲动。

妈妈喊她下去吃晚饭了，安娜不情愿地把手机留在了书桌上。爸妈立了几条荒谬的家规，这是其中之一，吃饭的时候不许带手机，康纳的平板电脑也不行。要是无视这条规定，惩罚就是手机会被没收一晚上

（哪怕只是放在口袋里也不行）。

今天的晚餐是肉酱意大利面。安娜坐下来，瞥了一眼对面空空的座位。

"康纳呢？"

"他在房间里吃。"妈妈回答。爸爸笑了一下，妈妈翻了个白眼。

安娜困惑不解地看看妈妈，又看看爸爸："为什么？"

"你别管。吃饭吧。"

安娜狼吞虎咽，只想赶紧吃完回房间去看着手机。爸妈问起学校和天气，她都答得敷衍了事。妈妈又问起游泳比赛的事，她小心翼翼地搪塞过去。最后一口还没送进嘴里，她就喊道："我吃完了！"

"刷碗。"她刚要离开桌子，爸爸咕哝了一句。

安娜看了看爸妈的盘子，他俩刚吃了一半。"我一会儿再下来刷，"她说，"我有一篇英语作文要写。"

"又要把事情留到最后一分钟吗？"妈妈厉声问道，不过安娜匆忙走出客厅时，妈妈并没有起身拦她。

仍然没有斯雷特的电话。

安娜很失望，心里想着要不要给他打过去，可是又不愿意让他觉得自己烦人。作业已经都写完了，她百无聊赖地从书架上拿起一本书——这本书她已经读了无数遍，所以不需要动脑筋——然后便重重地倒在床上。

看了几章，斯雷特还是没打过来，这时，安娜听见康纳的房门轻轻地开了。一方面是出于无聊，另一方面也是想再招惹他一下，于是她一骨碌从床上下来，赶紧冲到门口。她开门时，康纳正好路过。他吓了一跳，生气地瞪着她。

"干吗？"

安娜直直地盯着他。他穿了一件衬衫，外面套着他那件最好的毛衣，还在仅有的几根头发上抹了发蜡，让头发全竖起来。他身上有一股刺鼻的香味儿，熏得安娜直流眼泪，于是她反应过来，他喷了很多香体喷雾。

"你要去哪儿？"她问。

"不关你的事。"他回击道。

"你肯定不是去达伦家。"她断言道，因为如果只是去打游戏，他才不会打扮得这么隆重。

"嗯。"

"你是……你不会是要——"她犹豫了。

康纳的表情本来只是稍微有点儿烦，现在一下子强烈起来："看在上帝的分上，安娜。我跟你说过了，我已经洗手不干了。"

她突然舒了一口气，可这并不意味着他就一定安全。可是安娜又被困在家里，被禁足了。斯雷特的幻觉从她的脑海里闪过。"血"，他说过，还有"康纳"。

"你要去哪儿？"她又问。

康纳一边说"嘘"，一边故意看了她一眼："不关你的事，不过我还是告诉你吧，我要去约会。"

"约会？跟谁？"安娜皱起眉头，"是学校里的女生吗？"

康纳瞪着她："不用你管！行了，要是你问完了，我得走了！我可不想迟到。"

安娜还没问完——康纳对于约会对象的问题闪烁其词，这一点有些可疑——可是就在这时，她的手机响了。她连再见都没来得及跟康纳说，便转身冲回房间，抓起手机，划开屏幕，接了电话。

"嘿！"她回头朝门口看去，发现康纳已经走了。不一会儿，她便听见大门关上的声音。

"嘿。"斯雷特的声音从电话那头传来，温暖又安慰。安娜关上房门，防止爸妈听见，然后便笑容满面地躺回到床上。

"对不起，这么晚才打给你。"他说。墙上的钟显示已经过了七点半。他收拾自己的行李其实没花多长时间，但是丹尼尔这么多年攒了不少没用的东西。他帮丹尼尔把东西装上卡车，然后又搬到租的房子里——一座小小的排房，离安娜外婆住的养老院不远——花了很长时间。斯雷特累坏了。尽管如此，他还是宁愿自己现在不是无精打采地躺在沙发上——幸好房子里有家具，其中就包括这张已经有些年头的沙发——他宁愿此刻是和安娜待在一起，再一次搂着她，也许再偷偷多吻她几下。想到这里，他笑了。

"你……你忙什么呢？"

她真正想问的是：你为什么放我鸽子？

"我被炒了。"他坦诚相告，"布莱恩只给我一个小时的时间收拾东西，然后我还得找地方放下。"

"斯雷特，我真替你难过！"

"没事，"他安慰她，"反正我也打算走了。而且，这样一来，我就能留在这儿了。"

他突然紧张起来，等着安娜的反应。不过，其实他更希望看到她脸上的表情。

"真的吗？"她轻声问道，"你要留下来了？"

"丹尼尔在镇上租了个房子。他想退休了，而且他那儿还有一个空余的房间。真是巧了。"

要么是巧合，要么就是命运。不论是哪一种，斯雷特都不会去质疑，他心里只有感激。

"那太好了。"安娜呼出一口气。

"是吗？"他忍不住问道。她的声音听起来很真诚，不过……

"是啊，我很高兴你能留下来。我可不想你跟嘉年华一起离开。"

"那就好。"他这才发现喉咙堵住了，有些尴尬。他尽量小声清了清嗓子。"这就意味着我有时间帮你跟康纳聊了。我们可以再想办法跟他聊一次。"

"那很好。"

斯雷特皱起眉头。安娜的声音有些奇怪，有点儿不对劲。

"你没事吧？"

"我……我没事。只是……我不知道。康纳出去了，我感觉有点儿怪怪的。"

"他去哪儿了？"

"问题就出在这儿，他不是去什么可疑的地方。他说他已经不跟那些人来往了，我也相信他。他只是要去约会——"

"去什么？"

"去约会。"安娜说着小声笑了起来，"我知道，真是令人难以置信，居然会有人愿意跟他约会！"

"他有没有说跟谁？"

"没说，就是这一点让我不踏实。我问他了，但他躲躲闪闪的。"

一种不祥的预感悄悄爬进了屋子。斯雷特几乎能感觉到命运之神正在低声跟他说话，在警告他。

"安娜，我待会儿再打给你行吗？"他皱着眉头，"五分钟，我向你保证。我只是……真的有事。就五分钟，行吗？"

"好的。"她听起来不太高兴，但是好歹同意了，"我等着。"

"太好了。对不起。"

他没在道歉上浪费时间。挂了电话，他立刻给瑞秋拨了过去。

"快接，快接。"他自言自语。

她接了。

"恩尼斯。"

"你做了什么？"

"……你什么意思？"

"别想糊弄我，瑞秋。我产生了一个幻觉，看见你跟安娜的哥哥说话。你让他在河边见你，你现在在那儿吗？"

"我在我的房间里，恩尼斯。"

斯雷特体味了一下这句话。他竖起耳朵，能听见背景里有隐隐约约的电视声。她没说谎。

"你都做了什么，瑞秋？"

"恩尼斯——"

"别兜圈子了！"他吼道，"告诉我。"

"时间到了。"她只答了一句。

"瑞秋！"别想就这么把他打发了。

"哥，必须得让幻觉里的事发生。这是唯一能让我们向前行进的办法。我累了，不想再干这个了。我想变老，就像普通人那样。"她叹了一口气，"我想死了。"

"你——到——底——做——了——什——么？"

"我告诉杰克他会在那儿——"

"你根本就不认识杰克！"

她哼了一声："想认识他又不难，只需要冲他笑笑，再对他的伤表现出一点儿同情。他和他的那帮朋友听我说了是谁干的，高兴还来不及——他们听说有机会报仇雪恨，都兴奋坏了。"她顿了顿，"我也能产生幻觉，恩尼斯。别忘了这一点。什么都逃不过我的眼睛。"

"你给他设了圈套！"

"我没看见他在幻觉里死掉，"她的语气里没有丝毫的自责，"只有你。"

斯雷特说不出话来。

"这是为了大家好。"电话那头舒了一口气。

"我不能相信你。我不相信你会这么对我。"

"你以后会感谢我的。"她温和地说。

斯雷特没有回答，直接挂了电话，又给安娜拨了过去。谢天谢地，她立刻接了。"安娜？"

"我在。"

"康纳被陷害了。瑞秋告诉杰克他要去哪儿了。"

"什么？哪儿？"

还能是哪儿？"河边，安娜。幻觉里的事今晚就会发生。她让他去了溺水池，你知道在哪儿吗？"

"我……知道。"

"为什么……为什么叫这个名字？"现在不是问这个问题的时候，可他没忍住。

"什么？呃……这儿的传说里讲，以前的人会在那里淹死巫师，就像审判巫师什么的。"是淹死巫师的地方，比他想得还要适合他。他这种人，还能死在什么地方？"真这么重要吗？"安娜打断了他的思绪，"那个幻觉，斯雷特！"

斯雷特听出了她声音里的恐慌，他感到胸中涌起一股羞愧。他不敢相信自己的妹妹居然会这么做。他突然惊恐地恍然大悟，仿佛被猛然击中了一般。

要是安娜没有去见他，康纳就不会有事；要是斯雷特没有卷入她的生活……

要是那样的话，斯雷特会不会也逃脱了自己的命运呢？

这个问题无从得知，现在也不是解析谜团的时候。

"咱们该怎么办？"安娜问。她的声音已经带着哭腔。

斯雷特深吸一口气："什么也别做。"

"什么？"

"什么也别做，待得远远的。我们得打破那个幻觉。要是我们不去……康纳应该就没事。"

"'应该'没事？什么叫'应该'？"

安娜的叫声刺激着他的耳膜，斯雷特痛苦地皱起眉头，努力让自己保持镇定。

"我从来没这么做过，安娜，"他提醒她，"我从来都没有试图去扰乱一个幻觉，可是我觉得——"

"不行。"

"什么？"

"不行，斯雷特。我做不到，我不能就这么干坐着，盼着结果会足够好。我不会袖手旁观的。"

"安娜——"

"斯雷特，不行！"

"好吧，"他安抚她，"好吧。"

除了跟着幻觉，让幻觉里的事发生，他们别无选择。

"咱们知道会发生什么，"他说，"如果咱们动作够快，也许还来得及改变。"

"可是我被禁足了！"安娜哭着叫起来。

"你不能溜出去吗？"

"恐怕不行。我要是出去，爸妈会听到的。"她顿了顿，"我还得洗碗。也许我可以从后门溜出去，从花园里走。"

"那就这么办。"他说，"十分钟后，我在你家对面公园的路口等你。"

斯雷特连外套都没穿，便噔噔冲了出去，他感觉自己简直要飞起来了。

第三十四章　跑

Running

跑。她用最快的速度飞奔，但还是不够快。

河边的小道比街上黑多了。没有路灯，大树繁密的枝叶也遮住了天空仅有的光亮。安娜凭着记忆走在狭窄的石子路上。她气喘吁吁，上气不接下气，一个劲儿地想让自己再快一点儿。

斯雷特在她旁边，几乎一声不吭。

前面远远的地方是杰克和他的几个朋友，还有康纳。安娜一个人也看不见，她知道自己追不上了。等她到了那儿，就已经晚了。

"快走，"她喘着粗气对斯雷特说，"你跑得比我快。快去！"

"我不会丢下你的。"他说。

"求你了！"安娜几乎喘不上气来，连这几个字都费了好大的劲儿才说出来。要是她真的被踢出泳队，那她就参加跑步俱乐部。她发誓。只要他们能逃脱这一切，逃脱斯雷特所预见的未来。"求你了，斯雷特。"

"不行。"

安娜试图强迫自己再加速，可是没用。

他们追不上的。他们会到得太晚，斯雷特幻觉里的事将会成为现实。她的哥哥会死掉。

不能这样。

斯雷特几乎没有喘不上气。他在压住步伐，放慢速度，免得把她落在后面。不过，现在需要保护的人不是安娜，而是康纳。但是斯雷特不愿意丢下她，因为他需要她。

她不想这么说，可她别无选择。

"斯雷特，我不会像幻觉里那么选的。我不会选你的。我会去救康纳。"就在她喘息的当儿，衣服侧面一处线脚崩开了。这让她迟疑了一下，但也只是一下而已。"你得跑起来，你得去帮他们，因为我会看着你溺死。"

斯雷特的脚底晃了一下，他扭头目瞪口呆地盯着她。

"安娜——"

"快去啊！"她推了他一把，使他失去了平衡，踉踉跄跄差点儿摔倒，"求你了！"

他没吭声——他用行动做出了更好的回答。他加快速度，两条长腿很快就跑远了。

只剩下安娜一个人。

"天哪，真该死。"她呜咽着，竭力不去理会肺里的灼烧感，也不去想她的两条腿都快抽筋了。她知道，已经不远了，离那块大石头不到一千六百米了，不远了。

不能再远了。

接着，她已经到了那儿，到了溺水池边。

她跌跌撞撞地在空地边缘停住，两只眼睛努力地分辨谁是谁，试图搞清楚正在发生着什么。她的眼前一片混乱，只看见好几只胳膊和腿扭打在一起，耳边还听见喊叫声，没有任何东西像幻境那样清晰。由于天太黑，动作太快，她之前清清楚楚看见的细节都很模糊。

至少有一点不同，斯雷特不在这儿，他没有站在她旁边，用胳膊搂着她，而是在那儿，在混战的人群里，跟康纳和杰克在一起……还有一把刀。有人手里有刀。

斯雷特不在，没人拦着她。由于恐惧，安娜定在那里不敢动弹。可是，想到有刀，杰克把刀刺向康纳的画面就在她的脑海里生动起来，于是她愤怒地冲了过去。

"住手！"她尖叫道，"住手！"

"安娜！回去！"她不确定是康纳还是斯雷特喊的。是谁不重要，她都没理，而是抓住了一个男人的袖子，她基本断定自己不认识这个人。她使劲儿拽他，他狠狠地用胳膊肘挥过来，打在她的太阳穴上，差点儿让她跪倒在地上。安娜瞬时眼冒金星，可是她并没有退缩。她爬起来，又抓住另一个人毛衣的后背，不过，紧接着，斯雷特已经出现在她面前，双手拦腰抱住她，把她推走了。

他为什么要担心她？幻觉里，安娜什么事也没有，她很安全。

"不！"她尖叫着把他往回推，"去救康纳！去帮康纳！"

"不，"他回答说，"我不在乎我自己会怎么样，我选择你。"

他连推带拽地把安娜一直拉回原来的地方，接着便瞪着她说："待在这儿，别动。"说完，他便转身重新冲进了打斗的人群。

安娜没有待在那儿，一刻也没有。因为担心哥哥，下一秒钟，她已经又跟跟跄跄地往前跑。不过，刚跑出去三步，她的眼前就闪过一道银光，于是她停住了，是一把刀。

"不！"她尖叫道，"不要！"

康纳！幻觉在她的脑海里重新上演了一遍，可是此时她眼前的场景和幻觉里并不一样。刀上有两只手——一只是杰克的，另一只是斯雷特的。康纳呢？

康纳哪儿去了？

"安娜！"他出现在她面前，跟斯雷特一样使劲儿抓住她，然后又用力把她往回推。安娜没有反抗，但是眼睛仍然盯着斯雷特和杰克搏斗的地方，两人都在试图从对方手里把刀夺过来。他们一点儿一点儿地朝着那块巨石挪动，就他们两个人。其他人在一旁叫嚣着，为杰克助威——他们似乎已经忘了康纳，仿佛已经完全变成了另一场打斗，仿佛是从偷窃案之前就开始酝酿的。

安娜一个字也说不出来，只会尖叫。她不知道该做什么。她想帮忙，可是康纳紧紧地摁着她。她想让他回去帮斯雷特，可又因为害怕自己看见的未来变成现实，于是话在嘴边说不出来。

她喊了一句她能想到的唯一可能有帮助的话。

"警察！警察来了！"

这句话起到了一点儿作用，杰克的那帮弟兄立刻跑了。

可是，这也是她所能做的最糟糕的事，斯雷特的注意力被分散了，他扭头朝她的方向看，于是杰克趁机下了手。安娜离得太远，看不清楚，但还是能看出杰克在斯雷特的肚子上划了一刀。斯雷特按住肚子，因而当杰克挥起两个拳头朝他的胸口打时，他也无法还击。杰克下手很狠。

安娜惊恐地望着斯雷特从石头上摔了下去，落进水里。

第三十五章　水

Water

现在，他的死期到了。

一切都熟悉得可怕，在他下落的过程中，空气推搡着他，让他翻来滚去；水就像刚才划在他肚子上的那把刀，刺进他的身体里，在他的毛衣和衬衫上划了一道，让他感到皮肤火辣辣的。这股冰冷刺激着他的全身。

接着，水流卷住了他，他的身子被翻转过来，让他头晕目眩。他试图游起来，试图踩水浮上水面，可是水面并不在那里。

没有空气。他需要空气。他需要依靠肺里仅存的空气支撑，可是很难。

他呼出一串气泡，可接下来就糟了。他还得往里吸，他必须得吸进来。冰冷的水涌入他的喉咙和肺里，他剧烈地咳嗽起来，他感到窒息，浑身痉挛。

他要死了，原来最初的幻觉是对的。

他要死了。

安娜不会来的。她选择了她的哥哥，她不会来的。斯雷特努力让自己不要去感受这件事给他带来的痛苦，可这似乎比身体上的痛苦更让他难以承受，刺激着他的每一根神经。

她不会来。

斯雷特绝望了，停止了抗争。气泡从他紧闭的嘴唇里溜出来，他的胳膊也不再对着水流胡乱挥舞，不再去寻找水面。他只是……放弃了，认命了。

终于，到时候了，该让水把他带走了。水漫进他的肺里，他的心里充满了绝望……

他身旁有什么东西砸进水里冲了下来，接着便有一双手抓住了他。一只手抱住他的身子，另一只手搂着他的脖子，把他往上拉。一只膝盖抵住他的后背，一个尖尖的下巴死死地摁在他的后脑勺上。

身体上每一处不舒服的地方都让斯雷特感到陶醉，因为他明白这意味着什么。

是安娜。

她来了。

她来救他了。

他们冒出水面。第一口呼吸是甜蜜的解脱，而第二口则痛苦得很，因为他的肺几乎要从身体里挣脱出来。斯雷特努力想要漂起来，浮在水面上，可他无法控制自己的身体。他什么都做不了，只能一边剧烈地咳嗽，一边努力吸进空气。

"没事。"他的耳后传来安娜带着惊恐的细嗓音，这是他听过的最甜美的声音了。"没事，斯雷特，保持呼吸。我抓住你了。"

安娜调整了一下姿势，拖着斯雷特在水里游。她没有朝石头的方向去，而是带着他往下游游了一点儿，借助水流的力量，一边轻轻地踩水，一边用空着的那只胳膊朝岸边划。斯雷特感到浑身无力，只是任由她拉着自己。由于被压抑的痉挛，他的胸腔仍在颤抖，胳膊和腿也直打哆嗦，整个身子凉彻骨髓。

到了河边，斯雷特筋疲力尽地躺了一会儿。安娜用力把他从水里拉出来，拉到高一点儿的草地上，他感觉鹅卵石划过他的后背。

"康纳！"她隔着他的头顶喊，"你能帮我一下吗？"

她的哥哥喊了一句什么，但是斯雷特没听清。

"斯雷特，"他听见安娜在大声叫他，她的呼吸温暖着他冻僵的脸颊，"你还好吗？你能动吗？你很冷，我们得把你从水里拉出来。"

他感觉自己动弹不得，但还是勉强站了起来。他倚着安娜，靠在她身上让自己站住，然后又不得不疯狂地撑住站稳，因为他的身子直往地上倒。

"我抓住他了。"一双有力并且干燥的胳膊拦腰抱住斯雷特，把他从安娜怀里拉了过来。康纳把他拖到一块大石头上，他想反抗，可是他虚弱得很，根本没有力气。康纳接着粗暴地把他放下，他差点儿从石头上滑下来。

"康纳！小心点儿！"安娜立即出现，稳住了斯雷特。他想靠在她身上，可她和他一样，浑身都湿透了，抓着他的手也冰凉冰凉的。

"你不应该来这儿，安娜。"这是康纳生气的声音。

"我们来了是你的幸运！"她反驳道，"要是我们没来救你，你就——"

"我会好好的！"

"他有刀，康纳！"

这句话似乎给了康纳当头一棒。安娜使劲儿帮斯雷特搓着麻木的胳膊，康纳在旁边一言不发。

斯雷特意识到她在照顾他，而她刚才也在冰冷的水里。

"我没事。"斯雷特一边对她说，一边伸手抓住她的手让她停下。他费了九牛二虎之力才从石头上下来，面朝康纳站着，安娜就在他旁边。

"你没事吧？"斯雷特问。

康纳对他怒目而视，但还是猛地点了一下头。看来，救他一命，也还是没能让他给斯雷特一点儿好脸色。

斯雷特伸出胳膊搂住安娜的肩膀，同她互相取暖，康纳的脸色更难看了。斯雷特没理他，安娜抖得厉害，他能听见她冻得牙齿咯咯响。

"我们得让安娜换上干衣服。"他说。

"你也是。"安娜的牙齿直打架。

"是的。"斯雷特轻声回答。

他这辈子都没觉得这么冷过，但他真庆幸自己还活着，因此反倒很享受手脚如针扎一般的感觉和浑身骨头的抽痛。

他们回头朝镇上走，但是几乎立刻停住了脚步。一个人影正朝他们这边来。不知道是谁，在昏暗的夜色里几乎分辨不出，斯雷特只能看出有人，因为远处的灯光投下了模糊的影子。

"是谁？"他厉声叫道。

要是杰克想回来完成任务，那他不用费多大力气。斯雷特几乎连站都站不稳。

人影走近了一点儿，接着，康纳的手机突然发出刺眼的亮光。

"丽贝卡！"他叫起来。

"她叫瑞秋。"斯雷特纠正他。

康纳惊得说不出话，只咳了一声，但是瑞秋并没有看他。她上下打量着斯雷特，视线停留在他搂着安娜的那只胳膊上。斯雷特本能地把安娜搂得更紧了。瑞秋的眼神里带着杀气。

"怎么回事？"康纳问，"斯雷特，你认识她？"

"她是我妹妹。"斯雷特轻声回答，他的目光没有从瑞秋身上移开。他活下来了，但是她的表情似乎并不轻松。斯雷特在她脸上读到的唯一情感只有失望。对，失望，还有决心。

"你救了他，"瑞秋一边对安娜说，一边悲伤地摇头，"你不应该救他的。"

她上前抬起一只手。斯雷特冲到安娜面前，以为会看见瑞秋的手里握着一把闪着寒光的刀。相反，她的手里是一块红布，被铁丝缠成一个隐隐约约的人形。斯雷特扫了一眼，便看出上面锯齿状的字体，是一件乐队 T 恤，是他的。

"对不起。"瑞秋说。

斯雷特一个箭步冲过去，想要抢她手里的东西，可是还没等他抓住，她便吐出一个字，于是他肺里的空气立刻消失殆尽。

他倒在地上，双手在胸口撕扯，挣扎着想要呼吸，可是无济于事，正如幻觉里发生的那样，他倒了下去，头砰的一声撞在地上。

斯雷特的耳边响起喊声和尖叫声，可他分辨不出是谁在喊，也听不清他们在说些什么。他溺水了，此时此刻，在干燥的陆地上。他阻止了幻觉，可是不知道怎么回事，幻觉此刻仍在发生……

一声尖叫划破了天际。等到叫声消失，挤压斯雷特肺部的压力也不见了，他终于能吸进去一口空气。他胸前的每一块肌肉都疼得厉害，但他还是一口又一口地呼吸，直到他重新有力气抬起头来。

瑞秋躺在离他约一米远的地方。她无声地哭泣着。她右侧的脸颊通红，好像被打了似的，更重要的是，她的手里空空如也。康纳戳在她面前，似乎准备在她抽搐时把她摁住，安娜则站在她的另一边，小心翼翼地握着她的左手。

他俩手里都没有瑞秋刚才施了咒语的那个东西，不过斯雷特很快便看见它躺在草地上够不到的地方，有惊无险。

"你到底是怎么回事？"安娜问。

瑞秋没理她。

"你为什么不能死掉？"她问斯雷特，声音颤抖着，"为什么不能让我安生？"

斯雷特感到无力回答，他感觉喉咙仿佛被砂纸划开了一道口子，但他还是咽了一下口水，挤出几个字来。

"结束了，瑞秋。结束了，我向你保证。"

"幻觉——"

"幻觉只是必须发生，但不一定成为现实。我一回到这儿，它就开始了。我们在老去，瑞秋。我向你发誓。我们可以……我们可以做个正常人了。"

"你们到底在说什么呢？"康纳突然喊起来，但是安娜嘘了一声让他安静。

"我们不是正常人。"瑞秋不耐烦地说。

斯雷特付出了代价，但他还是挤出一丝苦笑。

"你说得对。但是我们现在可以生活了，过我们自己的生活。不论我被施了什么诅咒，现在都结束了。"

瑞秋似乎不敢相信。斯雷特并没有怪她。被困了六百年，很难想象这样的停滞能够结束，彻底结束。

"你发誓？"她终于轻声说。

"我发誓。"

瑞秋的身体似乎一下子松懈下来，她瘫坐在草地上，只用胳膊撑着身体，才没彻底倒下去。她无声地抽泣起来，似乎没有意识到有两个人影站在面前望着她。康纳一脸困惑，安娜则一声不吭，若有所思。

斯雷特突然想要离溺水池远远的，远离自己无数次噩梦的发生地。他起身拖着步子慢慢走向安娜，当她向他伸出手时，他感到心满意足。

"来，"他一边说，一边投进她的怀抱，从她的怀抱中汲取力量，"咱们走吧。"

第三十六章　风雨过后

After the Storm

"是他妹妹？"贾盘腿坐在床上，英语笔记在羽绒被上散得到处都是。

"嗯。"安娜蜷腿坐在窗户旁边带靠垫的座位上，点点头，膝盖上铺着笔记本。

吉玛坐在她俩中间的地板上，眼睛瞪得像个盘子。这是她第一次听说这件事，她对安娜和贾很不满，不过后来还是让好奇心占了上风。

"她也是嘉年华的？"她问。

安娜摇摇头："不是，我感觉她应该住在国界附近的什么地方。她和斯雷特很久没联系了，然后没打招呼，突然就出现了。"

"不可能有这么长时间吧？"吉玛表示，"斯雷特看上去比你哥哥大不了多少！"

"我觉得他还是比康纳大。"贾不同意吉玛的意见，"从他的眼神能看得出来。我也不知道，他好像阅历很丰富。"

安娜撇撇嘴，微微耸了耸肩。

她们本来应该一起复习准备英语考试的——因为这个，安娜的妈妈才允许她在禁足期间从家里出来。相反，她在给贾和吉玛恶补之前发生的事……才过去了两天吗？简直让人难以置信。

好吧，她在给朋友们恶补一部分之前发生的事。她不想让最好的朋友认为自己疯了。

"再跟我说说，康纳怎么样了？"贾问道，"他要把杰克偷袭他的事告诉警察吗？"她眼珠一转。"我问达伦了，可是他说男人之间的对话是神圣的，不肯告诉我。"

吉玛哼了一声："老天。"

看见吉玛厌恶的表情，安娜微微一笑。

"不会，"她说，"他说他只想忘记这件事。反正嘉年华现在已经走了。"

"但是警察能查到他们去哪儿。"贾争辩道，"从你说的情况看，还挺严重的。康纳很可能会受重伤。"

"我知道。"安娜回答，想到康纳如此惊险地躲过一劫，她不禁打了个冷战，"但他还没跟爸妈说，他也不想自找麻烦。而且，"她耸耸肩膀，"整件事，他也不是完全没有责任。最初的起因就是因为他打了杰克一拳。"

"是吗？"吉玛惊呼一声。

哎呀。安娜显然把这一段忘了。

"是的。杰克骂我，康纳就打了他。"

"所以他是在保护你？那可真是——"

"你可别花痴我哥哥！"

吉玛把嘴一噘，贾哈哈大笑。

"晚了。"她对安娜说。接着，谢天谢地，她换了个话题。

"那接下来斯雷特要做什么呢？我是说，如果他留下来的话。他是要留下来吧？"

"嗯，嘉年华走了，但是他还在。"吉玛指出这一点。

"他是要留下来。"安娜肯定道，"我不知道。我想他可能会找个工作吧。我问他想不想回去上学，他好像吓了一跳。"

其实，说"吓了一跳"似乎不太准确。斯雷特当时正在吃苹果，差点儿噎着。安娜并不怪他。他已经习惯了独来独往、自由自在，干自己的事，做自己的选择。她想象不出他坐在教室里，穿着衬衫，打着领带，老老实实抄写物理方程式的样子。

"不过，他不能再干老本行了吧，对吗？"吉玛一边问，一边做了个鬼脸，"我想象不出算命先生在这儿能有多大需求。"

"应该不会。"安娜喃喃地说。要是人们知道斯雷特真的能够预知未来，她敢肯定他一定会抢手得很。

"他——"吉玛刚一开口，又偷偷瞄了安娜一眼，一脸的小心翼翼，好像不想得罪安娜。

这有点儿奇怪，因为她以前可从来没有担心过这个！

"你说他真的能预知未来吗？还是像电视里说的那样，只是会看肢体语言，还有会注意提问什么的？"她顿了顿，"你问过他吗？"

安娜也顿了顿，不知道该如何回答。这个问题很敏感，她不确定该怎么说，也不知道斯雷特会不会愿意她把真相说出来。

"我不知道。"她终于决定了，"听着挺疯狂的，不是吗？"

就这样，含糊其词。

"不过，他的确说过——"她飞快地看了贾一眼，"说他看见达伦在你家，在吃韩国泡菜。"

那个画面在斯雷特的脑海里一闪而过，当时他们在商业街上，正好碰见贾和达伦。他当时什么也没说，安娜甚至都没意识到他产生了幻觉，直到后来他告诉她，她才知道。

这句话看似无关紧要，也毫无恶意，可是贾立刻满脸通红。

"他真这么说了？"她气喘吁吁。

安娜点点头。

"我外婆会做泡菜，"贾接着说，脸上带着一丝不动声色的兴奋，"她不让我妈妈做，说她做得不对。而且，她只给她喜欢的人做。"

"那为什么我们从来没吃到过？"吉玛很愤慨。

贾不理会她的玩笑，直直地盯着安娜。

"你跟你爸妈说过达伦吗？"安娜一边问，一边猜着答案。贾慢慢摇摇头，证实了安娜的猜测。

"我觉得他们不会同意的。你知道他们是什么样的人。"她勉强笑笑，"不过，也许我还是会说的。"

安娜也冲她笑笑，她很高兴斯雷特有预见未来的能力——这个被他称为"诅咒"的天赋——也能做点儿好事。接着，她看了一眼手表，皱起眉头。

"我得走了。我半小时后要见斯雷特。"安娜合上笔记本，飞快地把东西扔进书包。

"你不是被禁足了吗？"吉玛抗议道。她举起她那份《罗密欧与朱丽叶》。"我以为咱们这个秘密计划都是为了这个！"

"我是被禁足了。"安娜回答，"斯雷特要来我家，来见我父母。"

话音刚落，她便咧嘴一笑，溜出房门，只听见屋里传来"什么？""等等！回来！"

斯雷特站在安娜家那条街的路口，竭力让自己站定不动。他把手插进口袋，强迫膝盖不要抖来抖去，可是没用。

他很紧张，他还是承认吧。

安娜向父母坦白了他俩刚刚萌芽的情愫。她没有具体说他们的反应——这就意味着他们不会有多高兴。从安娜闪烁其词想要搪塞过去的情况判断，他们应该是很不高兴。尽管如此，他们并没有试图阻止她和他交往，这说明还有希望。相反，他们反倒邀请他去家里吃晚饭。

斯雷特不笨，他知道这意味着什么。他们想考察他，看看他是不是配得上自己的女儿，或者会不会对女儿产生不良影响，让他们不得不动手干涉。

今天很重要，他得留下个好印象。

因此，是的，他很紧张。

他看了一眼手表，发现已经过了自己答应抵达的时间，于是皱起眉头。他查了一下手机，看到安娜发来一条短信。

"对不起！我已经在路上了！"

他还没念完，就听见一声上气不接下气的"嘿"，抬头便看见安娜正急匆匆地向他跑过来。

"对不起，对不起。"她一边跑过来，一边嘴里叽里咕噜地说着，脸跑得红扑扑的，"我忘了时间。别担心，我就跟他们说是因为我迟到了。"

"没事。"斯雷特挤出一丝微笑答道。他拉起她的手，发现她因为跑热了，手心有些微微出汗，于是很高兴——这样她就不会发现他由于紧张，手心也是湿漉漉的。"康纳会在吗？"

从那天晚上在溺水池到现在，斯雷特还没见过康纳。虽然刚过去没几天，但他还是希望能有机会缓和一下局面，看看康纳现在情绪如何……他希望他俩的再次重逢不会发生在安娜的父母面前。

安娜似乎猜到了他的心思。

"在。"她眼珠一转，"我没法不让他参加。不过别担心，他什么也不会说的。"斯雷特不太相信，他没有回答，于是安娜捏了捏他的手。"真的，他不会说的。我威胁他说，我会把一切都告诉爸爸妈妈，于是他就闭嘴了。"

"好吧。"说话间，他们已经到了安娜家门口，斯雷特在车道尽头站住了。

"你还好吗？你不会是紧张吧？"安娜笑着问。

"有一点儿。"斯雷特承认了，他看了她一眼，"你不紧张吗？"

安娜耸耸肩膀，苦笑了一下："嗯，有一点儿。我还从来没向父母介绍过男生呢。"

"我也从来没被介绍过。"斯雷特告诉她。

"没有吗？"安娜似乎有些惊讶，接着又高兴起来，"要是他们不知道你那天在我家过夜就好了——可恶的康纳！——但我觉得他们也不会逼问你什么。"她飞快地咧嘴笑了一下。"呃，希望不会。"

"咱们进去吧。"斯雷特说。安娜的话并不能让他感到轻松，突然间，他很想让这件事快点儿结束，不论结果是好是坏。

他们走上车道，还没到门口，门就开了。站在门口的那个女人跟安娜长得很像。她笑脸相迎，然后又让进去招呼他们进来，但是她的眼神里含着戒备，姿势也很僵硬。

"你肯定就是斯雷特了。"她说。斯雷特注意到她说出自己的名字时，加重了语气，暗示着一种不满。"进来吧。"

安娜拉着他进了狭窄的门厅，他跟在她后面脱了外套，又脱掉靴子。

"我们刚忙完。"安娜的妈妈说，"饭已经好了。"

因为他们迟到了。

听见这句含蓄的指责，斯雷特苦笑了一下，他顺从地跟随安娜妈妈的指引来到厨房。行刑队正等候在那里。

安娜的爸爸和康纳站在餐桌后面，倚在橱柜上。康纳双臂交叉抱在胸前，目光硬邦邦的，他并不欢迎斯雷特。安娜的爸爸看上去也好不到哪儿去，他面无表情，把斯雷特从上到下打量了一番。

"看来这就是那个男朋友？"他问。

"爸！"安娜不满地叫道，她麻利地从斯雷特身旁绕过去，站在他和家人中间，"你答应会客气一点儿的！"

"我答应的是不会叫他滚蛋。"爸爸纠正道。

"马丁。"安娜的妈妈一边轻声打着圆场，一边走到康纳左手边的餐具柜拿盘子。

她的指责比安娜的抗议更有用。安娜的爸爸生气地把嘴抿成了一条线，从刚才站着的地方穿过狭小的厨房，伸出手来。

"我是安娜的爸爸。"他的介绍完全是多此一举。

"我叫斯雷特。"斯雷特回答。他努力让自己不要皱眉苦脸，不过，和他预想的一样，她爸爸把他的手都快捏碎了。

"我听说了，"她爸爸咕哝道，"斯雷特是个什么名字？"

"爸！"

"是个绰号。"斯雷特主动解释，"我的真名叫恩尼斯。"

"这个名字不太常见。是爱尔兰的名字吗？"爸爸的脸上现出一丝幽默，"好吧，要是我叫这个名字，也许我也会给自己起个外号。"

"爸！"

安娜提高了音量，她感到更窘了，但是斯雷特认为她爸爸的这番话只是想缓和一下气氛。的确如此，当然，只缓和了一点点。

"咱们开饭吧？"安娜的妈妈打断了他们的对话。

斯雷特走到餐桌旁，看见桌子上已经摆好了饭菜，康纳已经坐下来拿起了叉子。他妈妈的手摁在他的肩膀上，似乎正因为如此，他才没有立刻埋头吃起来。安娜握住斯雷特的手，把他拉到一张椅子跟前，然后把旁边的那张椅子抽出来，自己坐了上去。斯雷特坐下时，正好看见安娜的妈妈朝她爸爸投去一个警告的眼神。

看来，不知道出于何种原因，他赢得了安娜妈妈的支持。或者，也许她只是不喜欢在陌生人面前表现得很粗鲁。

"看着就好吃，夫人。"他拍起了马屁。

是咖喱。不是他的最爱，但是今晚不论摆在他面前的是什么，他都会把它吃掉，而且会面带笑容地吃下去。至少不是沙拉。

"谢谢。"听到他的赞美，安娜的妈妈开心地笑了，接着又瞥了康纳一眼，现在大家都坐下了，他已经开始狼吞虎咽，"至少有人懂得感恩。"

"怎么了？"康纳正要叉一口送进嘴里，于是顿住了，"我感恩啊。我不是在吃呢吗？"他愤怒地瞪了斯雷特一眼，似乎把妈妈的责备怪到了斯雷特的头上——不过，从斯雷特进门到现在，康纳也没用其他眼神瞧过他。"你怎么还在这儿？嘉年华不是已经走了吗？"

屋子里一下子安静了，气氛紧张起来。

"你是跟嘉年华来的？"安娜的爸爸小心翼翼地保持着客气。

"是的。"斯雷特也同样小心翼翼地回答。

"你跟安娜是在那儿碰上的？"依然是小心翼翼。斯雷特感觉这是暴风雨来临之前的平静。

"当然。"安娜的妈妈插了一句，故意表现得轻松快活，"安娜告诉我说，她跟朋友们一起去的，说她玩得很开心。"

安娜惊讶地看了妈妈一眼，证实了斯雷特的猜测，她根本没跟妈妈这么讲过。他很感激安娜妈妈试图帮他转移在康纳帮助下的安娜爸爸的炮火，不过安娜的爸爸可没那么容易被岔开话题。

"你在那儿做什么？我猜你是在那儿工作吧？"

"算命。"他小声回答。

康纳哼笑一声，安娜用胳膊肘碰他。她投向斯雷特的目光里一半是歉意，一半是尴尬。他主动冲她笑笑，他没指望能立刻受到她家人的欢迎。

他从来就没受到过欢迎。

"你有地方住吗？"安娜的妈妈问。

"有。"康纳和爸爸妈妈投来惊恐的目光，他没有理会，回答说，"我的朋友丹尼尔也从戏团里出来了。他想退休了，而且他觉得这儿是个好地方，所以我会跟他一起住。"

"然后再找个工作？"安娜的爸爸插了一句，"我怀疑这儿没多少人想去算命。"

"是的。"斯雷特小声表示赞同。

"也许他想重回校园呢。"安娜的妈妈主动说，"镇上有个大学，你知道吗？学校很小，但是我想应该有不少课程。"

"我会去找个工作，"斯雷特立刻回答，"也许去当个学徒什么的。我想学一门手艺。我在机械方面还挺拿手，以前经常会修游乐设备。"

因为布莱恩太抠，即使油漆脱落，零部件开始生锈散架，他也不肯换新的。

"学徒？"他第一次感觉自己可能说了句中听的话，因为安娜的爸爸貌似很感兴趣，而且——他敢说——他很赞许。"学徒的活儿不好找，而且开始的薪水少得可怜，但是如果你能坚持下来，就没问题。"

"是的。"斯雷特轻声表示赞同。他又吃了一口，终于感觉食物能顺畅地下去并且踏实地留在肚子里了。他看了一眼安娜，她喜上眉梢。

"妈，"她突然大声说，"我有没有告诉你，我英语作文得了 A？"

"没有啊，"妈妈回答，"是关于《罗密欧与朱丽叶》的那一篇吗？"

就这样，对斯雷特的关注渐渐淡去，谈话继续进行。大家一边吃，一边闲聊，聊些家常。安娜的爸爸继续不停地问斯雷特各种问题，但是跟之前不一样了，威胁的意味渐渐消失了。

这就是一顿普普通通的家宴，他也是其中的一分子。虽然康纳仍然不时不满地瞟他两眼，但是，嗯，斯雷特也能接受。

吃完饭，他没有久留。安娜的妈妈把餐盘收走后，又端上来几块奶酪蛋糕。他帮安娜洗碗，然后结结巴巴、笨拙地向安娜的妈妈表示感谢，夸饭菜好吃。

"完全不用客气。"她对他说。她飞快地看了一眼安娜，眼神温暖起来。"我想我们会经常见面的。"

"希望也别太多。"安娜的爸爸走进厨房，一只手端着茶杯，另一只手拿着一沓报纸，插话道，"安娜还得把心思放在学习上。"

他顿了顿，看了斯雷特一眼，表示他是认真的。

"当然。"斯雷特回答。他咽了一口唾沫，挤出一丝微笑，尽量不让自己的惊讶表现出来。

他预料到会在这顿饭上接受审问，接受检查，还有，最后……他希望不要被禁止跟安娜见面。他没敢奢望更多，没敢奢望他们接纳自己。但是，安娜的家人似乎正在接纳他。

呃，几乎她家的所有人吧。

"很好。"康纳小声咕哝了一句。他趾高气扬地出了客厅，然后噔噔噔上楼去了，连再见都懒得说。

"别管他，"安娜把斯雷特领到门口，小声说，"他就是个浑蛋。"

"安娜！"就在她拉开大门，斯雷特穿上外套时，妈妈叫她，"你要去哪儿？你还在禁足呢！"

"妈，我只是送送斯雷特！"安娜恼火地喊了回去。

"好吧，时间别太长。恋爱中的年轻人啊！"妈妈幽默地加了一句。

"天哪，妈！"安娜不满地叫了一声，不过她的声音很小，妈妈没听见。她拉起斯雷特的手，一边把他往外推，一边砰地关上门。"对不起。"

斯雷特并不觉得有什么不满意的。康纳粗暴无礼的态度并不足以抹去他脸上的笑容，浓浓的幸福感和安娜妈妈做的可口饭菜都让他的心里暖烘烘的。

"很棒，"他对她说，"我挺喜欢你爸妈的。"

安娜翻了个白眼。"那是因为他们不是你的爸妈，"她叹了一口气，"我真讨厌被困在这儿。老天，居然被禁足。太尴尬了！"

"又不是永远这样，"斯雷特提醒她，"而且，我哪儿也不去。"

"是吗？"她有点儿不敢相信，凝视着他，好像还不是很确定，对他，对他俩。

"是的。"他向她承诺道。

"那就好。"她笑着向他走近一点儿，"妈妈马上就会出来把我追回去的，但是在你离开之前……"

她踮起脚尖，把嘴唇贴到他的唇上。斯雷特闭上眼睛，尽情感受着她的吻。他从来没想到自己能得到这些。当他终于回到这个小镇，勇敢面对自己的幻觉时，他原以为他的生命也将终结。相反，他的生命重新开始了。他伸出胳膊揽住安娜，紧紧地搂着她，然后——

不出所料，门开了。不过，不是安娜的妈妈过来拽她回去。康纳走了出来，他下台阶的时候故意撞在妹妹身上，把她和斯雷特撞开了。

　　"老天！"康纳瞪着他们，气鼓鼓的，"你们非得在这儿这样吗？"

　　"是的！"安娜回敬道，"别那么讨厌，康纳！"

　　"我要——"康纳回头朝家门看了一眼。

　　"你要干吗？"安娜愤愤地说，"要告诉妈妈吗？用你的聪明才智想想吧，我们在哪儿，她一清二楚。"

　　而且，斯雷特也愿意这么猜，安娜的妈妈清清楚楚地知道他们在干什么。

　　康纳发现自己的恐吓毫无用处，脸色变得很难看。

　　"随便。"他嘟囔了一句。

　　"你要知道，你至少可以尝试着客气一点儿。"安娜接着说，"斯雷特救了你的命！"

　　"对，好吧。"康纳明显不愿意承认安娜的话存在多少真实性，转脸就说，"要不是因为他妹妹，他根本就不需要救我吧？"

　　安娜气得直喘粗气，可当她想上前逼近康纳时，斯雷特把她拉住了。

　　"你说得对，"他说，"对不起。"

　　他看出来，这句话让康纳的气消了大半。

　　"还有，我还要为杰克的事道歉。"

　　尽管是康纳犯傻，居然妄想挑衅一个比自己彪悍的人。但是，现在有安娜在他身边，还有崭新的生活即将开始，斯雷特愿意当那个懂事的人。

　　"他们都走了，"他向康纳保证，"他俩都走了。杰克跟嘉年华走了，至于瑞秋……她不会再回来了。"

　　"你确定？"康纳反问道。

斯雷特没有回应他语气里的尖酸。"是的，"他说，"我确定。"

斯雷特原本希望的不是这样，他愿意原谅瑞秋的行为——因为他理解她为什么会这么做——可是对他的妹妹来说，无法挽回的过去太多了。太多痛苦的回忆，让她无法重新开始。至少，现在还不行。

这是她留给他的字条上写的。她甚至都没有留下来当面跟他说。

"哦，那好。"康纳似乎得到了安慰，但是他的脸色并没有缓和多久。他的目光往下移动，最后落在安娜和斯雷特握在一起的手上，于是眯起眼睛。

"我还是不喜欢这样，"他说，"你配不上我妹妹。"

"我知道，"安娜气得直喘，但是斯雷特没放在心上，"我的确配不上。"他扭头看着安娜，安娜也看着他，她脸上的表情在说，这句话她并不赞同。他冲她笑了。"但是我在努力。"

两人含情脉脉地看着对方，都没有说话。康纳反感地咳了一声，打破了宁静。

"求你们别这样了。"他抱怨说，"我才吃过饭，我会恶心的。"

"你不是要出去吗？"安娜故意问道。她顿了顿，又说："不管怎么说，你是要去哪儿？"

在斯雷特听起来，她的语气只是天真的好奇，但是康纳立刻僵住了，仿佛受了侮辱。

"哪儿也不去，"他故意加重语气，"就去达伦家。"他调整了一下搭在一侧肩膀上的背包。"我们要做一个物理项目。"

安娜一脸的困惑。

"他们不是把你从高等物理课踢出去了吗？"

康纳的脸唰地红了，他尴尬地瞥了斯雷特一眼："是的，呃，达伦在

317

帮我补课，需要补考……需要补考的那两次单元测验，我都通过了，所以迪恩斯先生又允许我重新上课了。"

"真的吗？"安娜的声音里满是欣喜。

"真的。"康纳重复道，显然，他不确定自己应该高兴还是生气。他又看了斯雷特一眼，然后又看看安娜，一脸的无奈。斯雷特猜想，这至少是向着接纳又近了一步。"回头见。"

他轻快地跑下车道。斯雷特转身对着安娜。她仰起脸来望着他，眼神里满是期待。

"咱们刚才到哪儿了？"斯雷特喃喃地说。

安娜刚要再次踮起脚尖，门开了。

"时间到了。"她的妈妈宣布。

斯雷特进去把门关上时，屋子里静悄悄的。他站了片刻，感受着四周厚达三十厘米的石墙的分量。他已经很久没有在房子里住过了。他的整个人生，大部分时间都在四处漂泊，要么住在帐篷里，要么睡在马车后面，要么是在篷车里过夜。这是很大的改变。他以为自己会感到幽闭的恐惧，感到憋闷，可是相反，他感觉到的只有平静和安宁。他舒了一口气，让这种感觉渗进骨子里。

他走进舒适的客厅，厨房的门开着，他看见丹尼尔正在炉灶上煮着什么。

"还好吧？"他叫了一声。

"你回来了。"丹尼尔把锅里的东西又搅了两下，然后一边用餐巾擦手，一边迎过来。他小心翼翼地看着斯雷特。"怎么样？"

"很好。"斯雷特告诉他，"她父母开始有些戒备，但是后来好了。"

"那个哥哥呢？"

"哦，对，"斯雷特做了个鬼脸，"他不是我的头号粉丝，但是也不会再制造什么麻烦了。"

"那就好，很好。"丹尼尔意味深长地顿了顿，"那你准备留下来了？"

"我说过，我要留下来。"

"我知道，但是……安顿下来，在一个地方住下，可是一件大事。"

"咱们说的是我，还是你？"斯雷特问。

丹尼尔不动声色，每次有人问他私人的问题，他都是这样，仿佛戴了一副面具，但是，不一会儿，他的神情舒展开了。不知道为什么，他似乎松懈下来，斯雷特突然发现他老了很多。

"你的整个人生都在逃跑，"他对斯雷特说，再次表现出洞悉世事的天赋，"或许我也是。我错过了一些东西，我当时对自己说，我觉得我不需要那些。那只是嘴上骄傲罢了，现在再想做点儿什么，已经晚了，只能尽力抓住最后的瞬间。"他用犀利的眼神看着斯雷特，"你别跟我一样。如果你找到了值得你坚守的东西，那么就守住它。"

"我也是这么打算的。"斯雷特轻声回答。

"很好，那很好。"丹尼尔点点头，接着便四下张望，想找点儿什么驱散一下屋里沉重的气氛，"汤要开了。"

他转身准备逃进厨房。

"丹尼尔。"斯雷特叫了他一声。

他站住了，但是并没有回头。

"你知道吗？她也在这儿，玛丽昂，就在镇子那头的一家养老院里。"

屋子里静得只听得见心跳，一下，两下，三下。

"我知道。"丹尼尔终于轻声说。他这才回过头来，斯雷特惊讶地发现他的眼里竟噙着泪。"不然你觉得我为什么要留在这儿？"

"安娜是她的外孙女。"

"这我也知道。"丹尼尔依然笑着，尽管他的泪水并没有退回去。

"我不会跟她说的。"斯雷特向他保证。"应该由你来说，"他顿了顿，"如果你想说的话。"

"我会的，"丹尼尔轻声说，"我会的。"

他很少这样流露感情。罢了，他便匆忙回到厨房，轻轻把门带上了。

第三十七章　未来
The Future

　　"她认得他。"安娜的声音里夹杂着惊讶和不满。她一定是亲耳听见了，因为她有些羞愧地看着斯雷特。"对不起，我不是嫉妒或者别的什么，呃，不太嫉妒，可是好几个月以来，她不记得我，甚至连我妈妈都不记得，但是能认得他。"她一口气说了一大串。"而他又不是以前的模样！"她苦笑了一下，"好吧，也许我是有点儿嫉妒。"

　　他们正在嘉年华之前所在的那个小公园里野餐。两个星期过去了，嘉年华留下的大部分痕迹已经不见踪影了。现在是春夏之交，今天的天气很好，阳光明媚，温柔的风正好吹起安娜的发丝，拂在她的脸上。斯雷特伸手帮她把一缕随风摇摆的头发别到耳朵后面。

　　"你妈妈怎么说？"

　　"她哭了。你知道，她并不相信他。她以为他是个骗子，想骗我们的钱——好在我们也没什么钱。但是外婆看见他，立刻就喊出了他的名字，而且兴奋得不得了。妈妈才意识到他说的是真的。呃，"她朝边上看了一眼，"她还去跟护士确认了，他是第一次去探视。"

　　"嗯，这是大事，见到她的父亲。"

　　"我知道。我从来没见她哭过。"安娜咬住嘴唇，伸手捏了一小块蛋糕。不过她没有吃，只是把它掰成了碎屑。

他伸手接住剩下的蛋糕，用手掌包在她的手外面，帮她拢住："真希望我当时跟你在一起。"

"不怪你。妈妈只是想……呃，她不确定外婆会是什么反应——"

"没事，安娜。我完全理解。"

她冲他笑了："你决定留下来，我真高兴。你……你会留下来吧？"

他不喜欢她声音里的迟疑，不喜欢她由于担心而微微皱起的眉头。他想开个玩笑。

"嗯，我已经错过那趟车了。"

"你可以再加入别的嘉年华。"安娜轻声说。她低着头，摆弄着垫子上一根松脱的线头。

"你希望我去吗？"他问。

丹尼尔对他是慷慨至极，他也很高兴能跟好朋友住在一起，然而，真正让他想要留在这座小镇的原因，此时此刻就坐在他的面前。要是安娜不想跟他有什么瓜葛——发生了这么多事，她这么想也合情合理——他就会像她提议的那样，再加入一个嘉年华的戏团，继续漂泊……直到他找到一个让他感觉能够扎根的地方为止。因为他确信，这种四处奔波的生活方式，他已经过够了。

"嘿，"他握住她的手，"你希望那样吗？你想让我走吗？"

"不想。"安娜终于抬起头来，摇了摇头。她的脸红了，不敢看他的眼睛。"我不想让你走。"

"很好。"斯雷特说。他冲她咧嘴一笑，她也笑了。"看来我得留下来了。"

他吻了她——他真想永远就这么吻下去，可是他的内心深处传来一个声音，让他赶紧仔细地听。

"安娜，"他抽回身子，轻声说，"幻觉来了。"

血。开头是血。

斯雷特感觉自己被刺了一刀，痛极了。他盯着自己的一只手，一小滴鲜红的血蔓延开来，顺着他的手指流到关节上。

他手上其余的地方都是黑乎乎的东西，像油，仿佛已经渗进了他的皮肤，嵌入了他的指纹。他仰面躺着，另一只手里握着工具，头顶上方不过三十厘米的地方悬着正在修理的一辆自行车——还是汽车？四周几乎漆黑一片，唯一的光亮来自他屁股附近一支手电筒的灯泡，照在一组管子上。他的鼻孔里满是汽油的味道。

"斯雷特！"一个男人的声音叫他，他吃了一惊，松开了手中的工具。工具哐当一声掉在硬邦邦的水泥地上，那声音回荡在这狭小的空间里，回荡在斯雷特的耳边。他压住内心的恐惧。这地方很狭小，但他并没有被困在里面。

"斯雷特！"那个声音又叫了，"你女朋友过来了。"后面这句声音不大，但是引来了一片笑声。

斯雷特明白了，不论自己身在何处，他并没有什么危险，于是开始从车底往外爬，还发现自己刚才躺在上面的那个硬邦邦的表面是一个类似推车的东西。他一边用力，推车一边在他的身体下面往外滑，一直滑到外面。外面是汽修厂的车库，光线比刚才亮多了，他眨眨眼睛。他低头一看，自己正穿着一身藏蓝色的工装，衣服上和他的双手一样，满是油污。

他站起身，朝大开的门口望去，阳光很刺眼，他不得不眯起眼睛，只看见门口站着一个人影。斯雷特不必认出外面是哪条街，但是背景里

教堂的尖顶……

他把视线从街上移了回来，那个人影正走进车库，朝他走过来，每走一步，他就看得更清晰一点儿。

乌黑的长发。

苗条的身材。

笑吟吟的脸庞，微微上翘的鼻子。

"嘿。"安娜羞涩地冲他笑着。她还穿着校服，肩上背着书包。见斯雷特依然站在那儿一动不动，她诧异地看了他一眼。"你还过来吃午饭吗？"她问。

"午饭！"刚才其中一个男人的声音叫起来，"他们说什么呢？"

又是一阵笑声。安娜的脸红了……接着她冲他眨眨眼睛。

斯雷特睁开眼睛，注视着安娜。新的幻觉，新的未来。这回是好的。

让他惊讶的是，她也凝视着他，眼里含着热泪。

"你也看见了？"他吃惊地问。

安娜只是点点头，笑了。

图书在版编目（CIP）数据

时空摆渡人 /（英）克莱儿·麦克福尔著；华静文
译 . —北京：北京联合出版公司，2021.4
ISBN 978-7-5596-4531-9

Ⅰ . ①时… Ⅱ . ①克… ②华… Ⅲ . ①长篇小说—英
国—现代 Ⅳ . ① I561.45

中国版本图书馆 CIP 数据核字（2020）第 164491 号

北京市版权局著作权合同登记 图字：01-2020-6727

Published by arrangement with Margot Edwards Right Consultancy, U.K.
working on behalf of the Ben IIIis Agency, U.K.
Simplified Chinese rights arranged through CA–LINK International LLC (www.ca–link.cn).
Simplified Chinese edition copyright © 2021 by Beijing Xiron Culture Group Co., Ltd.
All Rights reserved.

时空摆渡人

作　　者：［英］克莱儿·麦克福尔
译　　者：华静文
出 品 人：赵红仕
责任编辑：李艳芬

北京联合出版公司出版
（北京市西城区德外大街 83 号楼 9 层　100088）
河北鹏润印刷有限公司印刷　新华书店经销
字数 244 千字　880 毫米 ×1230 毫米　1/32　印张 10.25
2021 年 4 月第 1 版　2021 年 4 月第 1 次印刷
ISBN 978-7-5596-4531-9
定价：49.80 元